स्वास्थ्य
के लिए
विचार नियम
मनः शक्ति द्वारा तंदुरुस्ती कैसे पाएँ

सरश्री द्वारा रचित श्रेष्ठ पुस्तकें

१. इन पुस्तकों द्वारा आध्यात्मिक विकास करें

- विचार नियम – आपकी कामयाबी का रहस्य
- विश्वास नियम – सर्वोच्च शक्ति के सात नियम
- आध्यात्मिक उपनिषद्
- शिष्य उपनिषद्
- संपूर्ण भगवद्गीता – जीवन की अठारह युक्तियाँ
- २ महान अवतार – श्रीराम और श्रीकृष्ण
- जीवन-जन्म के उद्देश्य की तलाश – खाली होने का महासुख कैसे प्राप्त करें
- सत् चित्त आनंद – आपके 60 सवाल और 24 घंटे
- निराकार – कुल-मूल लक्ष्य

२. इन पुस्तकों द्वारा स्वमदद करें

- स्वास्थ्य के लिए विचार नियम – मनः शक्ति द्वारा तंदुरुस्ती कैसे पाएँ
- नींव नाइन्टी – नैतिक मूल्यों की संपत्ति
- वर्तमान का जादू – उज्ज्वल भविष्य का निर्माण और हर समस्या का समाधान
- नास्तिकता से मुक्ति – उलटा विश्वास सीधा कैसे करें
- इमोशन्स पर जीत – दुःखद भावनाओं से मुलाकात कैसे करें
- मन का विज्ञान – मन के बुद्ध कैसे बनें
- तनाव से मुक्ति
- रहस्य नियम – प्रेम, आनंद, ध्यान, समृद्धि और परमेश्वर प्राप्ति का मार्ग
- डर नाम की कोई चीज़ नहीं – अपने मस्तिष्क में विकास के नए रास्ते कैसे बनाएँ

३. इन पुस्तकों द्वारा हर समस्या का समाधान पाएँ

- पैसा – रास्ता है मंज़िल नहीं
- खुशी का रहस्य – सुख पाएँ, दुःख भगाएँ : ३० दिन में
- विकास नियम – आत्मविकास द्वारा संतुष्टि पाने का राज़
- समग्र लोकव्यवहार – मित्रता और रिश्ते निभाने की कला

४. इन आध्यात्मिक उपन्यासों द्वारा जीवन के गहरे सत्य जानें

- मृत्यु पर विजय – मृत्युंजय
- स्वयं का सामना – हरक्युलिस की आंतरिक खोज
- बड़ों के लिए गर्भ संस्कार – १० अवतार का जन्म आपके अंदर
- सन ऑफ बुद्धा – जागृति का सूरज
- सूखी लहरों का रहस्य

'विचार नियम' श्रृंखला
MORE THAN
10 MILLION
(1 करोड़)
COPIES SOLD

बेस्टसेलर पुस्तक
'विचार नियम' के रचनाकार

सरश्री

स्वास्थ्य
के लिए
विचार नियम

मनः शक्ति द्वारा तंदुरुस्ती कैसे पाएँ

स्वास्थ्य के लिए विचार नियम मनः शक्ति द्वारा तंदुरुस्ती कैसे पाएँ

© Tejgyan Global Foundation

All Rights Reserved 2016

Tejgyan Global Foundation is a charitable organization with its headquarter in Pune, India.

वॉव पब्लिशिंग्ज् प्रा. लि. द्वारा प्रकाशित यह पुस्तक इस शर्त पर विक्रय की जा रही है कि प्रकाशक की लिखित पूर्वानुमति के बिना इसे व्यावसायिक अथवा अन्य किसी भी रूप में उपयोग नहीं किया जा सकता। इसे पुनः प्रकाशित कर बेचा या किराए पर नहीं दिया जा सकता तथा जिल्दबंद या खुले किसी भी अन्य रूप में पाठकों के मध्य इसका परिचालन नहीं किया जा सकता। ये सभी शर्तें पुस्तक के खरीददार पर भी लागू होंगी। इस संदर्भ में सभी प्रकाशनाधिकार सुरक्षित हैं। इस पुस्तक का आंशिक रूप में पुनः प्रकाशन या पुनः प्रकाशनार्थ अपने रिकॉर्ड में सुरक्षित रखने, इसे पुनः प्रस्तुत करने की प्रति अपनाने, इसका अनूदित रूप तैयार करने अथवा इलेक्ट्रॉनिक, मैकेनिकल, फोटोकॉपी और रिकॉर्डिंग आदि किसी भी पद्धति से इसका उपयोग करने हेतु समस्त प्रकाशनाधिकार रखनेवाले अधिकारी तथा पुस्तक के प्रकाशक की पूर्वानुमति लेना अनिवार्य है।

* Disclaimer : यह पुस्तक लोगों को 'विचारों का स्वास्थ्य पर होनेवाले असर की' जानकारी देने और विचारों के प्रति होश जगाने हेतु प्रकाशित की गई है। इसलिए सर्व प्रथम इसे पूर्णतः पढ़कर, पूरा समझ लें।
* यदि इस वक्त आप किसी व्याधि (बीमारी) से गुजर रहे हैं तो इस पुस्तक का सहारा भरपूर लें, साथ ही साथ अपने डॉक्टर से संपर्क अवश्य करें, जो नई विधियों को स्वीकार करता हो। उसके बाद उचित सलाह अनुसार उपचार शुरू करें।
* कोई भी बीमारी शरीर में निर्माण होने से पहले उसका निर्माण विचारों में पहले होता है। इसलिए बीमारी की जड़ तक पहुँचना बहुत ही महत्वपूर्ण है। इसका अर्थ यह कतई नहीं है कि आप सिर्फ प्रस्तुत पुस्तक में दिए गए उपचारों का ही शत-प्रतिशत लाभ लें बल्कि आप नियमित रूप से जो भी दवाइयाँ ले रहे हैं, उनकी मात्रा कम-ज़्यादा या पूर्णतः बंद करने के लिए डॉक्टर से सलाह ज़रूर लें।
* इस पुस्तक में मुद्रित जानकारी सही व शुद्ध रूप में प्रकाशित करने हेतु प्रकाशक द्वारा हर संभव प्रयास किए गए हैं। फिर भी संपादन कार्य या प्रिंटिंग संबंधित त्रुटी, चूक या लापरवाही के लिए लेखक या प्रकाशक उत्तरदाई नहीं हैं।

प्रथम संस्करण : जनवरी 2016

रिप्रिंट : मई 2016, अगस्त 2016, जून 2017, अक्टूबर 2019

प्रकाशक : वॉव पब्लिशिंग्ज् प्रा. लि., पुणे

ISBN : 978-81-8415-464-1

Swasthya Ke Liye Vichar Niyam Mann - Shakti Dwara Tandurusti Kaise Payen
by Sirshree Tejparkhi

यह पुस्तक समर्पित है, उन सभी हीलर्स को जिनकी शुद्ध उपस्थिति और क्षमा साधना से पृथ्वी के अनंत जीव सच्चा स्वास्थ्य पा रहे हैं।

संपादकीय

यह पुस्तक सरश्री की शिक्षाओं पर आधारित है। सरश्री ने अध्यात्म से संबंधित हर पहलू पर आज की लोकभाषा में बहुत ही गहरा मार्गदर्शन दिया है। परिणामस्वरूप आज अनेक लोगों की चेतना ऊपर उठी है। प्रस्तुत पुस्तक में सरश्री की आध्यात्मिक शिक्षाओं का 'स्वास्थ्य' इस विषय से होनेवाला संबंध प्रस्तुत किया गया है।

यह पुस्तक सरश्री द्वारा रचित 'विचार नियम- आपकी कामयाबी का रहस्य' इस बेस्टसेलर पुस्तक पर आधारित है। इस पुस्तक की कई भाषाओं में अब तक लाखों प्रतियाँ बिक चुकी हैं। 'विचार नियम' जो मूल पुस्तक है- सरश्री द्वारा दिए गए संदेशों का योग है। 'स्वास्थ्य के लिए विचार नियम' उसी मूल पुस्तक की विशेष प्रस्तुति है, जिसमें स्वास्थ्य संबंधित अमल में लाए जानेवाले प्रयोगों का समावेश किया गया है। प्रस्तुत पुस्तक अपने आपमें पूर्ण है। जिसका लाभ कदम-दर-कदम इस तरह लिया जा सकता है।

१. स्वास्थ्य प्राप्ति में विचार नियम की शक्ति कैसे काम करती है, यह विस्तार से जानने के लिए पुस्तक का पहला खण्ड पढ़ें।

२. नकारात्मक विचारों का स्वास्थ्य पर होनेवाले असर को मिटाने के लिए पुस्तक का दूसरा खण्ड, 'स्वास्थ्य प्राप्ति के ७ औजार' पढ़ें।

३. नकारात्मक भावनाओं से मुक्त होकर स्वास्थ्य पाने के लिए खण्ड ३ में स्थित 'जैसी भावना वैसा स्वास्थ्य' यह अध्याय ज़रूर पढ़ें ।

४. अपना स्वभाव पहचानकर, भावनात्मक स्तर पर आई असंतुलितता को मिटाने के लिए अध्याय १८ में दिए गए १४ नुस्खों का लाभ अपने स्वभाव अनुसार अवश्य लें।

५. पुस्तक के परिशिष्ट में कुछ नैचरल थेरेपीज और स्वास्थ्य संबंधित पुस्तकों की जानकारी भी दी गई है।

६. इस पुस्तक में कुछ जगहों पर अंग्रेजी शब्दों का इस्तेमाल किया गया है। जैसे स्वास्थ्य की बजाय 'हेल्थ' शब्द का इस्तेमाल किया गया है। ऐसे ही वेट लॉस, डायबेटिस, हेल्थ गेन, फेथ फेअर बुक' ऐसे कई अंग्रेजी शब्दों का भी उपयोग किया गया है। सरश्री की शिक्षाओं को आज की लोकभाषा में प्रस्तुत करने का यह प्रयास है।

स्वास्थ्य का पूर्ण ज्ञान प्राप्त करने हेतु इस पुस्तक को पूरा पढ़ें। योग्य जानकारी को हाईलाइटर (मार्कर पेन) से निशान लगाकर रखें और समय-समय पर उन्हें फिर से पढ़कर अमल करें।

स्वास्थ्य संकेत सूची

प्रस्तावना		स्वास्थ्य बने सबसे बड़ी दौलत	11
खण्ड 1		स्वास्थ्य प्राप्ति के **7 नियम**	15
01	एक	स्वास्थ्य का निर्माण पहले विचारों में होता है पहला स्वास्थ्य नियम	17
02	दो	स्वास्थ्य के दो साथी – जोश और होश दूसरा स्वास्थ्य नियम	22
03	तीन	स्वास्थ्य के चार रहस्य तीसरा स्वास्थ्य नियम	27
04	चार	शारीरिक और सामाजिक स्वास्थ्य एक साथ चौथा स्वास्थ्य नियम	37
05	पाँच	स्वास्थ्य संपन्न बनने का राज़ पाँचवाँ स्वास्थ्य नियम	42
06	छह	दूसरों के विचार आपका स्वास्थ्य छठवाँ स्वास्थ्य नियम	50
07	सात	विचार और कृति में ताल-मेल सातवाँ स्वास्थ्य नियम	56
खण्ड 2		स्वास्थ्य प्राप्ति के **7 औजार**	65
08	एक	स्वसंवाद से स्वास्थ्य की ओर स्वास्थ्य प्राप्ति का पहला औजार	67

09	दो	दिशायुक्त कल्पना शक्ति	73
		स्वास्थ्य प्राप्ति का दूसरा औजार- A	
10		दिशायुक्त कल्पना के आठ कदम	78
		स्वास्थ्य प्राप्ति का दूसरा औजार- B	
11	तीन	फेथ फेअर बुक इन ऑक्शन	83
		स्वास्थ्य प्राप्ति का तीसरा औजार	
12	चार	अपने शरीर से क्षमा माँगकर स्वास्थ्य पाएँ	90
		स्वास्थ्य प्राप्ति का चौथा औजार	
13	पाँच	स्वास्थ्य का पासवर्ड	97
		स्वास्थ्य प्राप्ति का पाँचवाँ औजार	
14	छह	तंदुरुस्ती और ए.एम.एस.वाय. हीलिंग	107
		स्वास्थ्य प्राप्ति का छठा औजार	
15	सात	स्वीकार की दवा और स्वास्थ्य का दावा	118
		स्वास्थ्य प्राप्ति का सातवाँ औजार	
खण्ड 3		**मन स्वस्थ तो तन स्वस्थ – 7 संकेत**	**125**
16	एक	जैसी भावना वैसा स्वास्थ्य	127
		इमोशन्स वश में तो स्वास्थ्य बस में	
17	दो	क्या आप इमोशनल हैं	131
		स्वास्थ्य प्राप्ति के पाँच कदम	
18	तीन	आपका स्वभाव, आपका स्वास्थ्य	137
		मानसिक स्वास्थ्य प्राप्ति के १४ नुस्खे	
19	चार	एक शब्द से पाएँ स्वास्थ्य लाभ	162
		हेल्प...हेल्प...हेल्प	
20	पाँच	तनाव मुक्त जीवन का राज़	165
		जाने दो... जाने दो... जाने दो	

21	छह	क्या बीमारी आपकी ज़रूरत है?	169
		अनचाही ज़रूरत से मुक्ति पाएँ	
22	सात	मौन से स्वस्थ कैसे हों	173
		तीन चरण	

परिशिष्ट — 175

23	एक	कुदरत के स्वास्थ्य टिप्स	177
		फोकस 'जो मिला है' पर रखें	
24	दो	स्वास्थ्य के तीन कुदरती साथी	184
		यू.एफ.टी., बी.एफ.टी., ई.एफ.टी.	
25	तीन	विचार नियम और क्षमा से उपचार	190
		बीमारी से मुक्त हुए स्वस्थ लोगों का बयान	

प्रस्तावना

स्वास्थ्य बने सबसे बड़ी दौलत

खुद को लाचार और बेचारा मानकर जीना छोड़ दें।
खुद को स्वीकार का प्यार देकर नए युग की शुरुआत करें।
'मैं खुद को माफ कर, स्वीकार करता हूँ', कहकर शुरुआत करें।
'मैं जैसा भी हूँ, ईश्वर की बगिया का फूल हूँ',
यह कहकर आज से ही अच्छा महसूस करना शुरू करें।

रूस में एक गरीब और बेरोजगार युवक रहता था। एक दिन अपनी स्थिति से दु:खी होकर वह टॉल्स्टॉय से जा मिला। उनके बीच कुछ इस तरह संवाद हुआ।

युवक : 'मैं बहुत ही गरीब हूँ और मेरे पास कुछ भी नहीं है, मैं क्या करूँ, अपनी यह गरीबी कैसे दूर करूँ?'

टॉल्स्टॉय : (थोड़ी देर तक सोचने के बाद) 'मेरा एक दोस्त मानव शरीर के अंगों का व्यापार करता है। तुम जाकर उसे अपनी दोनों आँखें बेच दो, इससे तुम्हें २० हज़ार रूबल मिल जाएँगे।'

युवक : 'अरे! अगर मेरे पास आँखें नहीं होंगी तो मैं देखूँगा कैसे? चाहे जो हो लेकिन मैं उसे अपनी आँखें किसी भी कीमत पर नहीं बेच सकता।'

टॉल्स्टॉय : 'अच्छा तो एक काम करो, उसे अपनी एक किडनी बेच दो। इससे तुम्हें १५ हज़ार रूबल मिल जाएँगे।'

लेकिन युवक ने किडनी बेचने से भी इनकार कर दिया।

टॉल्स्टॉय : 'तो फिर तुम अपना हृदय बेच दो, तुम्हें १० हज़ार रूबल मिल जाएँगे।'

युवक : 'मैं अपना हृदय भी नहीं बेच सकता।'

टॉल्स्टॉय : 'अच्छा तो तुम एक काम और कर सकते हो। यदि तुम्हें सचमुच अमीर बनना है तो एक लाख में अपना पूरा शरीर ही बेच दो। इससे तुम्हें अपनी गरीबी से तुरंत छुटकारा मिल जाएगा।'

युवक : (झुँझलाते हुए) 'मैं एक लाख तो क्या, एक करोड़ में भी यह शरीर नहीं बेचूँगा।'

टॉल्स्टॉय : (मुस्कराते हुए) 'अभी तो तुम कह रहे थे कि तुम्हारे पास कुछ भी नहीं है और तुम बहुत गरीब हो। जो इंसान एक करोड़ में भी अपना शरीर बेचने के लिए तैयार न हो, वह भला कैसे कह सकता है कि उसके पास कुछ भी नहीं है!'

यह कहानी साफ संकेत देती है कि हमारा शरीर जो विचारों से संचालित होता है कितना महत्वपूर्ण है। शरीर के अंदर चल रहे विचार ऊर्जा उत्पन्न करते हैं। यह ऊर्जा इतनी अधिक होती है कि केवल स्वास्थ्य तो क्या आपका जीवन भी रूपांतरित हो सकता है।

टॉल्स्टॉय से ज्ञान पाकर युवक को यही सबक मिल गया था। अब वह समझ गया था कि उसे जो मानव शरीर मिला है, वह बहुत ही मूल्यवान है, इसका सही उपयोग करके वह सच्ची दौलत कमा सकता है। भविष्य में उस युवक ने खूब परिश्रम किया और सफलता भी प्राप्त की। टॉल्स्टॉय ने उसके विचार जो बदल दिए थे!

एक विचार भी आपका स्वास्थ्य बदल सकता है लेकिन यह केवल आपके हित में काम करे, इसके लिए **'विचार नियम'** की समझ ज़रूरी है।

इंसान का शरीर कुदरत की अद्भुत रचना है। इसके जैसी दूसरी रचना आज तक विज्ञान भी नहीं बना पाया है। यह एक बड़ी प्रयोगशाला के समान है।

इस प्रयोगशाला में खुद से ये सवाल पूछकर आप भी प्रयोग शुरू करें-

- क्या मैंने अपने शरीर का महत्त्व जाना है?
- मेरे पास दुनिया की सबसे मूल्यवान चीज़ है, क्या मुझे इस बात पर विश्वास है?
- क्या मैं इसके लिए आवश्यक सभी बातों का खयाल रखता हूँ?

- कई घंटे लगातार कार्य करने के बावजूद भी क्या मैं चुस्त और उत्साही बना रहता हूँ?
- क्या मैं स्वयं को अंदर से स्वस्थ महसूस करता हूँ?

वास्तव में स्वास्थ्य या बीमारी की शुरुआत पहले विचारों (मन) में होती है। मनः शक्ति द्वारा यदि कोई इंसान एक विचार एक मिनट तक मन में पकड़कर रखने का अभ्यास करे तो उसके जीवन में चमत्कार होने प्रारंभ हो सकते हैं। शुरुआत में शायद यह आपको असंभव लगेगा परंतु समझ प्राप्त होते ही आपके विचारों और विश्वास में अद्भुत परिवर्तन होने लगेगा। **'सब संभव है'** यह यकीन होगा।

'पहला सुख निरोगी काया है' क्या आपको यह यकीन है? अर्थात जब तन स्वस्थ होगा तभी मन स्वस्थ होगा। भगवान बुद्ध ने भी मध्यम मार्ग अपनाते हुए यही इशारा किया है- 'अपने शरीर को स्वस्थ रखना हमारा कर्तव्य है। अगर हम इस कर्तव्य का पालन नहीं करेंगे तो हमारा मस्तिष्क (बोध) शक्तिशाली नहीं रह पाएगा और लक्ष्य (मोक्ष) अधूरा रह जाएगा।'

दरअसल मन, बुद्धि और शरीर का आपस में गहरा संबंध है। इंसान के मन में उठनेवाले सकारात्मक एवं नकारात्मक दोनों प्रकार के विचारों का प्रभाव इंसान के शारीरिक और मानसिक स्वास्थ्य पर होता है। यदि शरीर स्वस्थ नहीं है तो आपके विचार और नज़रिया, दोनों अस्वस्थ ही रहेंगे और आपका पूरा ध्यान अपनी अस्वस्थता पर केंद्रित रहेगा। जिसके चलते आपको उत्साह और ऊर्जा की कमी महसूस होगी। इसलिए आइए, इस पुस्तक के ज़रिए सुस्ती मिटाने, तंदुरुस्ती बढ़ाने और संपूर्ण स्वास्थ्य पाने का राज़ जान लें।

संपूर्ण स्वास्थ्य का अर्थ है तन, मन और ऊर्जा की एकरूपता। हम जानते हैं कि हमारा शरीर हमेशा स्वस्थ और निरोगी रहना चाहिए लेकिन यह बात बहुत कम लोग जानते हैं कि शरीर के साथ-साथ मन, बुद्धि और आपसी रिश्ते भी स्वस्थ रहने चाहिए। सामाजिक, आर्थिक और आध्यात्मिक स्वास्थ्य भी संपूर्ण स्वास्थ्य का हिस्सा हैं।

अगर आपका मन प्रशिक्षित है तो आप कोई भी सफलता आसानी से हासिल कर सकते हैं और 'संपूर्ण सफलता' पाने का पहला पायदान है- 'स्वास्थ्य'। फिर ऐसा शरीर 'पृथ्वी लक्ष्य' पाने में आपकी शत-प्रतिशत सहायता करेगा।

'पृथ्वी लक्ष्य' यानी हमारे पृथ्वी जीवन का मुख्य लक्ष्य- 'मैं कौन हूँ' यह अनुभव से जानना और सर्वोच्च आनंद की अवस्था में स्थापित होकर औरों के परम स्वास्थ्य

के लिए कारण बनना।

यदि आप उपरोक्त बात से सहमत हैं तो आज से ही अपने मनोशरीर यंत्र (शरीर, मन, बुद्धि, बॉडी, माइंड मेकॅनिजम) को तेज़ करना शुरू करें। दूसरे शब्दों में इसे यूँ समझें कि 'स्वास्थ्य के लिए विचार नियम' इस पुस्तक के रूप में आपको एक 'शार्पनिंग टूल' मिला है। जिसका इस्तेमाल करके आप अपने शरीर को मंदिर बना पाएँगे। ऐसा इसलिए करना है क्योंकि **आप शरीर रूपी दौलत के मालिक हैं और दौलत की चाभी है इस विचार नियम का ज्ञान जो आपके पास आ चुका है।**

... सरश्री

तीन मनन प्रश्न और एक कार्ययोजना :

१. क्या मैं स्वयं को अंदर से स्वस्थ महसूस करता हूँ?

२. क्या मैंने अपने शरीर का महत्त्व जाना है?

३. मेरे पास दुनिया की सबसे मूल्यवान चीज़ है, क्या मुझे इस बात पर विश्वास है?

४. 'सब संभव' यह पंक्ति रोज दोहराएँ।

खण्ड १

स्वास्थ्य प्राप्ति के 7 नियम

दिनभर आप ज़िंदगी की सराहना करते हैं
या कोसते रहते हैं?
आपका सच क्या है?
हम जो वर्णन करते रहते हैं,
एक दिन वही हमारा सच बन जाता है।
इसलिए बीमारी का नहीं,
स्वास्थ्य का वर्णन करें।

१ अध्याय

स्वास्थ्य का निर्माण पहले विचारों में होता है

पहला स्वास्थ्य नियम

'**आ**पकी नानी को कैन्सर हो गया है।' डॉक्टर के शब्द सुनकर तनवीर राय की धड़कन तेज हो गई।

'नहीं डॉक्टर साहब... ऐसे कैसे हो सकता है?'

'देखो तनवीर, कैंसर बढ़ने के कारण नानी के जीवन को धोखा हो सकता है। इसलिए मैं आपको सलाह देता हूँ कि जल्द से जल्द ऑपरेशन की तैयारी करें।'

तनवीर बड़ा उदास होकर अस्पताल से बाहर निकला। उसकी आँखों के सामने अंधेरा सा छाने लगा। तनवीर अपनी नानी को सगी माँ से भी ज़्यादा प्यार करता था। माँ के गुजर जाने के बाद नानी ने ही उसका पालन-पोषण किया था।

डॉक्टर के शब्द सुनते वक्त उसे ऐसा महसूस हो रहा था, मानो गरम शीशे पिघलाकर उसके कानों में डाले जा रहे हैं। घर जाकर जब वह नानी से मिला तब एक छोटे बच्चे की तरह रोने लगा। मगर नानी के चेहरे पर उदासी की एक भी रेखा नहीं थी। नानी का बुलंद हौसला देखकर तनवीर चौंक गया।

जैसे-जैसे दिन आगे बढ़ रहे थे, वैसे-वैसे तनवीर के मन में मायूसी बढ़ रही थी। 'आपकी नानी को कैन्सर हो गया है', डॉक्टर का यह एक ही वाक्य उसके अंदर खलबली मचा रहा था। रात को बार-बार उसे वे शब्द याद आ रहे थे। 'अब नानी कुछ ही दिनों तक मेरे साथ रहेगी... वह मुझे हमेशा के लिए छोड़कर चली जाएगी।' तनवीर के मन में नकारात्मक विचारों की दौड़ शुरू हो गई।

सुबह उठते ही तनवीर की आँखों के सामने बचपन की सारी पुरानी

यादें झलकने लगी और उसकी आँखों से आँसू बहने लगे। 'काश! नानी कुछ और साल मेरे संग रह पाती... मैं नानी को चारों धामों की यात्रा पर ले जाना चाहता हूँ... मुझे नानी के लिए वह सब कुछ करना है, जो मैं कर सकता हूँ...।' मन में चलते इन विचारों से तनवीर की जान में जान आ गई। उसने ठान लिया- 'मैं नानी की बाकी ज़िंदगी बेहतरीन बनाऊँगा।' इतने में पीछे से आवाज़ आई, 'तनवीर बेटा, मैं जानती हूँ तुम कितने परेशान हो... मैं कई दिनों से देख रही हूँ कि तुम्हारा ध्यान न बिजनेस में है, न ही किसी चीज़ में मगर एक बात बताऊँ बेटा, मुझे पूरा यकीन है कि मैं ठीक होनेवाली हूँ... मुझे पूरी तरह से ठीक होना ही है।'

नानी की बातें सुनकर तनवीर के शरीर पर रोंगटे खड़े हो गए। उसे लगा था कि कैन्सर की न्यूज़ सुनकर नानी कुछ दिनों से शांत है यानी वह बहुत तनाव में है। मगर जैसे ही उसकी नानी के साथ बातचीत हुई, उसने जाना कि नानी के विचारों में अभी भी जीने की आशा है, उसके मुँह से एक भी नकारात्मक शब्द नहीं निकला और वह बार-बार हाथ जोड़कर, शांतचित्त होकर कुछ प्रार्थनाएँ करती रहती है।

आखिर वह ऑपरेशन का दिन आ ही गया। सहमतिपत्र पर हस्ताक्षर करते वक्त तनवीर का हाथ काँप रहा था। उसकी आँखों में डर की भावना साफ-साफ दिखाई दे रही थी। नानी से मिलकर वह ऑपरेशन थिएटर के बाहर रुका। लगातार दो घंटों तक ऑपरेशन चल रहा था। तनवीर ने अपने मन की तैयारी की थी। दो घंटों के बाद डॉक्टर ऑपरेशन थिएटर से बाहर आए। उनके शांत, गंभीर चेहरे पर मुस्कराहट थी। वे तनवीर के पास आकर बोले- 'मेडिकल हिस्टरी में शायद ही ऐसा हुआ है कि इस स्टेज पर आई कैन्सर पेशेंट की फाईल पर मैं ग्रीन कलर से हस्ताक्षर कर रहा हूँ।'

'मतलब क्या हुआ डॉक्टर?' तनवीर का चेहरा डर के कारण सूख गया था।'

'तनवीर, मुझे यकीन नहीं आ रहा है कि आपकी नानी पूरी तरह से ठीक हो चुकी है। मेरे लिए तो यह किसी चमत्कार से कम नहीं है। आज मैं देख रहा हूँ कि नानी के शरीर में एक भी कैन्सर ट्यूमर नहीं है। आज का दिन मेरी ज़िंदगी का सबसे यादगार दिन रहेगा!'

'क्या बात कर रहे हो डॉक्टर साहब? नानी पूरी तरह से ठीक हो चुकी है! मुझे इस बात पर यकीन ही नहीं आ रहा है...' तनवीर खुशी के कारण जोर-जोर से रोने लगा।

जब नानी से उसकी मुलाकात हुई तब उसने देखा नानी इस क्षण भी दोनों हाथ जोड़कर प्रार्थना कर रही थी, **'मैं बिलकुल ठीक हूँ... मैं स्वस्थ हूँ।'**

क्या आपने कभी ऐसा उदाहरण कहीं पढ़ा या सुना है? आज तक मेडिकल साइंस में ऐसे कई केसेस देखे गए हैं, जो पढ़कर या सुनकर लोग आश्चर्य करने लगते हैं। जी हाँ! लाइलाज बीमारियाँ भी तीव्र इच्छाशक्ति के सामने हाथ जोड़ती हैं क्योंकि **विचारों की शक्ति न सिर्फ चमत्कार कर सकती है बल्कि पत्थर जैसी बीमारी को भी शीशा बना सकती है।**

लाइलाज बीमारी ठीक होना हो या सुख प्राप्ति हो, प्रार्थना का फल मिलना हो या किसी अपाहिज का हिम्मत से खड़ा रहना हो, विश्व में हर चीज़ पहले वैचारिक स्तर पर निर्माण होती है। स्वास्थ्य के साथ भी यही नियम लागू होता है। अगर आप लाइलाज बीमारी से बाहर आना चाहते हैं या स्वास्थ्य का अंतिम चरण छूना चाहते हैं तो कृपया पहले इस पहले नियम पर गौर करें –

स्वास्थ्य का भौतिक निर्माण होने से पहले स्रोत द्वारा उसकी निर्मिति पहले विचारों में होती है।

सोर्स यानी परम चैतन्य, विचारशून्य अवस्था जहाँ से भाव और विचार उत्पन्न होते हैं। कुदरत आपके हर विचार को 'तथास्तु' कहती है। फिर चाहे वह विचार स्वास्थ्यपूर्ण हो या रोग का अंदेशा।

अगर आप लोगों को गौर से देखेंगे, उनके बारे में पढ़ेंगे या सुनेंगे तो आप निश्चित तौर पर यह देख पाएँगे कि संसार में दो तरह के लोग होते हैं। पहले वे जो स्वास्थ्य से लबालब भरे हुए होते हैं और दूसरे वे जो अस्वस्थ रहते हैं। एक ने कमान अपने हाथ में रखी हुई है, वहीं दूसरे की लगाम किसी और के पास है। दोनों में फर्क क्या है? फर्क यही है कि पहले तरीके में आनेवाले लोगों को स्वास्थ्य विचारों में भी दिखाई देता है। इसी कारण वे लाइलाज बीमारी में भी विश्वास, श्रद्धा और विचार नियम के सहारे अकंप रह पाते हैं क्योंकि वे जानते हैं– **जैसे हमारे विचार वैसा ही हमारा स्वास्थ्य!**

सिर्फ स्वास्थ्य ही नहीं बल्कि हमारी क्षमता, हमें मिलनेवाली सफलता या असफलता, हमारे जीवन में आनेवाले लोग, हमारी आर्थिक स्थिति, जीवन में होनेवाली घटनाएँ और हमारे द्वारा होनेवाले रचनात्मक कार्य... सभी का निर्माण पहले मानसिक स्तर पर होता है और जब विचार वास्तविक में बदलते हैं तब होता है उसका बाहरी प्रकटीकरण! यह बिलकुल वैसा ही है, जैसे गर्भ में होनेवाले बच्चे पर किए गए संस्कार। हालाँकि गर्भ पर होनेवाले संस्कार बाहर से दिखाई नहीं देते मगर बच्चा जन्मने के बाद वे सभी पहलू वास्तविकता में दिखाई देते हैं, जो माँ ने बच्चा पेट में होते हुए सोचे थे, महसूस किए थे।

तनवीर की नानी को कैन्सर होने के बावजूद भी वह एक ही विचार पूरे विश्वास के साथ दोहरा रही थी- **'मैं स्वस्थ हूँ... मैं स्वास्थ्य की उच्चतम अवस्था को प्राप्त कर रही हूँ... मैं बिलकुल ठीक हो रही हूँ।'** बस! बार-बार दोहराया गया यह एक दमदार सकारात्मक विचार ही उनके संपूर्ण स्वास्थ्य का कारण बन गया। यहाँ पर एक महत्वपूर्ण बात याद रखें कोई भी सकारात्मक विचार दोहराते वक्त दृढ़ विश्वास और श्रद्धा होना ज़रूरी है। यह विचार दोहराने से पहले, प्रार्थना अथवा कुछ देर ध्यान करते हुए, अपने स्रोत (निर्विवार अवस्था) में डुबकी लगाएँ। तनवीर की नानी भी बार-बार और हर रात सोते वक्त यह प्रार्थना दोहराती थी। आज मनोविज्ञान ने भी यह साबित किया है कि अगर हम अपने अंतर्मन को बार-बार स्वास्थ्य पूर्ण सुझाव दें तो नींद में भी वह हमारे शरीर की हर कोशिका को स्वास्थ्य प्रदान करने में जुट जाता है क्योंकि स्वास्थ्य का निर्माण पहले अंतर्मन में होता है, बाद में स्वास्थ्य बाहरी स्तर पर आविष्कृत होता है। फिर भी अधिकांश लोग स्वास्थ्य के बारे में न बोलते हुए बीमारी, दुःख-दर्द के बारे में ही बातें करते रहते हैं। उन्हें यह पता ही नहीं है कि ऐसा करके वे अपने अंदर छिपे हुए 'हीलर' (उपचार करने की शक्ति) का बहिष्कार कर रहे हैं।

अतः नकारात्मक विचारों के असर से बचने के लिए सबसे पहले अपने विचारों में 'विचार नियम' की समझ द्वारा परिवर्तन लाना सीखें। यदि आपका विचारों को देखने का दृष्टिकोण बदल जाए तो आपको आश्चर्य होगा, आपका जीवन सहजता से बदल जाएगा क्योंकि दृष्टि बदलते ही सृष्टि (आपकी दुनिया) बदलती है।

जैसे एक इंसान बहुत दुःखी होकर अपने मित्र को बताता है- 'मेरे छोटे अंकल कल मर गए और मेरे लिए पचास हज़ार रुपए छोड़कर गए। उसके एक हफ्ते पहले मेरे बड़े अंकल मर गए और मेरे लिए पचीस हज़ार रुपए छोड़कर गए। दुःख इस बात का है कि मुझे सिर्फ दो ही अंकल थे। काश! मुझे और अंकल होते...।' इस तरह सोचनेवाले लोग जीवन में कोई भी घटना होने पर दुःखी ही होते हैं। उनके नकारात्मक विचार कभी नहीं बदलते।

एक इंसान को किसी कारणवश यदि कुछ बेचैनी, कमज़ोरी या शरीर में थकान महसूस होती है तो वह सोचता है 'शायद मुझे कैन्सर है।' इस पर उसे इतना यकीन होता है कि वह डॉक्टर से मिलने जाता है। डॉक्टर जब उस इंसान की पूरी टेस्ट और चेकअप करके उसे बताते हैं कि 'आपको कैन्सर नहीं हुआ है, आपके शरीर में कैन्सर के कोई लक्षण नहीं हैं।' तब भी वह इंसान डॉक्टर को कहता है- 'मैंने सुना है कैन्सर ऐसा भी होता है कि उसके कोई लक्षण नज़र नहीं आते मगर कैन्सर होता है। मुझमें भी इस वक्त कैन्सर के कोई लक्षण नहीं हैं तो इसका अर्थ यह कैन्सर ही होगा।'

अब ऐसा इंसान यदि अपने विचारों से मौत को भी दावत दे बैठे तो इसमें आश्चर्य की कोई बात नहीं होगी !

इन उदाहरणों से आपको विचारों की शक्ति का अंदाजा आया होगा कि किस तरह इंसान बीमारी से मुक्ति पा सकता है या असमय मौत भी अपनी ओर आकर्षित कर सकता है।

यदि आप संपूर्ण स्वास्थ्य चाहते हैं तो पहले नियम पर गौर करें, **स्वास्थ्य का भौतिक निर्माण होने से पहले स्रोत द्वारा उसकी निर्मिति पहले विचारों में होती है।** ध्यान रखें, आपका सकारात्मक विचार हर अंग को ऊर्जा प्रदान करता है। हर विचार के साथ आपके शरीर की विशिष्ट कोशिका क्रियाशील बनती है, साथ ही मस्तिष्क के कुछ हिस्से, मज्जातंतु (spine-fiber) और स्नायु (muscles) भी सक्रिय होने लगते हैं।

यदि ऐसा है तो गौर करें, जो विचार आप बार-बार दोहराते हैं, उनकी वजह से शरीर की अवस्था में किस तरह के बदलाव आते होंगे? बीमारी का रूपांतरण स्वास्थ्य में होने के लिए हर शरीर को इसी प्रक्रिया से गुजरना पड़ता है क्योंकि जिस दुनिया में हम रहते हैं, उससे भी पहले एक दुनिया से हमें गुजरना पड़ता है। वह दुनिया कहीं और नहीं बल्कि हमारे अंदर ही है...वह है हमारी विचारों की, भावनाओं की दुनिया! इस अंदरूनी दुनिया में जो निर्माण होता है, उसी का प्रतिबिंब बाहरी जगत् में दिखाई देता है। यही है पहला विचार नियम, विश्व में किसी भी चीज़ का बाहरी निर्माण होने से पहले उसका विचारों में स्रोत द्वारा निर्माण होता है।

अब फैसला आपके हाथ में है कि आप इस नियम का लाभ लेना चाहते हैं या नहीं? आप जो सेहत चाहते हैं, वह पा सकते हैं, ज़रूरत है स्वास्थ्य के लिए विचार नियम जानकर उसे अपने जीवन में अपनाने की।

मनन प्रश्न :

क्या मेरे स्वास्थ्य का निर्माण मेरे विचारों में है?

कार्ययोजना :

'मैं स्वास्थ्य हूँ, मैं स्वास्थ्य की उच्चतम अवस्था प्राप्त कर रहा हूँ, मैं बिलकुल ठीक हूँ।' यह पंक्ति पूरे विश्वास से एक बार दोहराएँ।

२

अध्याय

स्वास्थ्य के दो साथी जोश और होश

2

दूसरा स्वास्थ्य नियम

विचार आपके सेहत पर किसी न किसी तरह से असर कर ही रहे हैं परंतु सारे विचार साकार नहीं होते क्योंकि दिनभर में कई विचार यूँ ही चलते रहते हैं। ये शेखचिल्लीवाले (डिंगे हाकनेवाले) विचार हकीकत में नहीं बदलते। जिन विचारों में होश और जोश एक दिशा में होते हैं, वे ही विचार हकीकत में बदलते हैं। इसलिए प्रस्तुत नियम को समझना महत्वपूर्ण है। वह है- **'होश और जोश में किए गए दिशायुक्त सकारात्मक विचारों से ही स्वास्थ्य प्राप्त होता है।'**

यहाँ पहला पहलू आता है 'होश' यानी विचारों के प्रति जाग्रति और स्पष्टता। वरना इंसान दिशाहीन इंसान की तरह विचारों की भीड़ में भटकता रहता है कि 'मुझे यह नहीं तो वह चाहिए... मुझे वह मिल गया तो इससे मैं यह करूँगा... फिर ऐसा नहीं होगा तो... ।' इस तरह विचारों के शोरगुल में कई बार वह अपने ही विचारों के विरुद्ध सोचने लगता है। नतीजन उसे रोग के अलावा कोई परिणाम नहीं मिलता।

अधिकतर लोग जो चाहते हैं, उसे अगर वे नहीं पाते तो इसका एक प्रमुख कारण यह है कि उन्होंने उनके विचारों को होश और जोश के साथ दोहराया नहीं है। जोश यानी ऊर्जा, होश यानी सजगता... सजगता के साथ जब दिशा और ऊर्जा जुड़ जाती है तब आश्चर्यजनक परिणाम दिखने लगते हैं। लोग अस्वास्थ्य से पीड़ित क्यों हैं? क्योंकि उन्हें वाकई स्पष्ट और यकीन नहीं है कि उन्हें स्वास्थ्य मिल सकता है। परिणामस्वरूप उनके परस्परविरोधी विचार एक-दूसरे के साथ टकराकर ऊर्जाहीन बनते हैं। इसलिए हर इंसान को इस बात पर मनन करना चाहिए कि 'मेरे विचार एक-दूसरे को कहाँ पर काट रहे हैं?'

एक बीमार इंसान सोचता है, 'मैं इस बीमारी से अभी पूरी तरह से मुक्त हो जाऊँगा तो कितना अच्छा होगा!' उसका यह विचार काम करने लगता है और उसके फल को देने की सृजन प्रक्रिया भी शुरू हो जाती है। मगर दूसरे ही दिन वह सोचने लगता है, 'अगर मैं जल्दी ठीक हो जाऊँगा तो घर के सभी लोग मुझे ही सारे काम बताएँगे। फिर ऑफिस भी जाना पड़ेगा। वहाँ की परेशानियाँ फिर से शुरू हो जाएँगी। अब मैं कितने मजे में हूँ... सभी मेरी कितनी केयर कर रहे हैं। यहाँ मुझे स्वादिष्ट भोजन, फलाहार, जूस, आराम... सब कुछ मिल रहा है।'

ऐसे विचार उसके पहले विचार को काट देते हैं। उस इंसान को पता ही नहीं चलता कि उसने अपने इस नकारात्मक विचारों से खुद का कितना बड़ा नुकसान कर दिया। उसने अपने पुराने सकारात्मक विचार को काट डाला और स्वास्थ्य लाभ देनेवाली सृजन प्रक्रिया को बीच में ही रोक दिया।

कभी इंसान सोचता है कि 'मेरा स्वास्थ्य अच्छा रहे।' फिर कभी वह सोचता है कि 'मैं जल्दी मरनेवाला हूँ क्योंकि मैं बिलकुल भी व्यायाम नहीं करता।' इससे दूसरा विचार पहले को काटता है।

कहने का अर्थ- विचारों में यकीन का जोश और विचार नियम का होश न होने की वजह से आपका मन और मस्तिष्क खंडित हो जाता है। आपका मन दिशाहीन होकर ऐसी बातों के बारे में सोचना शुरू करता है, जो वास्तव में सच नहीं होती। परिणामस्वरूप, आपके ही विचार एक-दूसरे को काट डालते हैं और आप उत्साह, ऊर्जा की अखंडता को खो देते हैं। यदि आप जोश (सकारात्मक भावना) और होश (सजगता) के साथ अपने चेतन मन को स्वास्थ्यपूर्ण विचारों के सुझाव देंगे तो यह सुझाव आपके अंतर्मन तक पहुँच जाएँगे। जिससे आपका अंतर्मन उन विचारों पर कार्य करके आपके जीवन में स्वास्थ्य का सृजन करेगा।

अगर आप दो कदम आगे जाकर कुछ क्षण बाद दो कदम पीछे जाएँगे तो आप स्वयं को उसी जगह पर पाएँगे जहाँ आप पहले थे। अधिकांश लोग अपने विचारों के साथ यही करते हैं। हालाँकि वे स्वयं को बताते रहते हैं कि मुझे स्वास्थ्य चाहिए... मैं छरहरा दिखना चाहता हूँ मगर थोड़ा सिरदर्द होते ही उनके विचार नकारात्मक हो जाते हैं।

स्वास्थ्य के बारे में भी आपको यही नियम अपनाना है। यदि कभी आपको

बीमारी से गुजरना पड़े तो स्वयं से कहें, 'यह बीमारी नहीं, स्वास्थ्य की नई तैयारी है... यह तो बीमारी के बादल हैं, जो आते-जाते रहते हैं, इनके पीछे तो स्वास्थ्य का सूरज चमक रहा है।' इस तरह अपने विचारों में होनेवाला विरोधाभास मिटाएँ। वरना इंसान को स्वास्थ्य तो चाहिए मगर उसके अंदर यदि स्वास्थ्य के विपरीत स्वसंवाद चल रहे हैं तो नतीजा नकारात्मक ही आनेवाला है।

मानो, आपके विचार स्वास्थ्यवर्धक हैं लेकिन आपको उसका फल न मिलता हो तो खुद से पूछें- 'कहीं ऐसा तो नहीं कि मैं अपने सकारात्मक विचार काट रहा हूँ?' फिर देखें आप अपने अच्छे, सकारात्मक और हेल्दी विचारों को कहाँ-कहाँ काट रहे हैं। अगर आप दो विपरीत दिशाओं में जाना चाहेंगे तो आप कहीं भी नहीं पहुँचेंगे। एक ही वक्त अंधेरा और रोशनी टिक नहीं सकती। वैसे ही एक ही वक्त स्वास्थ्य और अस्वास्थ्य टिक नहीं सकता। अब फैसला आपके हाथ में है। आपको क्या चाहिए, स्वास्थ्य की रोशनी या अस्वास्थ्य का अंधेरा?

अगर आप कहते हैं कि 'मुझे हमेशा स्वास्थ्य चाहिए' तो कुदरत उसकी सृजन प्रक्रिया तुरंत शुरू कर देती है। दूसरी ओर अगर आप कहते हैं कि 'बीमार होकर आराम करने में ही मजा है' तो भी कुदरत अपनी सृजन प्रक्रिया शुरू कर देती है। अर्थात आप जो भी विचार करें, कुदरत तो बस 'तथास्तु' कहती है और आपको आपके कहे मुताबिक परिणाम मिलते हैं।

जब इंसान की दो विपरीत विचारधाराएँ एक-दूसरे को काट देती हैं तब वह देखता है कि उसके जीवन में 'कभी स्वास्थ्य, कभी बीमारी', 'कभी खुशी, कभी गम' का माहौल चलता रहता है। उसे विचार नियम का पूर्ण ज्ञान नहीं होता इसलिए वह नहीं जानता कि उसके जीवन में संपूर्ण स्वास्थ्य आ सकता था। लेकिन नकारात्मक विचार रखकर उसने अपने ही पैरों पर कुल्हाड़ी मार ली। उसने अपने विचारों में गलत बीज डालकर अपना नुकसान कर लिया।

इसलिए इस बात का ध्यान रखें और यह दृढ़ विश्वास रखकर चलें कि अगर आप स्वास्थ्य चाहते हैं तो वह आपको ज़रूर मिल सकता है।

विचारों का यह नियम भावनात्मक शक्ति से संबंधित है। विचार नियम के अनुसार किसी चीज़ का विचारों में निर्माण होता है और फिर उसे हमारी भावना (जोश) से बल मिलता है।

आपके कुछ विचार ऐसे होते हैं जो साकार हो चुके होते हैं लेकिन उनके परिणाम आप तक पहुँचने में देर लगती है। वे रास्ते में ही रुक गए होते हैं क्योंकि आप उन विचारों को भावना का बल देना छोड़ देते हैं। आपको कुछ दिखाई नहीं देता कि क्या हो रहा है क्योंकि आपके लिए सब अदृश्य में होता है। अदृश्य में होने की वजह से लोग अपने विचारों को बल देना बंद कर देते हैं। जैसे- कोई इंसान स्वास्थ्य के लिए व्यायाम, योगा, सात्विक भोजन, प्रार्थना, ध्यान जैसी सकारात्मक बातें निरंतरता से करता है। मगर कुछ दिनों बाद उसे कोई मामूली बीमारी हो जाती है। इस बात के कारण उस इंसान का विश्वास कम हो जाता है और वह अपनी भावना को बल देना बंद कर देता है। नतीजन जो स्वास्थ्य उसके पास आ रहा था, बीच में ही रुक जाता है।

फिर एक बार समझें कि दूसरा नियम कहता है, **'जो दिशायुक्त विचार होश और जोश में किए जाते हैं, वे ही हकीकत में बदलते हैं।'** स्पष्टता और सजगता, विचारों में होश लाते हैं। तीव्रता और पुनरावृत्ति, भावनाओं में जोश का निर्माण करने के महत्वपूर्ण पहलू हैं।

> लोकमान्य तिलक ने जब स्वास्थ्य पर कार्य करने का निर्णय लिया था तब उन्होंने अपनी शिक्षा को भी कुछ अवधि तक विराम दिया था। क्योंकि उनके अंदर राष्ट्रभक्ति की भावना का प्रबल बल था। व्यायाम करके शरीर सशक्त बनाना उनके लिए पूर्व तैयारी थी। देश की स्वतंत्रता के लिए उन्हें आगे जाकर जो क्रांति करनी थी, उसकी पूर्व तैयारी में उन्होंने इतना व्यायाम किया कि अल्प अवधि में उनका शरीर बलशाली हो गया... इसी कारण वे आगे जाकर सभी समस्याओं का, चुनैतियों का सामना कर पाए। इसके पीछे शक्ति जुड़ी थी राष्ट्रभक्ति के भावना की। राष्ट्रभक्ति का जोश ही उनके स्वास्थ्य का राज़ था।

अब आप गौर करें कि स्वास्थ्य पाने के लिए क्या ऐसी प्रबल भाव शक्ति आपके जीवन में कार्य कर रही है? क्या आप आत्मसाक्षात्कार पाने के लिए शरीर को मंदिर बनाना चाहते हैं? क्या आप अपने बच्चों के साथ लंबे समय तक वक्त बिताना चाहते हैं? क्या आप इसलिए निरोगी रहना चाहते हैं ताकि आप हमेशा लोगों की सेवा में तत्पर रह सकें। आज ही आप भी लोकमान्य तिलक की तरह किसी एक प्रबल उद्देश्य को चुनें और उस उद्देश्य से स्वास्थ्य के लिए भरपूर प्रेरणा प्राप्त करते रहें।

इस नियम का इस्तेमाल करने के लिए जो भी नकारात्मक धारणाएँ आपके मन में

हों, उन्हें त्याग दें। इसके लिए आपको दिखावटी सत्य से दूर रहना चाहिए। दिखावटी सत्य यानी ऐसे दृश्य, जिन्हें देखकर आप दु:खी होते हैं और उन्हें ही सत्य मान लेते हैं। केवल बीमारी से मुक्त होना लक्ष्य नहीं है, स्वस्थ होना, स्वस्थ रहना, स्वास्थ्य फैलाना संपूर्ण लक्ष्य है।

मनन प्रश्न :

१. क्या मुझमें अपने विचारों के प्रति होश और जोश जागा है?

२. मेरे विचार एक-दूसरे को कहाँ पर काट रहे हैं?

कार्ययोजना :

जब भी मौका मिले ये स्वसंवाद दोहराएँ :

१. 'मैं इस बीमारी से अभी पूरी तरह से मुक्त होना चाहता हूँ, यह मैं कुदरत को स्पष्ट संकेत दे रहा हूँ।'

२. 'मैं बीमारी के बादल के पीछे चमकते हुए स्वास्थ्य के सूरज को देख रहा हूँ।'

३

अध्याय

स्वास्थ्य के चार रहस्य

तीसरा स्वास्थ्य नियम

क्या आपने कभी इस घटना का अनुभव किया है कि जब कोई बीमार होता है तो अकसर लोग फ्लॉवर्स, फ्रूट्स लेकर मरीज़ को 'गेट वेल सून...' कहने आते हैं? मगर क्या वे मरीज़ को वाकई फूल देकर जाते हैं? नहीं। फूल तो सिर्फ उनके हाथों में होते हैं, जबकि वे खुद नकारात्मक विचारों के शिकार होते हैं। हालाँकि इस बात का अंदाजा उन्हें भी नहीं होता। जाने-अनजाने में उनके मुँह से कुछ ऐसे नकारात्मक शब्द निकल ही जाते हैं, जो मरीज के अंतर्मन को इतने चुभते हैं कि वह और बीमार हो जाता है।

अतः किसी भी मरीज को मिलने से पहले हमें थोड़ा सोच लेना चाहिए। उससे सकारात्मक शब्द ही कहे जाने चाहिए। जैसे 'नाईस! तुम आज काफी फ्रेश दिख रहे हो... ग्रेट...' या 'तुम आज पहले से बेहतर लग रहे हो।' इसके साथ ही हो सके तो मरीज को विचार नियम की समझ भी देनी चाहिए- 'अगर वाकई तुम्हें ज़ल्दी ठीक होना है तो इसका इलाज डॉक्टर के साथ-साथ तुम्हारे पास भी है।' मगर कई लोग मरीज को जाने-अनजाने नकारात्मक आदेश देते हैं। जैसे- 'अरे बाप रे! कल तक तो आप काफी स्वस्थ लग रहे थे, आज अचानक आपको क्या हो गया? आप कितने कमज़ोर दिख रहे हो... आपकी आँखों के नीचे कितने ब्लैक सर्कल्स आए हैं... आज-कल इन्फेक्शन कितना बढ़ चुका है... हमारे पड़ोसी आपकी उम्र के ही थे, कल वे मॉर्निंग वॉक के लिए निकले और उन्हें आप ही की तरह तकलीफ होने लगी थी; परसो ही वे गुजर गए।'

इसके विपरीत आपके सही और सकारात्मक विचार मरीज को नई दिशा दे सकते हैं और वह जल्द ठीक हो सकता है। इसी से मरीज को यह एहसास भी हो सकता है कि बीमारी तो केवल दो दिनों की थी मगर विचार नियम का सही उपयोग न करने की वजह से वह लंबी चली।

जब हम बीमार होते हैं तो हमारा मन लगातार बड़बड़ करने लगता है। बजाय इसके हमें एक ऐसी बात पर फोकस करना चाहिए, जिससे हमारी बीमारी ठीक हो सकती है और वह है खुशी और स्वास्थ्य...! अगर हम खुशी से स्वास्थ्य पर फोकस रखेंगे तो हमें कोई भी बीमारी ज़्यादा समय तक परेशान नहीं कर पाएगी। **अभी हमें इस बीमारी के पीछे छिपे स्वास्थ्य पर ध्यान देना होगा।** ज़्यादातर मरीज इस बात पर ध्यान देते हैं कि उन्हें अपने जीवन में क्या नहीं चाहिए, बजाय इसके कि उन्हें क्या चाहिए। इसलिए अंत में उन्हें वे ही चीज़ें मिलती हैं, जो उन्हें नहीं चाहिए होती हैं।

यदि आप भी चाहते हैं कि विचार नियम आपके स्वास्थ्य के हित में काम करे तो आपको सदैव तीसरे नियम को शक्ति देनी होगी, जो कहता है- **उस पर ध्यान दें जो आप चाहते हैं, न कि उस पर जो आप नहीं चाहते। अर्थात स्वास्थ्य पर ध्यान दें, न कि अस्वास्थ्य पर।**

आपका हर विचार एक आदेश की तरह होता है। आपके जीवन में इन्हीं आदेशों के अनुसार स्वास्थ्य लाभ मिलता है या अस्वास्थ्य। इसलिए अपना ध्यान केवल स्वास्थ्य पूर्ण विचारों पर ही केंद्रित करें, न कि ऐसी प्रार्थनाएँ करें, जिनके परिणाम आपको नहीं चाहिए। यही स्वास्थ्य प्राप्ति का सच्चा रहस्य है।

अधिकांश लोग उन्हें 'जो नहीं चाहिए' वही बातें दोहराते रहते हैं। परिणामस्वरूप वे शारीरिक तौर पर शत-प्रतिशत स्वस्थ नहीं रह पाते। जबकि सच्चाई यह है- इस पृथ्वी पर रहनेवाला हर इंसान स्वास्थ्य प्राप्त कर सकता है या हर साल स्वास्थ्य के नए आयाम छू सकता है, बशर्ते वह अपने जीवन में तीसरे स्वास्थ्य नियम पर अमल करे तो। इसीलिए 'मैं बीमार नहीं होना चाहता हूँ' के बजाय 'मैं स्वस्थ होना चाहता हूँ' कहें।

विचारों की शक्ति से न सिर्फ स्वास्थ्य मिल सकता है बल्कि किसी को जीवनदान भी मिल सकता है या कोई मृत्यु का शिकार भी बन सकता है। इस बात को एक उदाहरण से समझें।

जर्मनी के एक अस्पताल में एक विशेष व्यवस्था की गई थी। जो जवान लड़ाई में जख्मी होकर आते थे, उन्हें अस्पताल के एक वॉर्ड में भरती करवाया जाता था। उस वॉर्ड के दरवाज़े पर आठ शब्द लिखे हुए थे, **'इस वार्ड में आज तक कोई नहीं मरा।'** जब कोई जख्मी जवान अस्पताल में आता था तो जख्मी हालत में उसके मन में अनेक नकारात्मक विचार चलते थे मगर जैसे ही वह दरवाज़े पर लिखी हुई पंक्ति पढ़ता था कि 'इस वार्ड में आज तक कोई नहीं मरा', उसके सारे नकारात्मक विचार बंद होकर, उसमें जीने की आशा जाग्रत हो जाती थी। उसमें आशावादी विचारों का संचार होता

था, जिस वजह से उसके जीवन में चमत्कार होता था। वह स्वस्थ होकर घर लौटता था।

इससे समझें, विचारों की शक्ति से मृत्यु से भी छुटकारा पाया जा सकता है। जिन लोगों को विचारों का महत्त्व समझ में आया है, ऐसे कई लोग अपने कमरे के दरवाज़े पर सुविचार लिखते हैं ताकि वे अपना जीवन आसानी से सँवार सकें। अच्छे विचारों का इतना ही बड़ा महत्त्व है क्योंकि एक सकारात्मक विचार दोहराने से किसी के पूरे जीवन में संपूर्ण रूपांतरण हो सकता है, वह रावण से राम, रत्नाकर से वाल्मीकि ऋषि बन सकता है।

कई बार मरनेवाले इंसान के लिए 'जीने की उम्मीद' का एक सकारात्मक विचार भी काफी होता है। इसके विपरीत जिसे कुछ न हुआ हो ऐसे इंसान की मृत्यु के लिए एक परेशान करनेवाला नकारात्मक विचार ही काफी हो सकता है। जैसे एक इंसान ने पानी पीया और दूसरे इंसान ने उससे पूछा- 'यह पानी किसने पीया?' उस इंसान ने कहा- 'मैंने पीया।' सवाल पूछनेवाले ने उस इंसान को यह झूठ बताया- 'उस पानी में छिपकली गिरी थी और वही पानी तुमने पीया। अब तुम्हारी मौत भी हो सकती है।' यह सुनकर अगर पहला इंसान कमज़ोर मन का हो तो गर्मी की वजह से शरीर पर दिखनेवाले लक्षण भी उसे छिपकली के ज़हरवाले असर की तरह लगेंगे। वह उलटी करना शुरू कर सकता है या बीमार होकर बिस्तर पकड़ सकता है।

मानो, किसी के साथ खाना खाने के बाद सिर्फ ऍक्टिंग की जाए कि 'लगता है मुझे फूड पॉइजन हुआ है। तुम्हें क्या लगता है?' सामनेवाला इंसान आपसे कह सकता है- 'मुझे भी ऐसा ही लग रहा है।' हालाँकि आपको उस वक्त कुछ नहीं हुआ होता।

ये कुछ उदाहरण सिर्फ विचारों की शक्ति का असर दिखाने के लिए बताया जा रहे हैं। इससे यह न समझें कि आपको कहीं ऐसा बरताव करना है। ऐसी बात कहीं भी और कभी भी न करें। हकीकत में भी अगर ऐसा हो जाए और आपको कुछ हो रहा हो तो भी सामनेवाले को सकारात्मक विचार ही दें। खुद को सँभालते हुए दूसरों को भी सँभालें।

स्वास्थ्य तरंग- पॉवर ऑफ फोकस

आपका हर विचार खुद की विशेष तरंग तैयार करता है। जिस चीज़ से यह तरंग मैच होती है, वह चीज़ आपके जीवन में आती है, बढ़ती है। अगर आपकी विचार रूपी तरंग समृद्धि से मैच होती है तो आपके जीवन में समृद्धि आने ही वाली है। अगर आपकी विचार रूपी तरंग शांति से मैच होती है तो आपका जीवन शांति से खिल उठेगा। अगर आपकी विचार रूपी तरंग प्रेम के साथ मैच होती है तो आपके जीवन में प्यार बाँटनेवाले लोग आते हैं। इसी तरह अगर यह तरंग स्वास्थ्य के साथ मैच होती है तो आपके जीवन

में स्वास्थ्य की दौलत आने ही वाली है।

जिस चीज़ के साथ आपका ताल-मेल बैठता है, वह चीज़ आपके जीवन में न सिर्फ प्रवेश करती है बल्कि कई गुना बढ़ती भी है। किसी चीज़ के साथ ताल-मेल बिठाने का सबसे आसान मार्ग है- **'पॉवर ऑफ फोकस'** यानी जिस चीज़ पर आप ध्यान केंद्रित करते हैं, वह आपके जीवन में बढ़ती है। यही है ध्यान की शक्ति का चमत्कार... पॉवर ऑफ फोकस। जिस चीज़ पर आप ध्यान देते हैं, वहाँ पर आप खुद की मानसिक ऊर्जा केंद्रित करते हैं और जिस चीज़ पर आप ऊर्जा केंद्रित करते हैं, उसमें निरंतरता से बढ़ोतरी होती है। यह बिलकुल वैसा ही है, जैसे आप किसी पौधे को पानी देते हैं। आप जिस पौधे को पानी देते हैं, वह दिनोदिन विकसित होने लगता है क्योंकि आप उस पौधे को पानी के रूप में ऊर्जा प्रदान करते हैं।

वैसे ही देखें कि आपका विचार रूपी जल किस चीज़ को विकसित कर रहा है- स्वास्थ्य को या बीमारी को? चीज़ सकारात्मक हो या नकारात्मक, मनचाही हो या अनचाही, अगर आपका फोकस बार-बार उस चीज़ पर जा रहा है तो समय पाकर वो कई गुना बढ़ने ही वाली है।

स्वास्थ्य प्राप्ति में भी आपको यही नियम इस्तेमाल करना है। आप जहाँ पर भी जाएँ, आपका फोकस 'स्वास्थ्य' पर होना चाहिए और ऐसी बातों पर जो आपको चुस्त, तंदुरुस्त और खुश रखें!

स्वास्थ्य के चार रहस्य

१) बीमारी होने पर क्या करें

हम बीमारियों से बचने का पूरा-पूरा प्रयत्न हमेशा करते हैं। स्वच्छ, उबले पानी का और ताजे फलों, सब्जियों का सेवन करना, खाना खाने से पहले या दिनभर बीच-बीच में साबुन से हाथ धोना, समय पर आहार लेना, व्यायाम करना आदि सावधानी तो सभी बरतते ही हैं लेकिन इन सारी कोशिशों के बावजूद भी बीमार हो ही जाते हैं। क्यों? क्योंकि बीमारी का डर हमारे मन में छिपा होता है। जिस वजह से हमारे मन में स्वास्थ्य से संबंधित नकारात्मक विचार उठते हैं और न चाहते हुए भी हम बीमार हो जाते हैं।

जब हम कहते हैं- 'मुझे बीमार नहीं होना है' तब हमारी आँखों के सामने अस्पताल, डॉक्टर, दवाइयाँ, इंजेक्शन आदि का ही चित्र बनता है। हम बेहोशी में कुदरत को डॉक्टर से मिलने, अस्पताल जाने, दवाइयाँ खाने के ही आदेश दे बैठते हैं। फलतः कुदरत हमें हमारे आदेशानुसार डॉक्टरों से मिलवाती है, अस्पताल भिजवाती है।

हम कुदरत की इस कार्य पद्धति से अनजान होने की वजह से 'मैं बीमार क्यों हो गया?' यही सोचते रहते हैं और कुछ लोग ऐसे भी होते हैं, जिनके अंदर यह सवाल भी नहीं उठता बल्कि उन्हें लगता है- 'जीवन में बीमारी तो आनी ही है।'

अतः किसी कारणवश आपका शरीर बीमार हो जाए तो स्वयं से कहें- **'मैं तो सदा स्वस्थ ही हूँ, बस कुछ समय के लिए बीमारी का पिंपल आया है।'** मानो, आपके चेहरे पर कभी पिंपल्स आकर गए होंगे मगर उस वक्त आपको मालूम था कि ये पिंपल्स कुछ ही दिनों के लिए आए हैं। उसी तरह जब भी आप किसी बीमारी से गुजर रहे हैं तब स्वयं को उपरोक्त पंक्ति याद दिलाएँ। इस विचार के साथ आप तनाव मुक्त होंगे। वरना बीमारी में इंसान का पूरा फोकस 'स्वास्थ्य' की जगह पर तकलीफ, दर्द, बोरडम जैसी बातों पर ही रहता है। परिणामस्वरूप उसे स्वस्थ होने में बहुत समय लग जाता है।

२) **स्वास्थ्य वर्धक स्वसंवाद पर ध्यान दें**

अगर आपका ध्यान अस्वास्थ्य पर केंद्रित है तो आप स्वास्थ्य की उम्मीद कैसे कर सकते हैं? क्योंकि नकारात्मक बातों पर फोकस रखने से तमाम तरह की मुश्किलें आ सकती हैं। अस्वास्थ्य पर फोकस का मतलब इस तरह के विचार रखना:

- न जाने मेरी बीमारी कब दूर होगी...
- कहीं मुझे फलाँ-फलाँ बीमारी न हो जाए...
- मेरा मोटापा कब दूर होगा...
- कहीं मुझे हृदय रोग न हो जाए...
- आज-कल मौसम बदलते रहता है, कहीं मैं बीमार न हो जाऊँ...
- इंसान का जीवन इतना अनिश्चित है कि हट्टे-कट्टे इंसान को कोई भी बीमारी हो सकती है...
- आज-कल वायरल इन्फैक्शन कितना बढ़ गया है...
- कितना भी व्यायाम करो, वजन तो बढ़ते ही रहता है...
- मैं कल बारिश में भिगा हूँ, अब मुझे सर्दी होने ही वाली है...
- आज-कल छोटी उम्र में भी हार्ट-अटैक आ सकता है...

ऐसे विचार रखते ही आपके मन में भय की भावना प्रबल हो जाती है। जिसकी

वजह से ब्लड सर्क्युलेशन (रक्तप्रवाह) में रुकावट आ जाती है और यदि आपका ब्लड सर्क्युलेशन सही ढाँचे में नहीं हो पाता, आपकी मस्क्युलर सिस्टम में भी दुर्बलता आ जाती है। धीरे-धीरे इसका असर शरीर के हर अंग पर दिखाई देता है, इसी कारण इंसान खुद को ऊर्जा हीन महसूस करने लगता है। ऐसे में सही रास्ता क्या है? स्वास्थ्य पर सही समझ के साथ फोकस रखना।

ऊपर कुछ ही उदाहरण दिए गए हैं, जो अधिकांश लोगों के मुँह से सुनने को मिलते हैं। अगर आप विचार नियम का ज्ञान प्राप्त करके सदा स्वस्थ रहना चाहते हैं तो ऊपर दी गई नकारात्मक स्वसंवादों की सूची पर गौर करें। आपके मन में इस तरह का एक भी नकारात्मक विचार उठता है तो तुरंत सजग हो जाएँ। क्योंकि आपने पहले नियम में जाना है कि **विश्व में किसी भी चीज़ (स्वास्थ्य) का आविष्कार आपके स्रोत से पहले विचारों में होता है** इसलिए सजग रहकर सिर्फ स्वास्थ्य पूर्ण विचार ही दोहराएँ। अपना फोकस हमेशा स्वास्थ्यपूर्ण स्वसंवाद पर ही रखें। आगे कुछ स्वसंवाद दिए गए हैं, उन्हें बार-बार दोहराकर आप स्वास्थ्य का चमत्कार आजमा सकते हैं:

* **स्वास्थ्य मेरा जन्मसिद्ध अधिकार है।**
* मैं स्वास्थ्य से जुड़ना चाहता हूँ... और जुड़ रहा हूँ।
* मैं सदा स्वस्थ हूँ, मैं सदा सशक्त हूँ।
* मैं हेल्थ क्लब (संघ) की मेम्बरशीप कायम रखना चाहता हूँ।
* मैं निरंतरता से व्यायाम करता हूँ।
* उम्र के साथ मेरा उत्साह और स्वास्थ्य बढ़ते ही जा रहा है।
* **मैं स्वास्थ्य के पक्ष में हूँ।**
* मेरी पाचन क्रिया इतनी सशक्त है कि हर चीज़ लक्कड़ हजम, पत्थर हजम हो जाती है!
* मेरा स्वास्थ्य देखकर लोग मुझसे प्रेरणा पा रहे हैं।
* हर साँस के साथ मैं स्वस्थ बन रहा हूँ।
* मेरे चेहरे पर स्वास्थ्य की चमक दिख रही है।
* मेरे शरीर की हर कोशिका में दिव्य ऊर्जा का प्रवाह हो रहा है।

* हर दिन हर क्षण, हर प्रकार से मैं स्वस्थ और चुस्त बन रहा हूँ/ हर दिन हर क्षण मैं हर प्रकार से बेहतर हो रहा हूँ।
* मुझे स्वास्थ्य के बारे में सही जानकारी सही वक्त पर मिलती है।
* मेरा शरीर बलवान और मन सामर्थ्यवान बन रहा है।
* मैं फिट हूँ... मेरे शरीर का रूपांतरण हो रहा है।
* मेरी कार्यक्षमता बढ़ रही है; क्योंकि संतुलित आहार, योग्य व्यायाम और ध्यान केंद्रित करने की शक्ति से मेरा शरीर चुस्त, तंदुरुस्त बन रहा है।
* 'स्वास्थ्य' मेरी प्रायॉरिटी लिस्ट में है यानी पहले क्रमांक पर है।

जब भी आपको समय मिले ये स्वास्थ्य वर्धक स्वसंवाद दोहराएँ। आप चाहें तो ये स्वसंवाद खुद की आवाज़ में रेकॉर्ड भी कर सकते हैं ताकि समय उपलब्धिनुसार आप इन्हें बार-बार सुनकर स्वास्थ्य का चमत्कार देख पाएँ। याद रखें, वे ही विचार दोहराएँ जो आपको स्वास्थ्य प्रदान करेंगे।

अगर आप व्यायाम करना चाहते हैं और सुबह उठ नहीं पा रहे हैं तो कुदरत को सोने से पहले आदेश दें कि 'मैं रोज़ सुबह ज़ल्दी उठकर आवश्यक व्यायाम कर रहा हूँ या व्यायाम करना पसंद करूँगा।' इस पंक्ति में अगर हम समय का उल्लेख करें तो हमारा आदेश और भी प्रभावकारी हो सकता है। जैसे– 'मैं सुबह ६ बजे उठकर पूरा १ घंटा व्यायाम करता हूँ। जो मुझे मनोवांछित स्वास्थ्य देता है।'

जो लोग काम की वजह से वक्त पर खाना नहीं खा पाते हैं, वे यह आदेश दें कि 'मैं सही वक्त पर संपूर्ण आहार ले रहा हूँ (या लेना पसंद करूँगा) ताकि आहार का असर स्वास्थ्य पर अमृत की तरह हो।' इस विचार को पूरे विश्वास और भाव से दोहराने पर आपको खाना खाने के लिए अपने आप ही समय मिलने लगेगा।

३) अंतिम परिणाम पर नज़र रखें

राहुल ने बड़ी जोश के साथ जिम जॉईन की। हफ्ताभर उसने जी-जान से व्यायाम किया। सुबह छह बजे उठकर जिम जाना... घर आने के बाद हेल्दी डायट लेना... ड्राय फ्रुट्स, प्रोटीन्स, दूध का आहार में इस्तेमाल करना... राहुल के मन में जैसे स्वास्थ्य प्राप्ति का जुनून था। मगर एक हफ्ते के बाद उसका जिम जाना बंद ही हो गया। ऐसा क्यों हुआ होगा?

व्यायाम करने के कारण शुरुआत में राहुल को बॉडी पेन होने लगा और उसे लगने

लगा, 'बहुत दर्द हो रहा है... मेरे पूरे शरीर में बेचैनी सी छाई है।' इस विचार पर लगातार ध्यान केंद्रित करने की वजह से राहुल का 'फोकस' बदल गया और उसका व्यायाम बंद हो गया। इंसान से अकसर यही गलती हो जाती है- उसका फोकस अंतिम परिणाम पर कम और बीच की प्रक्रिया पर ज़्यादा रहता है। अगर आप कोई व्यायाम, योगा शुरू करना चाहते हैं या स्वास्थ्य के लिए कुछ खास कदम उठाना चाहते हैं तो हमेशा आपका ध्यान 'अंतिम परिणाम' पर रहे। जैसे, राहुल को अपना ध्यान 'बॉडी पेन' की जगह 'व्यायाम से चुस्त हुए शरीर' पर केंद्रित करना चाहिए था। अर्थात जब भी पेन (दर्द) हो, उसने अपने मन में केवल अंतिम परिणाम ही देखना चाहिए था।

अज्ञानवश हम अपना ध्यान अंतिम परिणाम पर न रखकर कार्य को बीच में ही छोड़ देते हैं। फिर वह निरंतरता से व्यायाम करना हो, कोई पदार्थ खाने से दूर रहना हो या स्वास्थ्य वर्धक स्वसंवाद दोहराना हो। तीसरा नियम आपको स्वास्थ्य प्राप्ति में तब ज़्यादा मदद करता है, जब आप अपना फोकस अंतिम परिणाम पर रखते हैं।

तो आइए, अंतिम परिणाम पर कैसे फोकस रखें, इसे एक उदाहरण से समझते हैं:

अगर आप किसी शारीरिक बीमारी के कारण चल नहीं पा रहे हैं तो स्वयं से कहें, 'मैं स्वस्थ होकर अपने पैरों पर चल रहा हूँ/रही हूँ।'

अगर आप किसी शारीरिक बीमारी के कारण अपने खान-पान में परिवर्तन कर रहे हैं तो स्वयं से कहें- 'मेरा शरीर (------------------) यहाँ पर आपकी बीमारी का नाम लिखें) से मुक्त हो चुका है।'

यह कहने के बाद कुछ पल महसूस करें कि आप वाकई उस बीमारी से मुक्त हो चुके हैं। इस तरह के भाव चाहे कुछ पलों के लिए ही सही, आपको स्वास्थ्य की राह पर आगे ले जाएँगे। वरना अज्ञान और बेहोशी में कई बार इंसान इसके विपरीत कहता है- 'मेरा नसीब कितना खराब है! मैं डायबिटीज की वजह से मिठाई खा नहीं सकता/सकती।' यह हुआ नकारात्मक चीज़ पर ध्यान केंद्रित करना। यह आदत आपको दुःख ही देनेवाली है। इसलिए हमेशा अपना ध्यान अंतिम सकारात्मक परिणाम पर ही केंद्रित करें।

४) आप जो चाहते हैं, उसे मन से मनवाएँ

अगर आप स्वास्थ्य प्राप्ति का लक्ष्य जल्दी पूरा करना चाहते हैं तो आपकी ध्यान शक्ति का पूरा इस्तेमाल कीजिए। मगर इसके लिए आपको अपने अंतर्मन को समझना होगा। हमारा अंतर्मन शब्दों की भाषा के अलावा चित्रों की भाषा खूब समझता है।

अगर आप निरंतरता से व्यायाम करना चाहते हैं तो अपने कमरे में व्यायाम करनेवाले इंसान की तसवीर लगा सकते हैं। जिसे देखकर अगर आप स्वास्थ्य संबंधित सही आदेश बार-बार दोहराएँगे तो आपके आदेश के ज़्यादा असरदार परिणाम आएँगे। क्योंकि चित्रों के सहारे आपका ध्यान केवल 'जो चाहिए' उसी पर ही टिका रहेगा। फिर आप देखेंगे कि कुछ ही दिनों में घड़ी का अलार्म बजने से पहले ही आप उठकर व्यायाम करना शुरू कर देते हैं। अब आपको व्यायाम करने की आदत लग गई है और बिना व्यायाम किए आपका दिन पूरा नहीं होता है।

जो इंसान अपना वजन कम करना चाहता है उसे बढ़े हुए वजन की चिंता करना सख्त मना है। बजाय चिंता के, आवश्यक और निरंतर व्यायाम, योग्य आहार, सकारात्मक आदेश देना उसके लिए अधिक प्रभावकारी परिणाम लाएगा। साथ ही आइने में खुद को देखते समय पूरे विश्वास के साथ मुस्कराते हुए उसे खुद से कहना चाहिए, 'मैं सुडौल हो रहा हूँ, यह चरबी तो बस कुछ ही दिनों की मेहमान है।' अपने मोटापे का इस तरह मजाक उड़ाकर हँसने से मन पर जमी उसकी नकारात्मक पकड़ कम हो जाएगी। साथ ही आप उत्साही, प्रसन्न महसूस करेंगे। इसी सकारात्मक ऊर्जा की वजह से आपका लक्ष्य तक पहुँचना सरल हो जाएगा। क्योंकि अब आप जो चाहते हैं, वो आँखों के सामने ला रहे हैं।

वैसे देखा जाए तो वजन कम करना मन को मनाए बिना संभव नहीं है। जो लोग अतिरिक्त वजन कम करना चाहते हैं, वे बार-बार 'वेट लॉस' इस शब्द का इस्तेमाल करते रहते हैं। मगर अब हम शब्दों की शक्ति जान रहे हैं। इसलिए आज से ही 'वेट लॉस' की जगह कहें, **हेल्थ गेन**'। इस तरह स्वास्थ्य विकास ('हेल्थ गेन') का सकारात्मक लक्ष्य आँखों के सामने रखने से 'वेट लॉस' बोनस में हो जाएगा। ध्यान रखें, 'वजन कम करना या बढ़ाना' इस चक्कर में कई लोगों का स्वास्थ्य पर होनेवाला फोकस हट जाता है और 'लॉस' यह नकारात्मक शब्द आपके अवचेतन मन में नकारात्मक चित्र भी बना सकता है। कहने का अर्थ वजन कम करने की इस पूरी प्रक्रिया में ३०% योगदान शरीर का और बाकी ६०% योगदान मन का होता है। अतः रोज़ अपना वजन करें और घटते हुए शरीर को शाबाशी दें। कहें, 'तुम बहुत अच्छा काम कर रहे हो, जिससे मैं हलका और स्वस्थ महसूस कर रहा हूँ! स्वस्थ, चुस्त, तंदुरुस्त, खुशहाल शरीर- आपका बहुत-बहुत धन्यवाद!'

वजन कम होने के बाद आप कैसे फिट और छरहरे दिखेंगे इसका काल्पनिक चित्र बार-बार अपनी आँखों के सामने लाएँ। परिणामस्वरूप आपकी मानसिक ऊर्जा पूरी तरह स्वास्थ्य प्राप्ति के लक्ष्य में जुट जाएगी।

तीसरा नियम ऐसा स्वास्थ्य रहस्य है जो आपकी शारीरिक स्तर पर होनेवाली संभावना खोलेगा। अगर आप स्वास्थ्य के बारे में 'जो चाहिए' उसी पर ध्यान केंद्रित करने की कला सीख गए तो उम्र के हर पड़ाव पर आप स्वस्थ, चुस्त और तंदुरुस्त रहेंगे।

मनन प्रश्न :

१. क्या वाकई मेरा फोकस स्वास्थ्य पर है? या क्या चाहिए पर है?

२. क्या मैं अनजाने में यह कहता रहता हूँ– 'मुझे बीमार नहीं होना है?'

कार्ययोजना :

इन स्वसंवादों को अपने जीवन का शस्त्र बनाएँ

१. 'मैं सदा स्वस्थ हूँ, बस कुछ समय के लिए बीमारी का पिंपल आया है। स्वास्थ्य मेरा जन्मसिद्ध अधिकार है।'

२. 'मैं ------------------- (यहाँ बीमारी का नाम लिखें) से मुक्त हो चुका हूँ।'

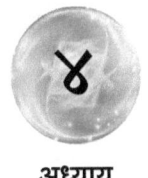

४

अध्याय

शारीरिक और सामाजिक स्वास्थ्य एक साथ

4

चौथा स्वास्थ्य नियम

आपके जीवन में जो भी लोग आते हैं, वे आपके जीवन पर असर करते हैं। इन लोगों के साथ आप जो भी व्यवहार करते हैं, उसका असर आपके स्वास्थ्य पर भी होता है। क्योंकि 'संपूर्ण स्वास्थ्य' इस संज्ञा में सिर्फ शारीरिक स्वास्थ्य ही नहीं बल्कि मानसिक और सामाजिक स्वास्थ्य का भी अंतर्भाव होता है। ध्यान रखें, लोगों के साथ आपके जैसे भी संबंध हैं, वे आपके मानसिक और सामाजिक स्वास्थ्य पर असर करते ही हैं। इसीलिए चौथा नियम समझना संपूर्ण स्वास्थ्य प्राप्ति के लिए अनिवार्य है: **'दुनिया वैसी नहीं है जैसी आपको दिखती है, दुनिया वैसी है जैसे आप हैं यानी जैसे आप दुनिया के बारे में विचार रखते हैं।'**

अब समझें, किस तरह दुनिया आपके लिए आइने का काम करती है। यदि आपकी शिकायत है कि लोग आपकी मदद नहीं करते तो यह आपके इन विचारों का परिणाम है कि 'लोग मेरी मदद नहीं करते।' यदि आपकी शिकायत है कि लोग आपसे बुरा व्यवहार करते हैं, इसका अर्थ यह नहीं है कि आप लोगों से बुरा व्यवहार करते हैं। इसका अर्थ यह है कि आपने यह घटना अपने विचारों के कारण आकर्षित की है। हो सकता है आप यह दोहराते न हों कि 'लोग रूखी बात करते हैं' परंतु कुदरत आपकी ही मान्यताओं को जो विचारों से बनी हैं, कई गुना बढ़ाकर आपको लौटाती है।

स्कूल या कॉलेज में आपने अकसर यह देखा होगा कि कुछ विद्यार्थी किसी एक टीचर की क्लास में शांत रहते हैं तो दूसरी टीचर की क्लास में आसमान सिर पर उठा लेते हैं। इसका क्या कारण हो सकता है? इसमें मूल बात यह है कि टीचर के भीतर कौन से विचार उठते हैं। पहली टीचर अपने भीतर यह विचार रखती है कि 'बच्चे बहुत अच्छे हैं।' परिणामतः अपने आप बच्चे उसकी बात सुनते हैं। इसके विपरीत, दूसरी टीचर यह सोचती है

कि 'लुच्चे-लफंगे, अमीर बाप के बिगड़े हुए बच्चे।' इसका सीधा परिणाम यह होता है कि बच्चे उससे वैसा ही व्यवहार करते हैं।

अब आप ही बताएँ, प्रस्तुत उदाहरण में कौन सी टीचर का सामाजिक एवं मानसिक स्वास्थ्य बेहतर होगा? जो टीचर बच्चों से प्रेमपूर्वक व्यवहार करती है, उसका ही स्वास्थ्य बेहतर होगा।

इस तरह आपने देखा कि बाहर जो हो रहा है, वह आपके भीतर के मनोभावों का दर्पण है।

इस नियम के साथ जुड़ा हुआ उपसिद्धांत है– 'आप विश्व में जो भी विचार भेजते हैं, कुदरत उसे कई गुना बढ़ाकर आपको वापस लौटाती है।'

जैसे कुदरत का यह भी नियम है कि वह आपको हर बीज का फल कई गुना बढ़ाकर वापस देती है, फिर चाहे वह बुराई का बीज हो या अच्छाई का। स्वास्थ्य का हो या बीमारी का।

आप कुदरत को जो देते हैं, वह केवल उस चीज़ को लेती है और आपको ही अधिक मात्रा में वापस देती है। यदि आप कुदरत को अच्छाई, प्रेम और विश्वास बीज देंगे तो आप अनुभव करेंगे कि पूरा विश्व आपको अच्छाई, प्रेम और विश्वास दे रहा है, वह भी कई गुना बढ़ाकर। अगर आप दूसरों के साथ स्वस्थ रिश्ते बनाएँगे तो कुदरत भी आपको अधिक मात्रा में स्वास्थ्य प्रदान करेगी।

अकसर लोग शिकायतों से भरा जीवन जीते हैं। वे अपनी असफलता का दोष अपने रिश्तेदारों, सहकर्मियों, मित्रों पर मढ़ते रहते हैं। लेकिन वस्तुतः संसार एक परदा है, जिस पर आप अपने मानसिक गुणों, अनसुलझे भावों और कमियों को प्रोजेक्ट करते हैं। इस तरह आपको वही विश्व दिखाई देता है, जो वास्तव में आपके द्वारा प्रेषित चित्रों का ही प्रतिबिंब है।

अतः स्वास्थ्य की उच्चतम संभावना खोलने के लिए आपको शिकायतों और दोषों को हटाकर खुद को बाहर निकालना होगा। कैसे आइए, इसके लिए असरदार इलाज समझते हैं।

शारीरिक और सामाजिक स्वास्थ्य एक साथ

शारीरिक और सामाजिक स्वास्थ्य एक साथ पाने का रहस्य है, 'क्षमा'... अगर नफरत, गिले-शिकवे और नकारात्मक भावनाओं की धूल मन पर छाई हुई है तो ज़रूरत है मन साफ करने की! क्षमा मन को साफ-सुथरा बनाती है।

यदि आप किसी से प्रत्यक्ष रूप में (सामने आकर) क्षमा माँगने में सहज हैं तो आपको सीधे ही इस तरह क्षमा माँगनी चाहिए- 'मैंने आपको अपने भाव, विचार, वाणी या क्रिया से जो भी दुःख पहुँचाया है, उसके लिए मैं क्षमाप्रार्थी हूँ कृपया मुझे क्षमा करें। मैं आगे से ध्यान रखूँगा कि मुझसे ऐसी गलती दोबारा न हो।'

इस तरह कम से कम करीबी रिश्तों में तो सीधे क्षमा ज़रूर माँग लेनी चाहिए। आमने-सामने बात होने और क्षमा माँगने पर तुरंत मन का मैल निकल जाता है। रिश्तों पर जमे दुःख, क्रोध, संशय के बादल हट जाते हैं और स्वास्थ्य का सूरज चमकने लगता है। दूसरों से क्षमा माँगना किसी पर किया गया एहसान नहीं है बल्कि अपने अंदर की मैल साफ कर, मन की शुद्धता बढ़ाने के लिए है।

मान लीजिए, रिश्तों में आपको लग रहा है कि आपकी गलती नहीं है और सामनेवाला भी अकड़कर खड़ा है। ऐसे में बात ज़्यादा न बढ़े और रिश्तों की मिठास भी बनी रहे, ऐसा सोचकर यदि आप ही क्षमा माँग लेते हैं तो इससे सामनेवाले को भी कहीं न कहीं महसूस होता है कि 'गलती मेरी थी और आप माफी माँग रहे हैं।' इससे सामनेवाले का अहंकार पिघलने लगता है। फिर वह भी कहता है- 'मेरी भी गलती थी, आप भी मुझे माफ करें।' इस तरह से बात- 'तिल का ताड़' बनने से बच जाती है और सुलह के रास्ते खुल जाते हैं। ये रास्ते आपको स्वास्थ्य की मंजिल तक लेकर जाते हैं। अगर आप खुद के नकारात्मक भाव, विचार, वाणी और क्रियाओं के लिए दुनिया से क्षमा माँगेंगे और दुनिया की खराबियों पर फोकस न रखते हुए, दुनिया को बड़े दिल से क्षमा कर पाएँगे तो आपका 'सामाजिक स्वास्थ्य' बेहतर बनेगा।

मान लीजिए, सामनेवाला आपको क्षमा नहीं कर रहा है तो वह आगे कभी क्षमा नहीं करेगा, ऐसा भी न समझें। पहले यह समझें कि वह इस वक्त आपको क्षमा नहीं कर रहा है तो ऐसी अवस्था में आपको 'नहीं' को कैसे लेना है? आप 'नहीं' को 'अभी नहीं' ऐसा समझें। मानो, सामनेवाला कह रहा है- 'अभी मैं तुम्हें क्षमा नहीं कर सकता।' आप कुछ समय के बाद फिर से क्षमा माँगें। आपको क्षमा इसलिए भी माँगनी है ताकि वह इंसान भी नफरत से बाहर आ जाए।

आइए, अब क्षमा प्रार्थना के अलग-अलग पहलुओं द्वारा स्वास्थ्य लाभ लें।

१) **उस अंग से क्षमा माँगे, जिसमें तकलीफ है**

अपनी आँखें बंद करें और

आमंत्रण दें- प्यारे ....(उस अंग का नाम, जिससे क्षमा माँगनी है) के दिव्य स्वरूप, मैं आपको अपने ध्यान क्षेत्र में आमंत्रित करता हूँ।

मेरी गलत विचारधारा, आदतों, व्यसनों की वजह से मैंने तुम्हें बहुत कष्ट पहुँचाया है, कृपया मुझे क्षमा करो। आज तक तुमने मेरे लिए जो कार्य किया है, उसके लिए मैं तुम्हारा एहसानमंद हूँ। मेरी गलतियों के लिए मैं क्षमाप्रार्थी हूँ। मैं अब वही आदतें अपनाऊँगा, जो तुम्हारा स्वास्थ्य बेहतर बनाएगी। मुझे माफ करें... खुद को स्वस्थ करें। आपमें खुद को स्वस्थ करने की शक्ति है। कृपया आप यह कार्य शुरू करें। मेरे ध्यान क्षेत्र से जाने के बाद भी अपना कार्य जारी रखें। आपका बहुत-बहुत धन्यवाद।

२) उन लोगों को क्षमा करें, जिन्होंने आपको दुःखाया

बहुत सी घटनाओं में हम सीधे क्षमा माँगने में सहज नहीं होते और बहुत सी घटनाओं में हमें बाद में समझ आता है कि हमसे गलती हुई थी। तब सीधे क्षमा माँगने या देने का समय निकल चुका होता है। ऐसे में हम मानसिक प्रार्थना द्वारा क्षमा साधना कर सकते हैं।

अपनी आँखें बंद करें और

आमंत्रण दें – प्यारे ....

(उस इंसान का नाम, जिसे क्षमा करना है) के दिव्य स्वरूप, मैं आपको अपने ध्यान क्षेत्र में आमंत्रित करता हूँ।

क्षमा करें – 'मेरे मन में आपके प्रति जो भी नफरत, द्वेष या शिकायत है, मैं उसे अपने मन से जाने दे रहा हूँ। मैं............ ❋[1]को साक्षी रखकर आपको क्षमा करता हूँ। मैं आपसे प्रेम करता हूँ। आपका आदर करता हूँ। मैंने आपको शरीर समझकर व्यवहार किया, आपके अंदर की परम चेतना (सेल्फ) को नहीं देखा, इसके लिए भी मैं क्षमा प्रार्थी हूँ। आगे से मैं ध्यान रखूँगा कि मुझसे ऐसी गलती दोबारा न हो।'

३) उन लोगों से क्षमा माँगें, जिन्हें आपने दुःखाया है

क्षमा माँगे– 'मैं.. ❋[2]को साक्षी रखकर आपसे क्षमा माँगता हूँ। मैंने आपको अपने भाव, विचार, वाणी या क्रिया से जो भी दुःख पहुँचाया है, उसके लिए कृपया मुझे क्षमा करें। मैंने आपको शरीर समझकर व्यवहार किया, आपके अंदर की परम चेतना (सेल्फ) को नहीं देखा, इसके लिए भी मैं क्षमा प्रार्थी हूँ। मैं आगे से ध्यान रखूँगा कि मुझसे ऐसी गलती दोबारा न हो।' धन्यवाद... धन्यवाद... धन्यवाद

❋[1], ❋[2] गुरु, ईश्वर, अपने आदर्श या जिनके भी सामने आप ज़्यादा ज़िम्मेदार, सजग या समर्पित होते हैं, उनका नाम।

दिन का अंत, नए दिन की शुरुआत

आपने क्षमा प्रार्थना सीखी। इस तरह से जब भी किसी के प्रति मन में नफरत या शिकायत जगे अथवा आपसे कोई गलती हो जाए तब उस कर्मबंधन को जल्द से जल्द क्षमा प्रार्थना द्वारा मिटा डालें। कम से कम रात को सोने से पहले नियम बना लें। पूरे दिन की घटनाओं को सामने लाएँ। जिसके प्रति भी द्वेष, गुस्सा उत्पन्न हुआ, अपना दिल बड़ा करके उनसे क्षमा माँगें और उनके लिए मंगल प्रार्थना करें। कोई भी कर्मबंधन अगले दिन के लिए न छोड़ें ताकि सुबह उठकर कोई पुराना विचार आपको रोगी न बना सके। जैसे एक गृहिणी रात को रसोई के सब काम निपटाकर रसोई अगले दिन के लिए साफ करके छोड़ती है ताकि जब वह सुबह वापस रसोई में आए तो कोई पुरानी गंदगी, कचरा उसे दिखाई न दे। उसका समय, मूड और स्वास्थ्य बरबाद न करे। इसी तरह आपको भी अपने मन की सफाई करके ही सोना है।

रात को सभी से क्षमा माँगकर दिल को बड़ा करें और सुबह उठकर इस बड़े दिल को छुट्टा करें। अर्थात आपके पास सौ का नोट है और आपने उसे एक-एक रुपए में छुट्टा कर सबको बाँट दिया, 'तुम भी लो, तुम भी लो...।' इसी तरह सबके प्रति नफरत मिटाकर दिल में प्रेम भरें और फिर उसे सबमें बाँटें। इसे निरंतरता से रोज़ करें, नियम में बाँध लें तो आपको जल्द ही इसके परिणाम भी दिखाई देने लगेंगे। आप आश्चर्य करेंगे- 'अरे! जो लोग मुझसे सीधे मुँह बात भी नहीं कर रहे थे, उनका व्यवहार नम्र हो रहा है, रिश्ते सुधर रहे हैं, स्वास्थ्य की दौलत मिल रही है, एकदम हलका, शांत लग रहा है। बरसों से जो बीमारियाँ सताती थीं, वे विलीन हो रही हैं।' ये सब कुछ पहले अदृश्य में होना शुरू होता है इसलिए लोगों को जल्दी विश्वास नहीं होता और वे क्षमा माँगने की शुरुआत ही नहीं करते। मगर जिन्हें विश्वास है, वे कर रहे हैं और अपने जीवन में चमत्कार देख रहे हैं... आप भी देखें।

मनन प्रश्न :

१. क्या मुझे इस पर विश्वास है कि कुदरत में स्वास्थ्य भरपूर है?
२. क्या मैं यह मानता हूँ कि 'स्वास्थ्य कुदरत का स्वभाव है?'

कार्ययोजना :

१. रोज़ सोने से पहले अपने आपको सकारात्मक विचारों से प्रेरित करें या प्रार्थना करके सो सकते हैं।
२. अपने कमरे के दरवाज़े पर सुविचार लिख सकते हैं।

स्वास्थ्य संपन्न बनने का राज़

पाँचवाँ स्वास्थ्य नियम

५ अध्याय

5

यह घटना है १९३९ की। अमरीका में कर्नल सैण्डर्स नामक एक सज्जन का होटल किसी कारणवश जलकर राख हो गया। सैण्डर्स की पूरी जिंदगीभर की मेहनत पर पानी फिर गया। मगर हार मानने के बजाय उन्होंने विशेष डिश बनाने की एक विशेष रेसिपी तैयार की और उस रेसिपी के साथ एक नया होटल खोलने के लिए लोगों से रकम (कॅपीटल) माँगना शुरू किया। कर्नल सैण्डर्स जब अपने विशेष रेसिपी की विधि के साथ घर से निकले थे तब उन्हें करीबन तीन सौ लोगों ने 'ना' कहा था। मगर एक ऐसा समय आया जब उन्हें वह इंसान मिल गया, जिसने सैण्डर्स के सपने पर विश्वास रखा। अगर सैण्डर्स ३०० बार नामंजुरी सुनकर रुक गए होते तो क्या वे ८० देशों में ग्यारह हज़ार रेस्टोरेन्ट खोल पाते? आज लगभग सभी देशों में कैंट की रेस्टोरेन्ट हैं क्योंकि सैण्डर्स ने जब 'ना' सुना तब उन्हें विश्वास था कि जितने 'ना' कहनेवाले लोग हैं, उनसे भी ज़्यादा 'हाँ' कहनेवाले लोग हैं।

इस धरती पर ७ अरब से भी ज़्यादा लोग हैं। अगर कुछ लोग आपको 'ना' कहेंगे तो यकीन मानिए, उनसे भी ज़्यादा लोग आपको 'हाँ' कहेंगे क्योंकि कुदरत के पास हर चीज़ भरपूर है। अगर आपको किसी से सकारात्मक प्रतिसाद नहीं मिल रहा है तो आगे जाइए। यह तो संख्याओं का खेल है। कोई न कोई आपका इंतज़ार कर ही रहा है क्योंकि सब कुछ भरपूर है।

यही बात लागू होती है स्वास्थ्य नियम के साथ। स्वास्थ्य प्राप्ति की राह पर आप एक नियम कंठस्थ कर लें- **'सब कुछ भरपूर है'**...प्रेम, पैसा, आनंद, ज्ञान, अच्छे लोग, सफलता, गुण, शक्ति और स्वास्थ्य भी। कुदरत में हर चीज़ भरपूर मात्रा में उपलब्ध है और जब बात आपके स्वास्थ्य की हो तब तो यह नियम १०१ प्रतिशत सत्य है कह सकते हैं। आपको

सिर्फ सैण्डर्स की तरह धीरज रखना है। आपको जो चाहिए, वो सब कुछ मिल सकता है क्योंकि आपकी इच्छा से भी कई गुना ज़्यादा चीज़ें उपलब्ध हैं। यह बिलकुल वैसा ही है, जैसे समुंदर से एक बाल्टी पानी निकालना। कितनी भी बाल्टियाँ पानी निकालने से क्या समुंदर को कुछ फर्क पड़नेवाला है। नहीं ना! क्योंकि आप जानते हैं समुंदर में अनगिनत बाल्टियाँ पानी समाया हुआ है। वैसे ही कुदरत के पास स्वास्थ्य से संबंधित हर चीज़ भरपूर है।

परिपूर्णता का नियम वाक्य

इंसान का मन हमेशा अभाव के प्रभाव में जीता है यानी 'मेरे पास यह नहीं है, वह नहीं है। मुझे और थोड़ा मिलना चाहिए था, इतने में मेरा क्या होगा?' ऐसे डायलॉग्ज़ (स्वसंवाद) बोल-बोलकर कई लोग 'नहीं... नहीं है' के भाव में जीते हैं। मगर कुदरत हरेक की ज़रूरत पूरी करने के लिए समर्थ (capable) है। ज़रा सोचिए, समुंदर में अनगिनत प्राणी होते हैं, कितनी सारी वनस्पतियाँ, पेड़, पौधे होते हैं मगर सभी जीव-जंतु और प्राणियों की ज़रूरतें, उसी समुंदर में पूरी होती हैं। कहने का अर्थ है- जो समुंदर में रहनेवाले सूक्ष्म जीव-जंतु की ज़रूरतों को पूर्ण कर सकता है, वह हमारी ज़रूरतों का भी खयाल रखता है।

कुदरत में हर पल अनगिनत फूल खिल रहे हैं, असंख्य फल, पौधे और अनाज तैयार हो रहे हैं। अगर आप आज 'मैरीगोल्ड' फूल का एक बीज बोएँगे तो आपको कुछ ही महिनों में सैकड़ों फूल खिलते दिखाई देंगे और हर फूल में सैकड़ों बीज उपलब्ध होते हैं, यह तो आप जानते ही हैं। एक सेब के अंदर कितने बीज हैं, यह कोई भी गिनकर बता सकता है मगर एक बीज के अंदर कितने सेब हैं, यह कौन बता सकता है?

क्या आपको मालूम है प्रत्यक्ष दिखनेवाले इस ब्रह्माण्ड में अरबों आकाश गंगाएँ हैं। आकाश गंगाओं के अलावा इसमें और भी पदार्थ (matter) हैं, जो आज वर्तमान में सैद्धांतिक रूप से पृथ्वी से देखे जा सकते हैं। क्या कभी आप समुंदर का पानी नाप सकते हैं? क्या आप कुदरत में होनेवाली आयुर्वेदिक जड़ी-बुटियाँ गिन सकते हैं? क्या आप ऐसे फूल गिन सकते हैं, जिनके अर्क कई बीमारियों के इलाज में उपयुक्त सिद्ध होते हैं? कुदरत की हर रचना और व्यवस्था 'परिपूर्णता' इस तत्त्व के साथ ताल-मेल रखती है। अब सवाल यह बचता है कि अगर कुदरत में हर चीज़ भरपूर मात्रा में उपलब्ध है तो पृथ्वी पर स्वास्थ्य की कमी क्यों दिखाई देती है? इसका कारण है- एक प्राकृतिक नियम के प्रति होनेवाला अज्ञान। वह नियम है, **'सब कुछ भरपूर है। स्वास्थ्य भी भरपूर है।'**

इंसान इस बात पर आसानी से विश्वास ही नहीं रख पाता कि स्वास्थ्य वाकई भरपूर मात्रा में उपलब्ध है क्योंकि उसका फोकस 'भरपूरता' की जगह 'अभाव' पर होता है। जैसे कि

- आज-कल अच्छा खाना मिलता ही नहीं।
- दवाइयाँ कितनी महँगी हो चुकी हैं... पैसों की भी कमी है।
- खाने में पौष्टिकता की कमी है... हमारे जमाने में कितना पौष्टिक अनाज मिलता था, अब तो रसायनों की मदद से फसल तैयार होती है।
- आज-कल तो अच्छे डॉक्टर्स ही नहीं हैं।
- पानी की शुद्धता कम होती जा रही है।
- मेडिकल प्रोफेशन अब पहले जैसा पवित्र कार्य (नोबेल प्रोफेशन) नहीं रहा।
- तनाव इतना बढ़ गया है कि स्वस्थ रहना मुश्किल ही नहीं, नामुमकीन है।
- समय इतना कम है कि मैं निरंतरता से व्यायाम नहीं कर पाता।

इन सभी नकारात्मक स्वसंवादों पर गौर करें कि ये किस बात का निर्देश कर रहे हैं? 'अभाव' का, कम का। कई लोग सुबह उठते ही कहते हैं, 'आज नींद कम हुई।' ऐसे लोग दिनभर उत्साह की कमी महसूस करते हैं क्योंकि उनके अवचेतन मन में यह विचार जाकर बैठता है कि 'नींद कम हुई।' फिर उनका आहार-विहार, व्यायाम, दैनंदिन काम-काज का टाइम टेबल बिगड़ जाता है। हालाँकि ऐसे लोगों ने कहना चाहिए- 'नींद पूरी (भरपूर) हुई, जितनी होनी चाहिए थी उतनी हुई।' इस विचार के साथ आपके शरीर की हर कोशिका में रिलॅक्सेशन आ जाती है क्योंकि 'भरपूर' यह शब्द आपके अवचेतन मन को आदेश देता है, 'वाकई नींद भरपूर (या जितनी ज़रूरत थी उतनी) हुई है, अब बहुत फ्रेश लग रहा है।'

कुदरत में न सिर्फ स्वास्थ्य बल्कि प्रेम, आनंद, शांति, समृद्धि, पैसा, भक्ति, रचनात्मकता जैसे दिव्य गुण भी भरपूर मात्रा में उपलब्ध है। 'स्वास्थ्य' तो कुदरत का स्वभाव है। कुदरत में तो स्वास्थ्य भरपूर ही है। ज़रूरत है भरपूरता का भाव अपनाने की। मगर कई लोग अलग-अलग बीमारियों के शिकार होते हैं क्योंकि 'सब भरपूर है' इस वाक्य पर उनका शत-प्रतिशत विश्वास नहीं होता। इंसान का तुलना-तोलना करनेवाला मन कुदरती नियमों पर पूरा विश्वास नहीं रख पाता। हालाँकि हर शरीर में रोगों को दूर करने की शक्ति होती है। एक बच्चा यदि खेलते-खेलते गिर जाता है और

उसे जख्म हो जाता है तो कई बार उसका जख्म अपने आप थोड़े दिनों में ठीक हो जाता है। बड़ों का जख्म उतना जल्दी ठीक नहीं हो पाता क्योंकि उनमें मन (विचार) जुड़ जाता है। उदा. किसी इंसान को शेविंग करते हुए कहीं पर थोड़ी सी खरोंच आ जाए तो तुरंत उसके मन में नकारात्मक विचार उठते हैं, जिस कारण वह जख्म ठीक होने में समय लगाता है। जबकि इंसान का शरीर जख्म को खुद-ब-खुद ठीक करने की क्षमता रखता है।

इतने सारे जानवर हमारे आस-पास घूम रहे हैं, उन्हें यदि बीमारी होती है तो वे खुद ही ठीक हो जाते हैं। निसर्ग में जीनेवाले जानवरों को ब्लड प्रेशर नहीं होता। 'कुत्ता हार्ट अटैक से मर गया' ऐसा आपने कभी सुना नहीं होगा। क्योंकि जानवरों में तोलूमन से संबंधित कोई विचार नहीं है। हमारे शरीर को भी प्रकृति ने ऐसा ही बनाया है। जब हमारा प्रकृति के साथ नकारात्मक विचारों की वजह से ताल-मेल बिगड़ जाता है तब बीमारी शुरू होती है।

हमारा चेतन मन रात में चुप हो जाता है परंतु अचेतन मन लगातार चौबीस घंटे कार्य करता रहता है। आइए, इस बात को एक उदाहरण से समझते हैं।

जैसे एक बच्चा अपने कमरे में खिलौनों से खेलते-खेलते सो जाता है। फिर माँ उस बच्चे के कमरे में जाकर, उन बिखरे हुए खिलौनों को सही जगह पर सजाकर रखती है। सुबह आँख खोलने के बाद बच्चा खिलौनों को अपनी जगह पर पाता है। इसी तरह रात में हम जो विचार करके सोते हैं, हमारा अचेतन मन उन विचारों को सजाकर रखता है। अगर हम नकारात्मक, डर या बीमारी के विचार लेकर सोए तो रात को हमारा अचेतन मन उस पर कार्य करता है। जिस कारण सुबह उठकर हम बीमार, डरे हुए महसूस करते हैं। इसलिए रात में इस बात के प्रति सजग रहें कि हम कौन से विचार लेकर सो रहे हैं। हमेशा सोने से पहले अपने आपको सकारात्मक विचारों से प्रेरित करें। प्रार्थना और स्वास्थ्यपूर्ण विचारों द्वारा आत्मसुझाव देकर ही नींद में जाएँ। ऐसा करने से सुबह जब आप उठेंगे तब अपने आपको तरोताजा महसूस करेंगे।

अगर आपके विचार 'सब कुछ भरपूर है, स्वास्थ्य भी भरपूर है' इस तत्त्व के साथ ताल-मेल रखते हैं तो आप स्वास्थ्य के स्वामी बन जाएँगे। कंजूस लोग इस नियम से महरूम होते हैं क्योंकि कंजूस इंसान कोई चीज़ दूसरों को देना नहीं चाहता। उसे लगता है, 'अगर मैं दूँगा तो मेरे पास क्या बचेगा?' मगर उसे मालूम नहीं है कि 'जो चीज़ हम दूसरों को देते हैं, वह कई गुना बढ़कर हमारे जीवन में वापस आती है।' समुंदर का पानी भाप बनकर घने बादलों में परिवर्तित होता है और अंततः बारिश के रूप में फिर से समुंदर

में ही समा जाता है। इसलिए समुंदर कभी भी पानी की कमी महसूस नहीं करता क्योंकि सब कुछ भरपूर है।

कंजूस लोगों को कॉन्स्टिपेशन (कब्ज) की बीमारी ज़ल्दी होने की संभावना है क्योंकि ऐसे लोग चीज़ें देने में नहीं बल्कि जमा करने में बहुत दिलचस्पी रखते हैं। ऐसे लोग कोई भी खर्चा करते वक्त सिकुड़ जाते हैं। उनकी अलमारी में बरसों से इस्तेमाल न की हुई चीज़ें पड़ी रहती हैं। चीज़ें जमा करने की वजह से वे सुरक्षित महसूस करते हैं। मगर उनका अवचेतन मन यही आदेश आँतों को देता है, 'मुझे जमा करने से सुरक्षित महसूस होता है।' परिणामस्वरूप आँतों में मल जमा होते जाता है। हालाँकि ऐसे इंसान ने यह स्वसंवाद दोहराना चाहिए :

'सब कुछ भरपूर है इसलिए मैं सदा सुरक्षित हूँ।'
'मैं अपने तन-मन से अनावश्यक चीज़ें
आनंद के साथ रिलीज करता/करती हूँ।'
'मैं अभाव के नहीं, भरपूरता के पक्ष में हूँ।'

स्वास्थ्य की दिव्य योजना

क्या आप ऐसा जीवन चाहते हैं, जिसमें आपका तन चुस्त और मन शांत हो? यदि हाँ तो आपको विश्वास रखना होगा, स्वास्थ्य की दिव्य योजना पर! दिव्य योजना यानी हर इंसान के लिए बनाई गई योजना (ऊ्रींळपश श्रिरप)। आप इसे ब्रह्माण्ड की योजना भी कह सकते हैं- यह कुदरत की परिपूर्णता का नियम है। इस योजना में सब कुछ सहज, सरल और भरपूर है। इस विचार नियम के साथ यह बात भी जुड़ी हुई है कि आप इसके साथ सहजता से उच्चतम की ओर बढ़ते जाते हैं, जब तक आप अपने विचारों में रुकावट नहीं डालते। जब आप अभाव के प्रभाव में रहते हैं तब आप इस दिव्य योजना में ब्लॉक्स डालते हैं। इसलिए भरपूरता का नियम अपनाना शुरू करें... आज से, अभी से!

कुदरत स्वास्थ्य संपन्न है

हर इंसान के शरीर की रचना भिन्न-भिन्न होती है। कोई शरीर बैंगन खाकर तरोताजा महसूस करता है तो कोई बैंगन खाकर बीमार होता है। किसी को केला पौष्टिकता देता है तो किसी को केला खाकर तकलीफ हो जाती है। मगर हर इंसान को स्वस्थ्य रखनेवाला फल कुदरत के पास उपलब्ध है। हर फल में फल के अलावा बीज, छिलका और रस होता है। यदि कोई फल आपके शरीर को रास न आता हो तो उस फल के (उदा. तरबूज और अमरूद इत्यादि) कुछ बीज साथ में खाने से फल का लाभ मिलता

है । देखा जाय तो एक फल में ही कितनी सारी बातें समाई हुई हैं । यदि बीज के साथ फल तकलीफ देता हो तो बीज निकालकर खाएँ । कुछ फल छिलके समेत खाएँ तो तकलीफ नहीं देंगे या कुछ फल छिलके निकालकर खाएँ ।

केला यदि तकलीफ देता है तो केला खाने के बाद थोड़ा केले के छिलके के अंदर लगा हुआ सार (गूदा) भी खाना चाहिए । इस तरह आपने देखा कि जो फल हमें तकलीफ देते हैं, उनका इलाज भी उसी फल में दिया गया है । कुदरत के काम करने का यह तरीका है । इसी प्रकार कुदरत संपन्न है । ज़रूरत है इस पर विश्वास रखने और प्रयोग करने की ।

सेहत के लिए समय भरपूर है

कई लोगों की शिकायत होती है कि 'समय बहुत कम है इसलिए मैं निरंतरता से व्यायाम नहीं कर पाता ।' हालाँकि समय भरपूर है मगर इंसान के पास 'समय नियोजन' की कला नहीं है । इंसान बार-बार दोहराता रहता है- 'काम-काज इतना बढ़ गया है कि समय ही नहीं मिलता ।' इस विचार के कारण वह हर जगह पर सही तरीके से उपस्थित नहीं रह पाता । वह खाना भी इतना भाग-दौड़ में खाता है कि उसका खाना ठीक से पच नहीं पाता । छाछ, दूध जैसे स्वादिष्ट पेय भी इतनी जल्दबाज़ी में पीता है कि वह किसी भी पदार्थ का स्वाद ही नहीं ले पाता । ऐसे लोग 'संपूर्ण स्वास्थ्य' नहीं पा सकते क्योंकि उनका मन हमेशा बड़बड़ करता है- 'समय कम है ।' इस अभाव की भावना में आकर इंसान प्राणायाम, व्यायाम, धीरे से खाना, चबाकर खाना, हर स्वाद का आनंद लेते हुए खाना या पीना, योग्य मात्रा में आराम करना जैसी स्वास्थ्य वर्धक आदतें अपना नहीं सकता ।

खाना खाते वक्त यदि कुछ सोचना ही हो तो कुछ ऐसी बातें सोचें जो हलकी-फुलकी, आनंद देनेवाली हों । जैसे :

▶ समय भरपूर है, मैं समय नियोजन की कला सीखना चाहता हूँ ।

▶ मैं स्वास्थ्य प्राप्ति के लिए भोजन और समय का पूरा लाभ उठाना चाहता हूँ ।

▶ **सब कुछ भरपूर है, प्रेम, आनंद, शांति, समय और स्वास्थ्य भी!**

जो लोग 'समय कम है' की शिकायत करते हैं, वे पेन और पेपर लेकर नीचे दिया गया प्रयोग करें ।

समझें, आपको हफ्ते में कम से कम पाँच दिन व्यायाम करना है और वह भी सिर्फ आधे घंटे के लिए तो अब इसे पेपर पर लिखें :

- एक हफ्ते में कितने दिन होते हैं = ७ दिन
- एक दिन में कितने घंटे होते हैं = २४ घंटे

  तो एक हफ्ते में कितने घंटे हुए = १६८ घंटे
- आपको हफ्ते में कम से कम कितने दिनों के लिए व्यायाम करना है = ५
- कितनी देर व्यायाम करना है = आधा घंटा प्रति दिन
- तो एक हफ्ते में आप व्यायाम के लिए कितना वक्त देनेवाले हैं = २.५ घंटे यानी सिर्फ १५० मिनट।

अब इस कैल्युलेशन पर ज़रा गौर करें। एक हफ्ते में आपको सिर्फ २.५ घंटों के लिए व्यायाम करना है। हालाँकि आपके पास १६८ घंटे हैं। इससे यही साबित होता है कि समय भरपूर है, अगर अभाव है तो वह इंसान की विचार पद्धति में है।

अगर आप जिम जाकर खुद के मसल्स की ताकत बढ़ाना चाहते हैं तो यह विश्वास रखें- **'कुदरत का सहयोग भरपूर है।'** आप जिम में खुद के जिन मसल्स को खींचते हैं, कुदरत आनेवाले ४८ घंटों के अंदर उन मसल्स में पहले से भी मज़बूत धागा तैयार करती है। इसलिए स्वयं से बार-बार कहें- 'मेरे स्वास्थ्य प्राप्ति के लक्ष्य में कुदरत का सहयोग भरपूर है।'

स्वास्थ्य से संबंधित प्रकृति का महान नियम कहता है, **'आप जो देते हैं, उससे आपको स्वास्थ्य लाभ मिलता है।'** यह लाभ आपके विकास से संबंधित है। आप जो- समय, पैसा, मदद, प्रेम, ध्यान, तारीफ, भोजन, ज्ञान दूसरों को देते हैं, उसी से आपका विकास होता है और आप जो लेते हैं, उससे आपका मात्र गुजारा होता है।

इंसान तर्क से यह सोचता है कि जब वह कुछ लेगा तो उसका विकास होगा, उन्नति होगी मगर प्रकृति का नियम कहता है- 'जो आप देते हैं, वह आपका विकास करता है, वह आपको लाभ देता है।' यह नियम सुनकर पहले आपको अतार्किक लगेगा, आपकी बुद्धि को नहीं भाएगा मगर नियम का प्रयोग करने के बाद सच्चाई सामने आएगी तब आपको पता चलेगा कि वाकई में ऐसा ही है। आपने इस नियम का अनजाने में उपयोग भी करके देखा है। आज तक आपने जो दिया है, उससे आपका शारीरिक, मानसिक, सामाजिक, आर्थिक और आध्यात्मिक विकास हुआ है। प्रकृति का नियम यह भी कहता है कि **'आप वही दे सकते हैं, जो आपके पास है।'** आप अपनी चीज़ किसी को देंगे तो वह लौटकर, कई गुना बढ़कर (मल्टिप्लाय होकर) आपके पास वापस आएगी।

जब आप लगातार '**स्वास्थ्य भरपूर है**' इस भावना में रहने लगते हैं तब आप कुदरत के साथ ट्यून्ड (tuned) होने लगते हैं। 'समृद्धि' यानी परिपूर्णता कुदरत का स्वभाव है और इंसान कुदरत का ही हिस्सा है। जैसे-जैसे आप कुदरत के साथ तालमेल रखना शुरू करते हैं, वैसे ही आपको स्वास्थ्य कर्मसंकेत मिलते हैं।

मनन प्रश्न :

१. क्या मैं भरपूरता की जगह अभाव पर फोकस रखता हूँ? स्वास्थ्य की जगह अस्वास्थ्य पर ध्यान देता हूँ?

२. अनजाने में मैं ऐसे कौन से नकारात्मक स्वसंवाद दोहराता हूँ, जिस वजह से मेरे जीवन में स्वास्थ्य रुका हुआ है?

३. क्या मैं दूसरों को समय, पैसा, मदद, प्रेम, ध्यान, तारीफ, भोजन, योग्य जानकारी देने के लिए तैयार हूँ?

कार्ययोजना :

हर दिन यह स्वसंवाद दोहराएँ– 'मैं अपने तन-मन से अनावश्यक चीज़ें आनंद के साथ रिलीज (मुक्त) करता हूँ। मैं अभाव के नहीं, भरपूरता के पक्ष में हूँ। सब कुछ भरपूर है, प्रेम, आनंद, शांति, समय और स्वास्थ्य भी... इसलिए मैं सदा सुरक्षित हूँ।'

६

अध्याय

दूसरों के विचार आपका स्वास्थ्य

6

छठवाँ स्वास्थ्य नियम

एक नौजवान स्वास्थ्य संबंधित लोगों के तानों से परेशान हो चुका था। उसकी समस्या यह थी कि जब वह जीवन में कुछ नया कदम उठाने जाता था तब लोग उसकी सेहत को लेकर आलोचना करते थे। एक भी इंसान उसे प्रोत्साहित करने में दिलचस्पी नहीं रखता था। एक दिन वह नौजवान गाँव में रहनेवाले मनोवैज्ञानिक के पास गया। उसने मनोवैज्ञानिक को अपने जीवन के बारे में बताया और अपने जीवन में होनेवाली कठिन परिस्थितियों के बारे में शिकायत की कि 'मैं कोई नया कदम उठाना चाहता हूँ' मगर लोग मेरी बिलकुल भी सहायता नहीं करते। मेरे रिश्तेदार भी मुझे दुबला-पतला बोलते हैं। उनकी नज़र में तो मैं एक कमज़ोर, बार-बार बीमार पड़नेवाला और ताकतहीन इंसान हूँ... मेरी परेशानी के लिए, अस्वास्थ्य के लिए ये सभी लोग ज़िम्मेदार हैं...' नौजवान की शिकायतें बढ़ ही रही थीं।

मनोवैज्ञानिक ने नौजवान से कहा- 'जाकर नदी से एक बाल्टी पानी ले आए।' फिर उसने उस पानी को तीन बरतनों में डाला और तीनों को चूल्हे पर गरम करने के लिए रख दिया। जल्दी ही तीनों बरतनों के अंदर का पानी उबलने लगा। पहले बरतन में मनोवैज्ञानिक ने गाजर डाली, दूसरे में कुछ अंडे और तीसरी में उसने चाय की पत्ती डाल दी।

आधा घंटे बाद उसने बरतनों को चूल्हे पर से उतार दिया। उसने गाजर निकालकर एक खाली बरतन में रख दी। फिर उसने अंडों को निकाला और दूसरे बरतन में रख दिया। आखिरकार उसने चाय एक तीसरे प्याले में उड़ेल दी। मुड़कर उसने नौजवान से पूछा, 'मुझे बताओ, मैंने तीन बरतनों में क्या-क्या किया? तुमने क्या देखा?'

नौजवान बोला, 'गाजर, अंडे और चाय।' फिर मनोवैज्ञानिक ने कहा- 'गाजर उठाओ और मुझे बताओ कि तुम्हें क्या एहसास होता है।'

नौजवान ने वैसा किया और बोला- 'गाजर तो बहुत नर्म है।' फिर मनोवैज्ञानिक ने एक अंडा उठाकर तोड़ने को कहा- 'छिलका उतारने के बाद नौजवान ने देखा कि अंडा तो सख्त होकर जम गया था।' आखिरकार नौजवान को चाय की चुस्की लेने को कहा गया। चाय के जायकेदार स्वाद को चखते हुए नौजवान ने हँसते हुए पूछा, 'इसका क्या अर्थ है?'

मनोवैज्ञानिक ने स्पष्ट किया कि इन तीनों वस्तुओं ने समान विपत्ति का सामना किया था और वह था, 'उबलता पानी'। मगर हरेक ने अलग तरीके से प्रतिक्रिया की। गाजर को जब गरम पानी में डाला गया था तब वह सख्त और कड़क थी। उबलते पानी में रहने के बाद वह नर्म और कमज़ोर पड़ गई। अंडा नाजुक था, पतले बाहरी आवरण ने इसके नर्म अंदरूनी हिस्से को सुरक्षित रखा था, जिसे उबलते पानी ने सख्त और मज़बूत बना दिया। बहरहाल, चाय की पत्तियाँ सूखी थीं मगर उन्होंने पानी को ही बदल दिया।

अंत में मनोवैज्ञानिक ने कहा, 'यह उदाहरण हमारे जीवन में भी लागू होता है। उबलता पानी यानी लोगों के नकारात्मक विचार। मगर यह साफ-साफ हम पर निर्भर है कि हम उन विचारों का असर हमारे स्वास्थ्य पर होने दें या नहीं। समझो, मैंने उबलते हुए पानी में अगर एक मज़बूत पत्थर डाला होता तो उस पर क्या असर हुआ होता?'

मनोवैज्ञानिक के सवाल पर नौजवान बोला- 'पत्थर को कुछ फर्क ही नहीं पड़ेगा क्योंकि पत्थर अकंप है'। मनोविज्ञानिक ने तब आखिरी बात कही- 'पत्थर ने यह ठान लिया है कि उबलते हुए पानी से मैं टूटनेवाला नहीं हूँ।'

मनोवैज्ञानिक की यह अनमोल बात सुनकर नौजवान चौंक गया।

'तुम कौन हो? लोगों के विचारों का खुद पर असर होने की अनुमति देनेवाली कमज़ोर गाजर। लोगों की नकारात्मकता ग्रहण करके सख्त बननेवाला अंडा, ज़हरीली निंदा का सामना करके सुगंध फैलानेवाली चायपत्ती या किसी भी हालात में अकंप रहनेवाली चट्टान?'

जब आप 'स्वास्थ्य' इस विषय पर लोगों का नकारात्मक वार्तालाप सुनें तो स्वयं से पूछें- 'मैं क्या हूँ? क्या मैं गाजर जैसा हूँ, जो दिखता तो सख्त है लेकिन नकारात्मक विचारों की तप्तता से नर्म पड़ जाता हूँ और अपनी शक्ति खो देता हूँ?, क्या मैं अंडे जैसा हूँ जो विचारों के भूलभुलैया में अटककर कठोर और सख्त हो गया हूँ? या फिर मैं चायपत्ती जैसा हूँ, जो पानी को बदल देती है यानी क्या मैं दूसरों के विचारों में न अटकते हुए खुद स्वास्थ्य की सुगंध फैला सकता हूँ?'

अगर आप दूसरों के नकारात्मक विचारों के असर से प्रभावित नहीं होते तो ही आप चट्टान जैसे अकंप बन पाएँगे। ध्यान रखें, जो मन से अकंप है, वही तन से चुस्त है। अब तक आपने स्वास्थ्य प्राप्ति के कुछ रहस्य जानें। मगर इस कदम पर आप एक नया विचारसूत्र जानने जा रहे हैं। क्या है यह सूत्र?

दूसरों के नकारात्मक विचारों का असर आपके स्वास्थ्य पर तब तक नहीं होता, जब तक आप वह होने नहीं देते।

हम ऐसी दुनिया में रहते है, जहाँ अधिकांश लोग विचारों के विज्ञान से, 'विचार नियम' से अपरिचित हैं। इसलिए वे अज्ञानवश कुछ न कुछ नकारात्मक बातें दोहराते रहते हैं। हालाँकि आज-कल 'स्वास्थ्य' के बारे में तो नकारात्मक सुझावों की बमबारी होती रहती है। ज़रा गौर करें, आपके संपर्क में आनेवाले लोगों के विचार और वाणी में स्वास्थ्य के प्रति कैसी अनास्था होती है। जैसे:

'आज-कल ६० साल तक जीना भी मुश्किल हो चुका है।'

'आज की भागदौड़ में स्वस्थ रह पाना मुश्किल ही नहीं, नामुमकिन है।'

'आपकी उम्र चालीस से आगे है तो ब्लड प्रेशर की दवाइयाँ ज़रूर लेना शुरू करें।'

'आज-कल बूढ़े क्या बीस साल के नौजवान भी हार्ट-अटैक की शिकार होते हैं।'

'क्या करें समय ही नहीं मिलता। व्यायाम के लिए अलग से समय कहाँ से निकालें?'

'सेहत का कितना भी खयाल रखो, आखिर भाग्य में जो है वही होता है।'

'उम्र के साथ इंसान का जोश, उत्साह और ऊर्जा भी कम होती जाती है।'

'आज-कल मौसम में कितने सारे तीव्र बदलाव आते हैं? मौसम में थोड़ा बदलाव होते ही वायरल इन्फैक्शन हो जाता है।'

हालाँकि स्वास्थ्य संबंधित लोगों के नकारात्मक सुझावों की यह सूची खत्म होनेवाली नहीं है क्योंकि अज्ञान में, बेहोशी में लोगों द्वारा कई नकारात्मक बातें दोहराई जाती हैं। परिणामस्वरूप उनके स्वास्थ्य पर इसका नकारात्मक असर दिखने लगता है। क्योंकि जब विचार अंतर्मन तक पहुँचते हैं तब वे मस्तिष्क की कोशिकाओं पर अपनी छाप छोड़ देते हैं। मानों, किसी ने आपसे कहा, 'आज-कल आप बहुत कमज़ोर और

पतले दिख रहे हो।' अब निर्णय आपका है कि इस विचार का असर आप स्वयं पर होने देंगे या नहीं। अगर आप इस विचार पर बार-बार सोचने लगते हो, आइने के सामने जाकर खुद को वही नकारात्मक सुझाव याद दिलाते हो तो ऐसा करके आप वास्तव में कमज़ोर और ऊर्जाहीन महसूस करने की तैयारी कर रहे हो। मगर सामनेवाले इंसान का नकारात्मक सुझाव सुनकर आप सजग हुए होते तो शायद आप कह पाते, 'हो सकता है कमज़ोरी या ऊर्जा की कमी सामनेवाले इंसान में हो... मैं तो बिलकुल स्वस्थ हूँ... मैं तो प्रसन्नचित्त और ऊर्जा से लबालब भरा हुआ इंसान हूँ।'

कोई यह प्रार्थना करे कि 'आप बीमार पड़ जाएँ' तो वह आपको बीमार नहीं कर सकता। किसी के विचारों का असर आप पर तब तक नहीं होता, जब तक आप भी सामनेवाले से प्रभावित होकर अपने लिए वे ही विचार न करने लगें।

किसी भी दूसरे इंसान के विचारों का आप पर असर नहीं होता। अगर आपके साथ रहनेवाला इंसान कुछ गलत सोच रहा है तो आप पर उसके विचारों का सीधा असर नहीं होता लेकिन अप्रत्यक्ष असर अवश्य होता है, जिससे आपको बचना चाहिए।

मान लें, आपके साथ रहनेवाला इंसान नकारात्मक विचारक है। ऐसे में उसकी नकारात्मक सोच का असर आप पर तब तक नहीं होगा, जब तक आप होश में हैं। यदि आप होश में हैं और उसे अपनी गाड़ी पर पीछे बिठाकर ले जा रहे हैं तो उसकी नकारात्मक सोच के कारण आपका एक्सीडेंट नहीं होगा। मगर यदि वह पीछे बैठकर लगातार नकारात्मक बातें बोल रहा है कि 'अरे! आज-कल बहुत एक्सीडेंट होते हैं... फलाँ जगह यह एक्सीडेंट हो गया... वहाँ यह हादसा हो गया' और आप भी बेहोशी में वही बातें सोचने लग गए। यदि आप पर उसकी नकारात्मक बातों का असर होने लगा और आपके भी वैसे विचार शुरू हो गए तो एक्सीडेंट आकर्षित होने लगेगा। जब तक आप होश में हैं तब तक कोई फर्क नहीं पड़ेगा इसलिए निश्चिंत रहें।

अकसर लोगों को आपने यह कहते हुए सुना होगा कि 'दूसरों के कर्मों की सजा हम भुगत रहे हैं... हमारे साथ दूसरों की वजह से यह हो रहा है... वह हो रहा है।' अगर आप बेहोशी में गलत विचार रख रहे हैं तो यह उनका अप्रत्यक्ष असर है। साथ रहनेवाले नकारात्मक लोगों की बातों का आपके विचारों, आपकी सोच पर असर हो रहा है इसलिए आपको नकारात्मक परिणाम मिल रहे हैं। क्योंकि आपका मस्तिष्क एक रिकॉर्डिंग मशीन है। आप लोगों के जिन विचारों को स्वीकार करते हैं, वे सभी आपके अंतर्मन पर अपनी छाप छोड़ते ही हैं। इसलिए हमेशा सचेत रहें। कहीं लोगों की नकारात्मक सोच के शिकार आप तो नहीं बन रहे हैं? और अगर इसका असर आपके

स्वास्थ्य पर हो रहा है तो स्वयं को यह सूत्र याद दिलाएँ कि लोगों के नकारात्मक विचारों का असर मेरे स्वास्थ्य पर तब तक नहीं होता है, जब तक मैं उसकी अनुमति नहीं देता हूँ। जब तक आपके विचार गलत दिशा में नही जाएँगे तब तक आपके स्वास्थ्य पर उनका कोई असर नहीं होगा।

विज्ञापन करनेवाले इसी कोशिश में लगे रहते हैं कि बाज़ार में उनके प्रोडक्ट की अधिक से अधिक बिक्री हो। इसलिए आपको बीमारियों का डर दिया जाता है। फलाँ क्रीम ही इस्तेमाल करनी चाहिए, फलाँ-फलाँ टॉनिक ही लेना चाहिए... ऐसे कई विज्ञापन आपके अंतर्मन में बीमारी का बीज बोते हैं। मगर आगे से आप सजग होकर ऐसी विज्ञापनों में नहीं अटकेंगे। वरना इंसान स्वयं के विचारों को दिशा देने के बजाय दूसरों के विचारों का गुलाम बन जाता है। परिणामस्वरूप, जो हेल्थ प्रोडक्ट पहले केवल स्त्रियों के लिए बनाए जाते थे, अब वे पुरुषों के लिए भी बनाए जाने लगे हैं। माया यही तो चाहती है कि आप अस्वस्थ रहें ताकि आप ऐसे प्रोडक्टस् ले पाएँ। मगर व्यर्थ बातों के पीछे भागकर इसका परिणाम आपको ही भुगतना पड़ता है।

मिसाल के तौर पर महिलाओं के स्वास्थ्य का उदाहरण लें। कई सालों से महिलाओं के विकास पर बंधन लगाए गए। महिलाएँ फलाँ चीज़ नहीं कर सकतीं, महिलाएँ बहुत कमज़ोर होती हैं, वे पुरुषों जैसी कठिन कसरतें बिलकुल भी नहीं कर सकतीं... ऐसे कई सारे नकारात्मक सुझाव सदियों से दोहराए गए। परिणामस्वरूप, अधिकांश महिलाएँ शारीरिक तौर पर आज भी खुद को कमज़ोर मानती हैं मगर क्या सभी महिलाएँ कमज़ोर हैं? नहीं न! कुछ महिलाएँ तो इतनी स्वस्थ और सेहतमंद होती हैं कि वे कई सारी खेल प्रतियोगिताओं में पुरुषों पर भी भारी पड़ती हैं। कुछ महिलाएँ तो वे सभी विक्रम (वीरतरपूर्ण कार्य) कर पाती हैं, जो साधारण पुरुष नहीं कर सकते। फिर चाहें वह एवरेस्ट ट्रैकिंग करना हो, वेटलिफ्टिंग में जीत प्राप्त करनी हो या किसी पुरुष पहलवान के साथ काँटे की टक्कर देकर विश्वविक्रम स्थापित करना हो। कुछ ही महिलाएँ असंभव लगनेवाले कार्य क्यों कर पाईं? क्योंकि उन्होंने 'महिलाएँ कमज़ोर होती हैं... जो कार्य पुरुष कर पाते हैं, वे महिलाएँ कैसे कर पाएँगी... ' जैसे नकारात्मक विचारों का असर स्वयं पर नहीं होने दिया।

अगर लोगों के नकारात्मक, निराशाजनक सुझाव आप बार-बार सुनते हैं और उनके प्रभाव में आते हैं तो आपका जीवन जीता-जागता नर्क भी बन सकता है। ऐसा देखा गया है कि दूसरों की आलोचना और नकारात्मक बातों के बहकावे में आकर कई लोग मानसिक बीमारियों के शिकार हो चुके हैं। आप किसी नकारात्मक विचारक के हाथों की कठपुतली नहीं हैं। आपको अपनी राह खुद चुननी चाहिए... ऐसी राह जो

आपको स्वस्थ बनाए, आपको संपूर्ण स्वास्थ्य की तरफ ले जाए। मगर आश्चर्य की बात यह है कि वह राह आपके अंदर से ही शुरू होती है। इसलिए अपना स्वास्थ्य अपने ही हाथों में रखें न कि नकारात्मक सुझाव देनेवाले लोगों के हाथों में। आपके स्वास्थ्य की स्थिति किसी डॉक्टर या डाएटिशियन पर निर्भर नहीं है। ये सभी लोग आपकी सहायता के लिए हैं मगर अंतिम स्वास्थ्य का नियंत्रण आपके ही हाथ में है।

मनन प्रश्न :

१. क्या मैं दूसरों के नकारात्मक विचारों को अपने स्वास्थ्य पर असर होने की अनुमति देता हूँ।

२. मैंने अपने अंदर ऐसी कौन सी बीमारी का डर पालकर रखा हूँ, जिसकी आवश्यकता ही नहीं है?

कार्ययोजना :

'अंतिम स्वास्थ्य का नियंत्रण मेरे ही हाथों में है...!' इसे निरंतरता से दोहराएँ।

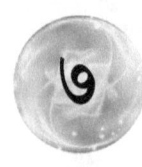

७

अध्याय

विचार और कृति में ताल-मेल

सातवाँ स्वास्थ्य नियम

7

रामलाल पिछले बीस सालों से डायबिटीज से परेशान था। एक दिन रामलाल ने पूरे जी-जान से निश्चय कर, संकल्प लिया कि 'मैं हर रोज़ निरंतरता से व्यायाम करूँगा और अपने ब्लड शुगर का चेक-अप भी करूँगा। चाहे कुछ भी हो जाए आज से मैं कभी मिठाई को हाथ लगाना तो दूर, देखूँगा तक नहीं।'

अब रामलाल पूरी ईमानदारी के साथ योग्य आहार ले रहा है, व्यायाम कर रहा है, साथ ही साथ अपने भोजन में मीठे पदार्थ लेना टाल रहा है। मगर पंद्रह दिनों बाद रामलाल के संकल्पों का महल टूटकर चकनाचूर हो गया क्योंकि वे दादा बन गए थे और इसी खुशी में उन्होंने ढेर सारी मिठाइयाँ खा ली। अब उनकी शुगर फिर से उतनी हो गई, जितनी उनके 'मिठाई न खाने के' संकल्प के पहले थी।

लगभग सभी के जीवन में स्वास्थ्य को लेकर इससे मिलती-जुलती बातें होती रहती हैं। हालाँकि रामलाल डायबिटीज से पूर्णतः मुक्त होना चाहते थे। उनके मन में बीमारी से मुक्त होने की तीव्र इच्छा भी थी। मगर क्या उनके भाव, विचार, वाणी और क्रिया में एकरूपता थी? अगर इन चारों पहलुओं में तारतम्य होता तो मिठाई देखते ही रामलाल तुरंत सजग हो जाते। यही बात हम सभी के लिए भी लागू होती है।

भाव, विचार, वाणी और क्रिया में एकरूपता न होने के कारण इंसान के लिए स्वास्थ्य की दौलत पाना कठिन हो जाता है। फलतः वह कमाए हुए स्वास्थ्य रूपी हीरे भी गँवा बैठता है।

कहने का अर्थ है कई बार इंसान के भाव तो अच्छे होते हैं मगर उसका अपने विचारों पर नियंत्रण नहीं होता। उसके मुँह से निकलनेवाले

शब्द और उसके द्वारा होनेवाली क्रियाएँ एक-दूसरे से विपरीत होती हैं। एक विचारवंत ने कहा है, 'आधुनिक युग में होनेवाली यह सबसे बड़ी बीमारी है– इंसान के विचार और कृति में दिखनेवाला जमीन आसमान का फर्क!'

अब तक आपने यह जाना कि स्वास्थ्य प्राप्ति में विचारों की भूमिका कितनी महत्वपूर्ण है। प्रस्तुत अध्याय में आप एक और महत्वपूर्ण नियम जाननेवाले हैं। यह नियम कहता है– **'संपूर्ण स्वास्थ्य पाने के लिए अपने भाव, विचार, वाणी और क्रिया में एकरूपता लाएँ।'**

किसी के मन में ऊर्जा से लबालब भरे स्वस्थ शरीर पाने के भाव होते हैं मगर उसके विचारों में स्वास्थ्य के प्रति बेहोशी होती है। उसकी वाणी में बीमारियों के वर्णन बार-बार आते रहते हैं और उसकी क्रिया को तो कोई दिशा ही नहीं! सभी लोग 'व्यायाम का महत्त्व' इस विषय पर कम से कम आधा घंटा भाषण तो दे ही पाएँगे; मगर सुबह छह का अलार्म बजे और जॉगिंग (टहलने) जाने का वक्त हो तब इंसान कहता है, 'जाने दो, कल से जॉगिंग करते हैं।' वैसे आप जानते ही हैं कि यह 'कल' कभी आता नहीं। फिर भी इंसान अपने स्वास्थ्य को लेकर अखंड नहीं है। **वह जो चाहता है वह सोचता नहीं, जो सोचता है वह बोलता नहीं और जो बोलता है, वह करता नहीं।** उसके भाव, विचार, वाणी, क्रिया इन चारों पहलुओं में एकरूपता, एक दिशा न होना ही अस्वास्थ्य को जन्म देता है।

आइए, अब इसे कदम-दर-कदम समझते हैं। मानो, आप सुबह ज़ल्दी उठकर जिम जाना चाहते हैं तो आपके भाव, विचार, वाणी और क्रिया में एकरूपता होनी चाहिए।

भाव : 'सुबह जल्दी उठकर व्यायाम करने से तन-मन कितना तरोताजा होता है... सुबह के फ्रेश वातावरण में जॉगिंग करने से पूरा दिन हम चुस्त-फुर्त रहते हैं' ऐसे भाव रात सोने से पूर्व मन में रखें ताकि बजर बजते ही आपकी नींद खुल जाए।

विचार : आपके मन में यह विचार स्पष्ट होना चाहिए कि सुबह उठकर कौन सा व्यायाम करना है वरना आप सुबह जल्दी उठ तो जाएँगे लेकिन अपनी प्राथमिकता (priority) तय न होने के कारण आप अपना काफी कीमती वक्त गँवा देंगे। साथ ही सुबह जल्दी उठने के लिए आपको अपना मुलायम बिस्तर भी छोड़ना पड़ेगा। ऐसे में यदि अलार्म बजने के बावजूद भी आप सोचें, 'रहने दो, पाँच मिनट बाद उठते हैं' तो यकीन मानिए आप फिर अपने रोज़ के समय पर यानी देर से ही उठेंगे। यहाँ बस केवल एक विचार आपका स्वास्थ्य बिगाड़ देगा।

वाणी : आप सुबह तय किए हुए वक्त पर उठ भी जाएँगे मगर यदि खुद से कहेंगे कि 'इतनी ज़ल्दी उठकर व्यायाम करना ज़रूरी है क्या? अभी तो छह बजे हैं, सवा छह बजे उठता हूँ, वैसे भी मेरे सभी दोस्त जिम को लेट ही आते हैं' तो समझ जाएँ कि ऐसे कुछ ही शब्द आपके निर्णय ऐन वक्त पर बदल देंगे।

क्रिया : यह भी हो सकता है कि आपके भाव, विचार और शब्द एक जैसे ही हों लेकिन इसके साथ ही आपको उठने के बाद फ्रेश होकर तुरंत व्यायामशाला जाने की तैयारी करनी चाहिए। जैसे- वॉटर बॉटल लेना और जिम जाने के लिए खरीदा हुआ स्पोर्ट शूज पहनकर तुरंत घर से बाहर निकलना आदि। वरना आप तैयार होकर सोफे पर बैठ जाएँगे और न्यूज़ पेपर पढ़ते-पढ़ते या टी.वी. देखते-देखते जिम जाने में टालमटोल करेंगे। ऐसा भी हो सकता है कि कुछ देर बाद आलस्य के कारण आप फिर से सो जाएँ।

देखा जाए तो भाव, विचार, वाणी और क्रिया किसी जंजीर की कड़ियों की तरह हैं। इनमें से एक भी कड़ी कमज़ोर होगी तो आप स्वास्थ्य की मंजिल तक नहीं पहुँच पाएँगे। इसके बावजूद इंसान इनमें से किसी एक को नकारात्मक बनाकर अपनी तरक्की को खुद ही रोक देता है। इनमें से एक में भी जंग लग गई तो यकीनन पूरी जंजीर कमज़ोर होनेवाली है। आइए, अब समझते हैं तब क्या होता है जब ये चारों ही नकारात्मक हों?

अगर विचार और भाव नकारात्मक हैं तो आपके शब्द और क्रिया (action) भी नकारात्मक होंगे। जैसी हमारी ऐक्शन होगी, वैसा ही उसका परिणाम होगा। यदि कोई डायबिटीज का मरीज मिठाई खाए और कहे कि 'मुझे इसका फल नहीं चाहिए' तो ऐसा नहीं होगा। अगर ऐक्शन मिठाई खाने की है तो 'शुगर बढ़ने का' फल मिलेगा ही। अगर वह मरीज डायबिटीज से मुक्त होना चाहता है तो उसे अपनी क्रिया बदलनी पड़ेगी और क्रिया बदलनी है तो अपने शब्द बदलने होंगे और शब्द बदलने हैं तो विचार और भाव भी बदलना होगा।

आपके मन में उठनेवाले विचारों के पीछे आपके भावों की ताकत होती है। यह ताकत पाकर ही कोई विचार रूप लेना शुरू करता है। जब कोई विचार पक्का हो जाता है तब उसका असर आपकी बातचीत और आचरण (behavior) पर दिखने लगता है। जिससे यह तय होता है कि अब आप कैसे काम करनेवाले हैं और आपके काम के आधार पर ही आपको परिणाम (रिजल्ट) मिलता है। तात्पर्य- आपके भाव बहुत ही महत्वपूर्ण हैं। अगर आपके मन में स्वास्थ्य से संबंधित सकारात्मक भाव हैं तो आपको विचार भी वैसे ही आएँगे। जैसे आपके विचार वैसे आपके शब्द होंगे और वैसी ही क्रिया आपके द्वारा होगी। अगर आपके मन में 'मुझे स्वस्थ रहना है, मुझे संपूर्ण स्वास्थ्य

चाहिए' जैसे भाव हैं तो आपके विचार, वाणी और क्रिया में स्वास्थ्य झलकने ही वाला है, बशर्ते आप इस नियम पर अमल करें तो 'संपूर्ण स्वास्थ्य पाने के लिए अपने भाव, विचार, वाणी और क्रिया में एकरूपता लाएँ।'

इस नियम में पहला और सबसे महत्वपूर्ण पहलू है, 'भाव'। डॉ. जॉन अल्बर्ट शिंडलर ने कहाँ है, 'अस्पताल में हर चार मरीजों में तीन मरीज 'E.I.I.' के शिकार होते हैं।' 'E.I.I.' यानी 'Emotionally induced illness' अर्थात नकारात्मक भावनाओं से निर्मित विकार, जिसे 'मनोकायिक बीमारी कहा जाता है।

अब यह पुस्तक बाजू में रखकर थोड़ा मनन करें- 'इस क्षण आपके मन में स्वास्थ्य के प्रति कौन से भाव हैं?' ऐसे भाव आपके जीवन में जो निर्माण करेंगे, क्या वह आप वाकई चाहते हैं? अगर आपका जवाब 'हाँ' है तो तुरंत अपनी भावनाओं का विचार, वाणी और क्रिया के साथ ताल-मेल में बिठाएँ। अगर आपका जवाब 'नहीं' है तो तुरंत सजग होकर अपने भाव बदलें।

अगर आपके भाव आनंदी हैं तो परिणामस्वरूप होनेवाली जैवरासायनिक क्रियाएँ आपके तन-मन में आनंदपूर्ण तरंग ही निर्माण करेगी। अगर आपके अंदर स्वास्थ्य से ताल-मेल रखनेवाले भाव उभरेंगे तो आपके मन में वैसे ही स्वास्थ्यवर्धक विचार निर्माण होंगे और आपका शरीर वैसी ही क्रियाओं के लिए तैयार होगा। जैसे- संतुलित आहार लेना, नियमित रूप से व्यायाम करना, योगसाधना करना, जंक फूड को त्यागना आदि। भाव स्वास्थ्य वर्धक होंगे तो विचार, शब्द और क्रियाएँ भी स्वास्थ्यवर्धक होंगे!

यह देखा गया है कि जो लोग निरंतरता से सकारात्मक और स्वास्थ्यपूर्ण भाव रखते हैं, वे निरंतरता से व्यायाम कर पाते हैं। उन्हें व्यायाम करना बोझ नहीं लगता बल्कि वह उनके लिए 'फील गुड हार्मोन्स' के निर्माण का कारण बनता है। ऐसे हॅपी शरीर में 'बीटा एन्डॉर्फिन्स हार्मोन्स' रिसने लगते हैं। 'बीटा एन्डॉर्फिन्स' को 'फील गुड हार्मोन्स' कहा जाता है। इन हार्मोन्स के कारण आपका मन हमेशा तरोताजा रहता है। इसी कारण आपके अवचेतन मन में 'व्यायाम करने से मुझे फ्रेश लगता है' यह प्रोग्रॅमिंग हो जाती है। अब आपका शरीर और मन निरंतरता से व्यायाम करने के लिए ट्यूंड हो जाते हैं। आपके शब्दों और विचारों में भी व्यायाम के प्रति सकारात्मकता दिखने लगती है। परिणामस्वरूप आपके भाव, विचार, वाणी और क्रिया में एक दिशा आ जाती है और मानो स्वास्थ्य के साथ आपकी दोस्ती हो जाती है।

इसके विपरीत कुछ लोग अपने मन में नकारात्मक भाव पालकर नकारात्मक विचारों को जन्म देते हैं। अतः उनके वाणी में भी स्वास्थ्य के प्रति नकारात्मक शब्द

आते हैं। परिणामस्वरूप उनके शरीर में होनेवाली जैवरासायनिक क्रिया भी नकारात्मक और अस्वास्थ्य को जन्म देनेवाली होती है। आइए, यही बात नीचे दिए गए उदाहरणों से समझें–

१) मन में **भय की भावना** प्रबल होनेवाला इंसान पाचन संस्था से संबंधित विकारों का शिकार बन सकता है।

भाव : *भय*

विचार : *'न जाने मेरा क्या होगा...'*

वाणी : *'मेरे पेट में मरोड़े जैसा महसूस होने लगा है।'*

शरीर में होनेवाली जैवरासायनिक क्रिया का परिणाम :

पेटदर्द, भूख न लगना या ज़्यादा भूख लगना, ज़्यादा मात्रा में भोजन लेने से ओबेसिटी, भय और तनाव की वजह से अपेंडिसायटिस, अतिचंचलता, निद्रानाश, बालों का झड़ना, गॅसेस, छोटे बच्चों में बेड वेटिंग, दस्त (diarrhea), अल्सर।

पेप्टीक अल्सर जैसी बीमारी भय और कमतरता की भावना का परिणाम है। कुछ लोगों के मन में 'मैं उतना लायक नहीं हूँ... क्या मालूम मैं इस मुसीबत का सामना कर पाऊँगा या नहीं... मैं बॉस की अपेक्षाओं को पूरा करने में काबिल नहीं हूँ... मैं अच्छा पति/पिता नहीं हूँ...' इस प्रकार के विचार लगातार चलते रहते हैं। परिणामस्वरूप उनके मन में डर, असुरक्षा, हीनता और तनाव की भावना प्रबल हो जाती है। ऐसे लोगों से कर्म भी ऐसे होते हैं, जो हीनता को जन्म देते हैं। ऐसे लोग अपने मन पर हमेशा नकारात्मक विचारों के और हीनतापूर्ण भावनाओं के वार करते रहते हैं। हमारा अंतर्मन यही वार आँतों (Intestines) में ट्रान्सफर कर देता है, जिसे कहा जाता है, 'पेप्टीक अल्सर'। आपने सुना होगा 'हरी, वरी ऍन्ड करी' यह आज की जीवनशैली बन चुकी है। बढ़े हुए तनाव का सामना करने के लिए हमारी आँतें ज़्यादा मात्रा में एसिड निर्माण करती हैं, जिसके परिणामस्वरूप 'अल्सर' की समस्या बढ़ने लगती है।

स्वस्थ स्वसंवाद :

मैं निर्भय हूँ, मैं काबिल बन रहा हूँ।

जीवन पर मेरा विश्वास है, मैं सदा सुरक्षित हूँ।

मैं डर के नहीं, साहस के पक्ष में हूँ।

मेरा आहार, विहार और पाचन आनंद की स्थिति में चल रहा है।

मैं आराम की अवस्था में शांत हूँ। आय एम रिलॅक्सड्।

२) अगर आपके विचारों में **लचीलेपन का अभाव** है तो आपकी गर्दन में अकड़न या दर्द होने की संभावना है क्योंकि लचीलापन गर्दन की विशेषता है। मगर विचारों में लचीलेपन का अभाव आपकी गर्दन पर असर कर सकता है। इसके अलावा इंसान की पीठ भी लचीलेपन की निर्देशक है। लचीलेपन का अभाव पीठ दर्द और घुटनों के दर्द में भी रूपांतरित हो सकता है।

भाव : *मैं ही सही हूँ।'*

विचार : *'सामनेवाले ने मेरी बात सुननी ही चाहिए।'*

वाणी : *'मैं तुम्हें देख लूँगा।'*

शरीर में होनेवाली जैवरासायनिक क्रिया का परिणाम :

गर्दन में अकड़न और पूरे शरीर में लचीलेपन का अभाव।

स्वस्थ स्वसंवाद :

मेरे भाव, विचार, वाणी और क्रिया में लचीलापन रहा है।

सभी लोग अपनी जगह पर (अपने नज़रिये अनुसार) सही हैं।'

मैं हर चीज़ के अनेक आयाम आसानी से देख सकता हूँ।'

'मेरे विचार और भाव लचीले हैं।'

मैं रिश्तों में झुक सकता हूँ क्योंकि मैं सभी से प्रेम करता हूँ।' (झुकने की क्रिया पीठ और घुटनों से संबंधित है। इसलिए जो इंसान रिश्तों में झुकना पसंद नहीं करता, वह पीठदर्द और घुटनों के दर्द का शिकार बन सकता है।)

३) शरीर में **अपराधबोध की भावना** वेदना का निर्माण करती है। जब इंसान अपराधबोध के शिकंजे में अटकता है तब वह भूतकाल की दुःखद घटनाओं को बार-बार याद करता है। परिणामस्वरूप वह डिप्रेशन, उत्साह की कमी, स्नायु की जकड़न, कॉन्स्टिपेशन, गलत आदतें, व्यसन और पीठदर्द का शिकार बन जाता है। कई लोग भूतकाल में हुई दुःखद घटनाएँ, गलतियाँ भूल नहीं पाते। उनके मन में भूतकाल की दरिद्र स्मृतियों (पूअर मेमरीज) की गाँठें बँधती जाती हैं। परिणामस्वरूप ऐसे लोग शरीर के कुछ हिस्सों में गाँठ बनना, ब्रेन ट्यूमर, कैन्सर, यूरिन स्टोन जैसी बीमारियों के शिकार बन सकते हैं।

भाव : 'मैं दोषी (गिल्टी) हूँ।'

विचार : 'मुझसे यह गलती (भूतकाल में हुई गलती) नहीं होनी चाहिए थी।'

वाणी : 'मुझे अपने किए की सजा मिलनी ही चाहिए।'

शरीर में होनेवाली जैवरासायनिक क्रिया का परिणाम :

ऊर्जा की कमी और वेदना।

स्वस्थ स्वसंवाद :

'मैं अपना भूतकाल पूर्ण रूप से स्वीकार करता हूँ।'

'मैं स्वयं को बेशर्त प्रेम देता हूँ।'

'मुझे जो चाहिए, वह मेरे जीवन में सहजता से आ रहा है।'

'मैं खुद को माफ करता हूँ... मेरा इन-साफ करता हूँ।'

'अब मैं मुक्त हूँ... मुक्ति हूँ।'

'मैं दुःखद घटनाएँ सहजता से भूल रहा हूँ।'

'मेरे अवचेतन मन में सिर्फ सुखद यादें ही बाकी हैं।'

४) जो लोग भरपूरता परिपूर्णता के प्रभाव में रहने के बजाय 'अभाव' के भाव में रहते हैं, जैसे **'यह कम है, वह कम है...'** वे लोग शारीरिक ऊर्जा की कमतरता महसूस करते हैं। ऐसे लोग अतिनिद्रा के गुलाम बन जाते हैं क्योंकि भरपूर नींद लेने के बाद भी उनके मन में 'आज नींद कम हुई' ऐसे विचार ही आते हैं।

भाव : अभाव/कमतरता/कंजूसी

विचार : 'फलाँ चीज़ कम है।'

वाणी : 'मुझे हर चीज़ हमेशा कम ही क्यों मिलती है?'

शरीर में होनेवाली जैवरासायनिक क्रिया का परिणाम :

उत्साह-ऊर्जा की कमी; आँतों में मल जमा होना (पेट साफ न होना)।

स्वस्थ स्वसंवाद :

'सब कुछ भरपूर है, प्रेम, आनंद, मौन, पैसा और स्वास्थ्य।'

'मैं सभी को भरपूर प्रेम देता हूँ।'

'स्वास्थ्य, सुरक्षा और समृद्धि भरपूर मात्रा में उपलब्ध है।'

'परिपूर्णता मेरा स्वभाव है।'

'स्वस्थ रहना सहज, सरल और मेरा अधिकर है।'

५) जो लोग अपने मन में **चिड़चिड़ाहट, क्रोध, द्वेष, चिंता** जैसी नकारात्मक भावनाएँ पालते हैं, वे आम्लपित्त, मायग्रेन, हार्ट अटैक, हायब्लड प्रेशर, डायबिटीज और पीठदर्द जैसे विकारों के शिकार बन सकते हैं। आज रिसर्च द्वारा यह सिद्ध किया गया है कि पीठदर्द होने का मुख्य कारण है, 'क्रोध'।

भाव : *क्रोध, द्वेष, चिंता।*

विचार : *'मैं तुमसे नफरत करता हूँ। मुझे यह पसंद नहीं है।'*

वाणी : *'इस इंसान को देखते ही मेरा खून खौलने लगता है।'*

शरीर में होनेवाली जैवरासायनिक क्रिया का परिणाम :

खून खौलने से एसिडीटी बढ़ना, मायग्रेन, ब्लड प्रेशर।

भविष्य की चिंता इंसान के ब्लड सर्क्युलेशन सिस्टम पर असर करती है। परिणाम स्वरूप उसका हृदय आनंद की कमी महसूस करने लगता है। इसी कारण हार्ट अटैक, हाय ब्लडप्रेशर जैसे हृदयरोग प्रबल हो जाते हैं। जिन लोगों को भविष्य की चिंता हमेशा सताती है, वे अपने सुंदर भविष्य को नज़र के सामने ला नहीं पाते। ऐसे लोगों में दृष्टिदोष उत्पन्न हो सकते हैं।

स्वस्थ स्वसंवाद :

'मैं सभी से प्रेम करता हूँ। सभी मुझसे प्रेम करते हैं।'

'मैं नफरत से मुक्त हूँ, प्रेम से युक्त हूँ'

'मैं चिंता की चिता से मुक्त हूँ क्योंकि मैंने जाना है, ईश्वर प्रेम है और मुझे 'प्रेम' से प्रेम है।'

'संतुलन मेरा स्वभाव है।'

'मैं द्वेष-चिंता से मुक्त हूँ,आनंद-शांति से युक्त हूँ।'

'मैं क्षमा करता हूँ और क्षमा माँगता भी हूँ।

ऊपर कुछ प्रातिनिधिक उदाहरण दिए गए हैं। ध्यान रखें, आपको बीमारी के पीछे कौन सी गलत विचारधारा या भावनाएँ हैं, यह जानकर स्वस्थ स्वसंवाद दोहराने हैं। आपको बीमारी के बारे में या उसके कारणों के डिटेल्स (विवरण) में जाने की ज़रूरत नहीं है। आपका फोकस ज़्यादातर सकारात्मक स्वसंवाद पर ही हो, इसी से आपकी भावनाएँ सकारात्मक बन जाएँगी। आपके विचार, वाणी और क्रिया में भी केवल सकारात्मकता झलकने लगेगी और 'स्वास्थ्य' आपका स्वभाव बन जाएगा।

मनन प्रश्न :

१. क्या स्वास्थ्य के लिए मेरे भाव, विचार, वाणी और क्रिया में एकरूपता है?

२. क्या मैं अपने मन में भय की भावना, लचिलेपन का अभाव, अपराधबोध, या 'यह कम है, वह कम है' की भावना, चिड़चिड़ाहट, क्रोध, द्वेष, चिंता जैसी नकारात्मक भावनाएँ पालता हूँ?

कार्ययोजना :

१. अपना फोकस ज़्यादातर सकारात्मक स्वसंवाद पर रखें।

२. भाव, विचार, वाणी, क्रिया में केवल सकारात्मकता झलके और स्वास्थ्य आपका स्वभाव बन जाए।

३. एकरूपता के लिए क्षमा साधना करें।

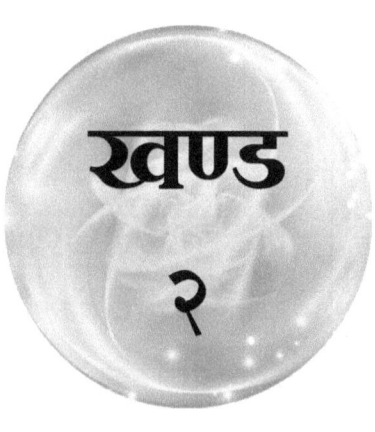

खण्ड
२

स्वास्थ्य प्राप्ति के 7 औजार

'मैं किसी काम के काबिल नहीं हूँ'
'मुझे कोई प्यार नहीं करता।'
यह मानसिक सोच है, जो सत्य नहीं है।
यह सोच आसानी से बदली जा सकती है।
खुद से कहें- **'मैं मानसिक सोच बदल'** नाम की दवा पीने को तैयार हूँ। अब मेरे पास एक नया शरीर है... पुरानी बीमारी का प्रभाव अब समाप्त हो चुका है...
अब मैं बीमारी से मुक्त हूँ।''

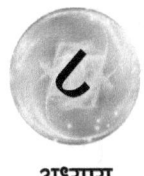

८

अध्याय

स्वसंवाद से स्वास्थ्य की ओर

स्वास्थ्य प्राप्ति का पहला औजार

अब तक हमने स्वास्थ्य प्राप्ति के मानसिक सूत्र, 'विचार नियम' जानें। अब हम कुछ औजारों का भी इस्तेमाल करनेवाले हैं। ये औजार इतने शक्तिशाली हैं, जो आपका जीवन संपूर्ण रूप से स्वस्थ, चुस्त और तंदुरुस्त बना सकते हैं।

तो आइए, इन सात औजारों की सहायता से स्वास्थ्य के शिखर पर पहुँचने का शुभारंभ करते हैं।

लोग यह नहीं जानते कि खुद के साथ बातचीत (स्वसंवाद) से स्वास्थ्य पर गहरा प्रभाव पड़ता है इसलिए वे अपने भीतर अनजाने में नकारात्मक स्वसंवाद करते रहते हैं। जो संवाद बार-बार दोहराए जाते हैं, वे विश्वास में बदल जाते हैं। अगर कोई हर रोज़ 'मैं स्वस्थ हूँ, मैं स्वस्थ हूँ या मैं स्वस्थ हो रहा हूँ' कई बार दोहराते रहे तो उसके अवचेतन मन को यह विश्वास हो जाएगा कि यह इंसान स्वस्थ है। जब अवचेतन मन कोई बात मान लेता है तब उसका परिणाम हमें अपने जीवन में दिखाई देता है। मन के इस गुण को जानकर आप स्वास्थ्य की दौलत और संतुष्टि प्राप्त कर सकते हैं। अवचेतन मन अपने पुराने वैचारिक ढाँचे अनुसार कार्य करता है। वह यह काम तब तक करता रहेगा, जब तक हम उसे नया वैचारिक ढाँचा नहीं दे देते। अतः आज ही अपना नया वैचारिक ढाँचा तैयार करें, जिसमें सेहत, समय और संतुष्टि भरपूर हो। इस नए सकारात्मक वैचारिक ढाँचे को तब तक हर दिन (कम से कम सौ बार) दोहराते रहें, जब तक आपका अवचेतन मन वह बात मान नहीं लेता।

अवचेतन से कोई बात मनवाने का राज़ है 'दोहराना (रिपीटेशन)'। नई बातों की पुनरावृत्ति पुरानी प्रोग्रामिंग को नष्ट करती है। इसलिए नया, तेज़, ताजा बनने के लिए इस सूत्र का भरपूर लाभ लें।

सकारात्मक संवादों का चयन करें, उन्हें बार-बार सहजता और प्रेम से दोहराएँ। कुछ पंक्तियों को याद कर लें ताकि वे बिना चेतन (बाहरी) मन को सजग किए अवचेतन (अर्धचेतन) मन में जा सकें। यह स्वसंवाद आप अपने शरीर को रिलैक्स करके, कुर्सी पर बैठकर या पलंग पर लेटकर, लय-ताल में दे सकते हैं। जब शरीर आराम में होता है तब स्वसंवाद का असर दस गुना बढ़ जाता है। यदि संभव हो तो अपने नए वैचारिक स्वसंवाद को कविता का रूप दें। इस कविता को जब भी समय मिले गुनगुनाएँ। अवचेतन मन तक पहुँचने के लिए संगीत और ताल अचूक रास्ते हैं।

जब शरीर बीमार रहता है तब मन नकारात्मक स्वसंवाद करता है, छोटी-छोटी बातों पर चिड़चिड़ करता है, जल्दी परेशान हो जाता है। ये नकारात्मक संवाद शरीर को स्वस्थ होने में रुकावट डालते हैं। शरीर खुद-ब-खुद अपने आपको ठीक करने का ज्ञान रखता है, बशर्ते उसके काम में बाधा न डाली जाए। नकारात्मक संवाद निरोग जीवन में बाधा है।

क्रोध, अहंकार, भय, चिंता, नफरत, द्वेष, लालच, तनाव मन के रोग हैं। इन रोगों से पीड़ित मनुष्य द्वारा खाए हुए भोजन का पाचन ठीक से नहीं होता। ऐसा कोई भी मानसिक विकार, जिन्हें हम दूसरों से छिपाना चाहते हैं, हमें हानि पहुँचाते हैं। उदाहरण के तौर पर :

* अहंकार घुटनों की तकलीफें तथा कपट गले और फेफड़ों के रोग उत्पन्न करता है।
* अपने ज़िद पर अड़े रहने की आदत से इंसान में पेट के रोग उत्पन्न होते हैं।
* अपनी बात को पकड़े रहने की गलती से इंसान अपने अंदर के कचरे को भी बाहर जाने नहीं देता। इसके विपरीत अपने आपको स्वीकार और सुरक्षित करते ही अनेक रोग खत्म हो जाते हैं इसलिए हर दिन यह स्वसंवाद दोहराएँ, **'मैं अपने आपको जैसा भी हूँ, स्वीकार करता हूँ और माफ करता हूँ, प्यार देता हूँ।'**

जिन विचारों (स्वसंवादों) के प्रकट होने से इंसान के आत्मिक सम्मान को आघात पहुँचने की संभावना रहती है, उन विचारों को छिपाकर रखने से शरीर के अंग रोग ग्रस्त और कमज़ोर बनते हैं। ये स्वसंवाद रोगों को बढ़ाने के लिए कारण बनते हैं। ज़्यादा क्रोध और चिड़चिड़ापन लिवर और गॉलब्लैडर को हानि पहुँचाते हैं। भय, गुर्दे और मूत्राशय को हानि पहुँचाता है। तनाव और चिंता पैनक्रियाज को हानि पहुँचाते हैं। अधीरता और क्षणिक आवेश से हृदय और छोटी आँत (इन्टेस्टाईन) को हानि पहुँचती है तथा दुःख दबाने से फेफड़ों और बड़ी आँत की कार्यक्षमता कम होती है।

जिन लोगों में किसी को कुछ देने की इच्छा नहीं होती, उनकी इस कंजूसी की आदत से उनकी आँतें मल विसर्जन करने में, त्वचा पसीना बाहर निकालने में, फेफड़े पूरी साँस छोड़ने में तकलीफ देते हैं।

बचपन में हुए अपमान और दुर्घटनाओं की वजह से इंसान सिकुड़कर जीता है। जिस वजह से उसके शरीर का विकास ठीक ढंग से नहीं हो पाता। वह ज़िम्मेदारी लेने से डरता है। उसे कंधों और पैरों में तकलीफ होने की संभावना होती है क्योंकि पैर हमें आगे बढ़ाते हैं और कंधे ज़िम्मेदारी उठाते हैं। यदि आपके साथ बचपन में ऐसी बातें हुई हैं तो यह स्वसंवाद करें, 'अब मैं आगे बढ़ने के लिए तैयार हूँ क्योंकि मुझे दिव्य योजना पर पूरा भरोसा है। मैं अब नई ज़िम्मेदारी ले सकता हूँ, जिसका साहस कुदरत मुझे प्रदान कर रही है। मैं सुरक्षित और समृद्ध बन रहा हूँ।'

किसी स्वसंवाद को बार-बार मन में या जोर-जोर से दोहराने को आत्मसूचना भी कहते हैं। रोग के इलाज के साथ मन की ताकत को दवा का रूप देने के लिए आत्मसूचना का सहारा इस तरह लें। जैसे-

'मैंने विचार नियम का जादू जान लिया है इसलिए अब मैं ठीक हो रहा/ रही हूँ, मेरी जो भी तकलीफें हैं, वे जल्दी ठीक होने लगी हैं। मेरे जीवन में दिव्य योजना अनुसार सब कुछ अच्छा और सही घट रहा है।'

इसके साथ आप यह आत्मसूचना भी दोहरा सकते हैं, 'हर क्षण और हर दिन मेरा शरीर हर तरीके से ठीक होता जा रहा है।' उसके साथ और एक स्वसंवाद दोहरा सकते हैं- 'मैं ईश्वर की संतान हूँ, कोई बीमारी मुझे नुकसान नहीं पहुँचा सकती... I am God's child... no disease can harm (touch) me.'

सकारात्मक स्वसंवाद की शक्ति इस्तेमाल करने के साथ-साथ बीमारियों के कारण जानने की भी कोशिश करें। यह देखें कि फलाँ-फलाँ रोग आपको किस कारण से (आपके खान-पान की आदत, सोने तथा व्यायाम न करने की गलत आदत की वजह से) हुआ है। यदि आपमें गलत आदतें नहीं हैं तो शांत भाव से मनन करें कि 'मेरे अंदर कौन से स्वसंवाद चल रहे हैं, जिन्होंने यह बीमारी पैदा की है?' जब हमारे रोग का कोई शारीरिक कारण नहीं है तब हमारे स्वसंवाद ही दोषी होते हैं। नीचे लिखे गए स्वसंवादों द्वारा अपने उन गलत विचारों को, जिनसे रोग ठीक नहीं हो रहा है, समाप्त करें –

'जिस गलत विश्वास ने यह स्थिति...(बीमारी) उत्पन्न की है, मैं अब अपने चेतन मन के उस विचार प्रवाह (गलत विश्वास, मान्यता) को छोड़ने के लिए तैयार हूँ। अब मैं आज़ाद हूँ, मुक्त हूँ। मैं खुश हूँ, खुशी हूँ।'

इस नए विश्वास (मानसिक सोच) को बार-बार दोहराएँ। अंत में रोग मुक्ति की घोषणा एक बार फिर से करें, 'अब मैं हर रोग से आज़ाद हूँ, मुक्त हूँ। मैं खुश हूँ, खुशी हूँ।' बार-बार, हर दिन जब भी याद आए या मन सताए तब इनमें से कुछ स्वसंवाद दोहराएँ :

* 'मैं अपने नकारात्मक स्वसंवादों से मुक्त हो रहा हूँ और मैं शांत हो गया हूँ।
* **मैं जीवन में विश्वास रखता हूँ, मैं सुरक्षित हूँ।**
* जिस विशेष सकारात्मक सोच से मेरे भीतर यह आनंद पैदा हुआ है, मैं वह महसूस कर रहा हूँ, **मैं शांत हूँ, मैं महत्वपूर्ण हूँ, मैं संपूर्ण हूँ, मैं खुद को प्यार और स्वीकार करता हूँ।**
* मैं प्यार करने लायक हूँ। मुझे ताजगी महसूस हो रही है, मैं प्रेमपूर्वक अपने शरीर, दिमाग तथा सभी अंगों की देख-भाल करता हूँ।
* मैं जीवन के आनंद को अभिव्यक्त तथा स्वीकार कर रहा हूँ।
* मुझे विश्वास है कि मेरे जीवन में हमेशा सही काम, सही समय पर हो रहे हैं।
* मैं चैतन्य हूँ, मैं मज़े से जीवन के हर अनुभव के साथ बह रहा हूँ। सब बिलकुल ठीक-ठाक चल रहा है।
* मैं खुशी-खुशी अपने अतीत को मुक्त करता हूँ और अब मैं चैन से हूँ।
* **मैं वर्तमान में जीने लगा हूँ, मेरा जीवन अब आनंद से भरपूर है। प्रसन्नता से भरे हुए विचार मेरे भीतर सहजता से उत्पन्न हो रहे हैं।'**
* 'मैं इतना स्वस्थ हूँ कि बीमारियाँ मेरे आस-पास आने से भी डरती हैं।
* मैं स्वस्थ हूँ, मैं तंदुरुस्ती का आनंद ले रहा हूँ।
* मैं चुस्त हूँ, चुस्ती का आनंद ले रहा हूँ। मैं सही वक्त पर सही मात्रा में भोजन करता हूँ। मेरा स्वस्थ शरीर मुझे उच्चतम अभिव्यक्ति करने में मदद कर रहा है।
* मैं सुडौल और हलका महसूस कर रहा हूँ।

ऊपर लिखे गए दमदार स्वसंवाद आप अपनी ही आवाज़ में मोबाईल या आयपॉड में रिकॉर्ड कर दें। इस टेप को सुबह, दोपहर, शाम अथवा जब भी समय मिले तब एक बार रोज़ शवासन की अवस्था में (लेटकर) सुनें ताकि आपके भाव, विचार, वाणी और क्रिया में स्वास्थ्य झलकने लगे।

आइए, अब स्वास्थ्य प्राप्ति के लिए अपनाए जानेवाले कदम समझते हैं :

किसी भी चीज़ को पाने में सबसे महत्वपूर्ण है आपकी भावना! अगर स्वसंवाद दोहराते वक्त आप शांति महसूस कर पाते हैं तो आपको मिलनेवाला परिणाम भी शांति ही लाएगा। इसलिए स्वसंवाद दोहराने से पहले आपको पूर्व तैयारी करनी है -

- आप स्वसंवाद दोहराने का प्रयोग लेटकर या चेअर पर आरामदायी स्थिति में बैठकर भी कर सकते हैं।
- अब अपनी आँखें बंद करके उलटी गिनती गिनें ताकि मन में चलनेवाले विचार धीरे-धीरे विलीन हो जाएँ।
- अपना ध्यान साँस पर ले जाएँ, साँस की गति सहज हो। महसूस करें कि शरीर का हर अंग तनावरहित और शांत हो रहा है।
- यदि आप कोई ध्यान विधि जानते हैं तो वह विधि भी अपना सकते हैं।
- अब आप रिकॉर्ड किए हुए स्वसंवाद सुनते-सुनते दोहरा सकते हैं।
- ऊपर दी गई तकनीक के अलावा यदि आप चाहें तो नीचे दी गई विधि का इस्तेमाल भी कर सकते हैं।
- एक या दो दृढ़ विचार लें और उन्हें प्रतिदिन १० से २० बार डायरी में लिखें और बोलकर पढ़ें। उनमें एक गति तैयार करें और उन्हें खुशी से गुनगुनाएँ। अपने दिमाग को जब याद आए इन विचारों पर सोचते रहने दें। लगातार इस्तेमाल किए गए दृढ़ विचार हकीकत में बदल जाते हैं। कभी-कभी तो ऐसा नतीजा प्राप्त होता है, जिसकी हमने कभी कल्पना भी नहीं की होती।

अतः आज से ही अपने भाव स्वास्थ्यवर्धक रखें और विचार सकारात्मक। सिर्फ ऐसे ही शब्दों का उच्चारण करें, जिससे आपके तन-मन में सकारात्मक तरंग तैयार हो। अंत में सबसे महत्वपूर्ण है- आपके द्वारा होनेवाली क्रिया। **योग्य आहार, व्यायाम, योगा और ध्यान निरंतरता से करेंगे तो आपके भाव, विचार, वाणी और क्रिया में एकरूपता आएगी। इस नियम पर काम करके आप 'संपूर्ण स्वास्थ्य' की दौलत पाकर सच्चे अमीर बन सकते हैं।**

मनन प्रश्न :

१. मेरा स्वसंवाद (खुद के साथ बातचीत) ज़्यादातर क्या होता है?
२. मेरे अंदर कौन से स्वसंवाद चलते रहते हैं, जिन्होंने मुझमें यह बीमारी पैदा की है?

कार्ययोजना :

१. 'मैं स्वस्थ हूँ, मैं स्वस्थ हो रहा हूँ', इसे तब तक दोहराइएँ, जब तक यह आपके अवचेतन मन में न छप जाए।
२. मैं अपने आपको जैसा भी हूँ, स्वीकार करता हूँ और माफ करता हूँ, प्यार देता हूँ... यह रोज़ दोहराएँ।

दिशायुक्त कल्पना शक्ति

स्वास्थ्य प्राप्ति का दूसरा औज़ार–A

९ अध्याय

2

नोबेल पुरस्कार विजेता वैज्ञानिक अल्बर्ट आइन्स्टाइन का एक वाक्य प्रसिद्ध है– 'कल्पना ही सब कुछ है। यह जीवन में आनेवाले चीज़ों की पहले देख ली गई झाँकी है।' सचमुच! स्वास्थ्य के बारे में भी यह वाक्य कितना अर्थपूर्ण लगता है! 'कल्पना' मनुष्य को मिला हुआ एक ऐसा वरदान है, जिसे अभिशाप बनने में देर नहीं लगती लेकिन जिसके सहारे वह हर चीज़ पा सकता है। क्योंकि आपका हर विचार, हर कल्पना आपकी तरफ से कुदरत को दी गई प्रार्थना है, जो कुदरत पूरा करती है।

बात जब आपके स्वास्थ्य की हो तब यह वरदान कैसे फलित होता है, इसे आगे दिए गए कल्पना शक्ति प्रयोग के ज़रिए समझते हैं।

स्वास्थ्य और कल्पना शक्ति प्रयोग

आइए, एक साधारण से प्रयोग के साथ देखते हैं कि कल्पना को दिशा देकर इसका सकारात्मक उपयोग स्वास्थ्य पाने में, शरीर के किसी अंग को लचीला और रोगमुक्त करने में कैसे कर सकते हैं। पहले इस प्रयोग को पूरा पढ़ लें, फिर पुस्तक को नीचे रखकर इसे आरंभ करें।

- अपनी आँखें बंद करके, कुर्सी या कारपेट पर बैठें।
- अब कल्पना करें कि जब आप छोटे थे तब आपका शरीर कैसा था? यकीनन वह लचीला, दौड़-धूप करनेवाला, दीवारों पर चढ़नेवाला, कूदनेवाला अर्थात संपूर्ण स्वस्थ रहा होगा। परंतु आज की परिस्थिति अलग है। उम्र के बढ़ते असर के कारण आप ये सारी क्रियाएँ नहीं कर पाते। कुछ लोगों के लिए आज दौड़ना, कूदना संभव नहीं है।
- अब वह समय, जब आप दौड़ते, कूदते थे, अपनी कल्पना में देखें, उस समय आप जो भी करते थे, उसे जितना स्पष्ट देख सकते हैं देखें।

- उस समय की तसवीर का पूर्ण रूप से दर्शन करें, उसे चलचित्र की तरह होते हुए देखें और उसे कल्पना में जितना महसूस कर सकते हैं, महसूस करें।
- आप इस चित्र को रोजाना स्पष्ट देख पाएँ तो स्वास्थ्य का चमत्कार शुरू होगा।
- अब इस चित्र में अपने उस अंग को देखें, जिसमें आज आपको तकलीफ महसूस हो रही है। देखें कि आज शरीर के जिस भी अंग में तकलीफ है, वह अंग कैसे बढ़िया तरीके से काम कर रहा है। जब आप दौड़ते-भागते और खेलते थे, उसे महसूस करें।
- मिट्टी की खुशबू, हवा का स्पर्श महसूस करें और अगले दिन वह दृश्य और अधिक स्पष्ट देखें। हर दिन यह देखने से दृश्य और स्पष्ट होते जाएगा।

इस रचनात्मक चित्र को रोज़ देखने के साथ, अचानक एक दिन आप अपने अंदर आए नए परिवर्तन पर आश्चर्य करेंगे।

ये जीवन की **समृद्ध स्मृतियाँ** (Rich Memories) हैं। इन्हें याद करें। हमारे जीवन की जो दुःखद घटनाएँ हैं, वे दरिद्र स्मृतियाँ हैं। उन्हें याद करके बढ़ावा न दें। **समृद्ध स्मृति सत्यम्, शिवम्, सुंदरम्** के साथ जुड़ी होती हैं। जिन चीज़ों को याद करके हमारा वर्तमान बदल जाता है, वे दिशायुक्त कल्पना दृष्टि की श्रेणी में आती हैं। वरना दिशाहीन कल्पना तो मन की आदत है, जिसे तोड़ना ज़रूरी है।

स्वास्थ्य प्राप्ति हेतु दिशायुक्त कल्पना का उपयोग

दिशायुक्त कल्पना दृष्टि का प्रयोग स्वास्थ्य प्राप्त करने के लिए भी किया जा सकता है। जब आप इस ध्यान से गुजरेंगे तब आपका स्वास्थ्य बेहतर होता जाएगा। कैसे आइए, इसे विस्तार से जानते हैं।

समय-समय पर हमारे शरीर में बदलाव आते रहते हैं। पुरानी कोशिकाएँ मरती हैं और नई कोशिकाएँ जन्म लेती हैं। एक स्थिति तो ऐसी आती है, जब हमारा पूरा का पूरा शरीर बदल जाता है। इस प्रक्रिया में कुछ अंगों को पूरा बदलने में एक साल लगता है, कुछ को दो साल लगते हैं, किसी-किसी को तो तीन साल लगते हैं लेकिन धीरे-धीरे सब बदल जाता है। इसका गूढ़ अर्थ यह है कि हमारे शरीर में यदि कोई बीमारी है तो उसे भी मिट जाना चाहिए मगर वह क्यों नहीं मिटती? इसकी वजह है कि पुरानी कोशिकाएँ नई कोशिकाओं को अपनी स्मृतियाँ देकर चली जाती हैं और बीमारी टिकी रह जाती है। यह एक **क्रांतिकारी रहस्य** है, जिसे इस उदाहरण से समझा जा सकता है।

जैसे स्कूल में पुराने शिक्षक स्कूल छोड़ते समय अपनी जगह आनेवाले नए

शिक्षक को बता जाते हैं कि 'फलाँ बच्चा शैतान है... फलाँ बच्चा उद्दंड है... फलाँ ढीठ है... नियमित होमवर्क नहीं करता... फलाँ को ठीक से लिखना नहीं आता..., आदि। इसका सीधा सा परिणाम यह होता है कि नया शिक्षक भी बच्चों को पुराने शिक्षक की नज़र से ही देखने लगता है। अब उस शिक्षक की दृष्टि भी पुराने शिक्षक जैसी हो जाती है इसलिए बच्चा भी उसके साथ उद्दंडता भरा व्यवहार करता है। परिणामतः शैतान बच्चों को सुधरने का अवसर ही नहीं मिलता।

जबकि पुराने शिक्षक को इस बात का ध्यान रखना चाहिए था कि वह नए शिक्षक को किसी भी बच्चे की कोई खराब स्मृति देकर न जाए। पुराना शिक्षक यदि ऐसा करता है तो नए शिक्षक को हाथ जोड़कर, विनम्रता से इनकार करते हुए कहना चाहिए कि 'कृपया आप विद्यार्थियों के बारे में मुझे कुछ न बताएँ, मैं खुद देख लूँगा कि कौन सा बच्चा कैसा है। मैं किसी पूर्वाग्रह में नहीं पड़ना चाहता, मैं उन्हें उनकी मौलिकता में, नएपन और ताजगी के साथ देखना चाहता हूँ।'

हर शिक्षक का दृष्टिकोण जब ऐसा होगा तब बच्चे भी सुधर जाएँगे और शिक्षक की समस्या भी हल हो जाएगी। ऐसा कई बार होता है कि शैतान बच्चे नए शिक्षक के साथ सुधर जाते हैं। जिन शिक्षकों को पुरानी स्मृतियाँ नहीं सौंपी गई हों, शैतान बच्चे उनके साथ अच्छा व्यवहार करते हैं। ठीक ऐसा ही काम हमारे शरीर में भी होना चाहिए कि जाती हुई कोशिकाएँ, नई कोशिकाओं को अपनी स्मृतियाँ न दे सकें। तो चलिए, दिशायुक्त कल्पना शक्ति का उपयोग करके सारी कोशिकाओं को नया और ओजस्वी बनाते हैं।

दिशायुक्त कल्पना शक्ति के चार लाभ

'कल्पना' ऐसा औज़ार है, जिसका आम तौर पर बहुत कम इस्तेमाल किया जाता है। मगर यह औज़ार इतना प्रभावी है कि इसके सहारे आप चार लाभ और स्वास्थ्य की दौलत तेज़ी से पा सकते हैं।

१) **एकाग्रता में वृद्धि –** 'दिशायुक्त कल्पना' यानी लक्ष्य को सामने रखकर उसी दिशा में कल्पना करना। आप जब विशिष्ट दिशा में कल्पना करने लगते हैं तब आपकी ऊर्जा वहाँ केंद्रित होती है। यह बिलकुल वैसा ही है, जैसे आप सूरज की किरणें मॅग्निफाईंग ग्लास से केंद्रित करते हैं। जब तक आप सूरज की किरणें केंद्रित नहीं कर पाते तब तक आप मॅग्निफाईंग ग्लास के नीचे रखा हुआ कागज़ जला नहीं पाते। यही बात है कल्पना के साथ! जब आप कल्पना को विशिष्ट दिशा में प्रवाहित होने देते हैं तब आपकी ऊर्जा कल्पना को वास्तव में बदलने के लिए सक्रिय होती है। इसे कहा गया

है- 'दिशायुक्त कल्पना शक्ति।'

दिशायुक्त कल्पना आपको एकाग्र करने में मदद करती है। जैसे ही आप लक्ष्य की दिशा में कल्पना करने लगते हैं, वैसे आपका मस्तिष्क सक्रिय हो जाता है। यह आपको सकारात्मकता आकर्षित करनेवाला चुंबक बनाती है। यह चुंबक आपको उन लोगों, अवसरों और साधनों की ओर आकर्षित करता है, जिसकी आपको ज़रूरत है।

२) **लक्ष्य से मिलती-जुलती क्रियाएँ** - कल्पना करते वक्त आपके शरीर में कुछ जैवरासायनिक क्रियाएँ होने लगती हैं। अगर आप कोई डरावनी कल्पना करते हैं तो आपके शरीर में वैसे ही केमिकल्स सक्रिय होने लगते हैं। क्योंकि आपका अंतर्मन 'कल्पना' और 'वास्तविकता' में फर्क नहीं समझता। इसलिए कहा जाता है कि स्वास्थ्य के बारे में आपको जो चाहिए, उसकी स्पष्ट कल्पना करें ताकि अंतर्मन उसी को साकार बना दे।

३) **नए काम सीखने में मदद** - **हावर्ड विश्वविद्यालय में एक प्रयोग** किया गया। कुछ छात्रों ने एक नया काम करने से पहले उसकी कल्पना की, उन्होंने कल्पना चित्र में यह देखा कि वे वह कार्य बड़ी सहजता से कर रहे हैं और वाकई हुआ भी वैसे ही! उन्होंने वह काम सौ प्रतिशत वैसे ही पूर्ण किया, जैसे उन्होंने उस कार्य पूर्ति की कल्पना की थी। बाकी छात्र, जिन्होंने दिशायुक्त कल्पना शक्ति का सहारा नहीं लिया था, उन्हें वह कार्य पूर्ण करने में कई अड़चनें आईं। वे उस कार्य को सिर्फ ५५ प्रतिशत तक पूर्ण कर पाए। क्योंकि उन्होंने अपने मानसिक पटल (Mental Table) पर लक्ष्य की छवि नहीं देखी थी।

लगभग सभी औलम्पिक खिलाड़ी अब कल्पना शक्ति का इस्तेमाल करते हैं। जैक निकलॉस गोल्फ के जाने-माने खिलाड़ी हैं। उन्होंने कहा है कि 'गोल करने से पहले वे गेंद की उड़ान, उसकी राह और उसका आकार, यहाँ तक कि गेंद मैदान पर गिरने के बाद उसके बरताव की भी कल्पना करते हैं।' फिर कुछ क्षणों के बाद वे वही क्रिया वास्तव में होते हुए देखते हैं, जिसकी उन्होंने कल्पना की थी।

४) **रचनात्मक विचार** - दिशायुक्त कल्पना शक्ति आपके अंतर्मन को गतिशील बनाती है। आप जिस चीज़ के बारे में कल्पना करते हैं, उसी चीज़ से संबंधित नई, रचनात्मक कल्पनाएँ आपके द्वारा साकार होने लगती हैं। सुबह-सवेरे आँख खुलते ही आपको नए विचार सूझने लगते हैं। नहाते वक्त या गाड़ी चलाते वक्त आपको रचनात्मक विचार आने लगते हैं। क्योंकि आपका मन-मस्तिष्क सिर्फ एक ही लक्ष्य की कल्पना करता है।

कई लोगों की याददाश्त उम्र के साथ कमज़ोर होने लगती है। ऐसे लोग भी इसका लाभ उठा सकते हैं। दिशायुक्त कल्पना दृष्टि के साथ अपनी याददाश्त के बेहतरीन दिनों की कल्पना करने से कोशिकाओं को ताज़ा जानकारी मिलती है और वे सक्रिय होने लगती हैं। अवचेतन मन को दिशायुक्त कल्पना करते वक्त यह पता नहीं चलता कि यह दृश्य हो चुका है या अब हो रहा है। अवचेतन मन उसे आज की हकीकत मानकर वैसे परिणाम ले आता है। कुछ समय के बाद आप पाएँगे कि आपका शरीर फिर से लचीला बन रहा है, मस्तिष्क सक्रिय हो रहा है और बढ़ती उम्र के बावजूद आपके जोश में वृद्धि हो रही है।

आज आपको अपने शरीर के जिस भी अंग में दिक्कत महसूस हो रही हो, उसे दिशायुक्त कल्पना दृष्टि से देखिए जब वह स्वास्थ्यपूर्ण था और बढ़िया काम कर रहा था। इससे असक्त स्मृति चली जाएगी और उसकी जगह नई, समृद्ध स्मृति ले लेगी। आइए, अब अगले अध्याय द्वारा स्वास्थ्य की ओर उठाए गए आठ कदमों का लाभ लें।

मनन प्रश्न :

१. मेरे जीवन की ऐसी कौन सी समृद्ध स्मृतियाँ (रिच मेमरीज) हैं, जिन्हें याद करने से मेरा स्वास्थ्य बढ़ेगा?

२. मेरे जीवन का लक्ष्य क्या है? उस अनुसार मुझे किस दिशा में कल्पना करनी है?

कार्ययोजना :

१. स्वास्थ्य के बारे में जो चाहिए उसकी स्पष्ट कल्पना करें ताकि आपका अंतर्मन उसे साकार बना दे।

२. अपने शरीर के जिस भी अंग में दिक्कत महसूस हो रही हो, उसे दिशायुक्त कल्पना दृष्टि से देखें...ध्यान द्वारा उन रिच मेमरीज को याद करें।

१०

अध्याय

दिशायुक्त कल्पना के आठ कदम

स्वास्थ्य प्राप्ति का दूसरा औजार-B

स्वास्थ्य प्राप्ति में यह तकनीक इस्तेमाल करना बहुत ही सरल है। आपको बस अपनी आँखें बंद कर किसी आरामदायी अवस्था में बैठना है और अपने लक्ष्य को पूरा होते हुए देखना है। अगर आप संपूर्ण स्वास्थ्य पाना चाहते हैं तो उसे हासिल करने के लिए आपको नीचे दिए गए आठ कदम अपनाने होंगे।

१) कल्पना चित्र देखते वक्त रिलॅक्सड् रहें

अगर कल्पना चित्र देखते वक्त आप स्वास्थ्य महसूस कर पाते हैं तो आपको मिलनेवाला परिणाम भी केवल स्वास्थ्य ही लाएगा। इसलिए कल्पना चित्र का प्रयोग करने से पहले पूर्व तैयारी कर लें। कल्पना चित्र देखने का प्रयोग आप लेटकर या चेअर पर आरामदाई स्थिति में बैठकर भी कर सकते हैं।

- आँखें बंद करें और रिलॅक्सड् होकर बैठें या लेटें।
- अब १००-९९-९८-९७------८०-------१, ऐसी उलटी गिनती भी कर सकते हैं ताकि आपके मन में चलनेवाले अनावश्यक विचार विलीन होकर आप एकाग्रित हो पाएँ।
- उलटी गिनती करते वक्त आपका ध्यान साँस पर रहे। धीरे से साँस लें और उतने ही धीरे से छोड़ें।
- पैर की ऊँगलियों से लेकर सिर तक हर अंग को कहें- 'रिलॅक्स... रिलॅक्स... रिलॅक्स... ।' धीरे-धीरे शरीर के हर अंग पर अपना ध्यान दें और उसे रिलॅक्स कहकर शांत होते हुए महसूस करें।
- यह करते ही आपके विचारों कि गति कम होकर आपको शांत और

रिलॅक्सड् लगेगा। अगर आपको कोई ध्यान विधि मालूम है, जिससे आप शांत और तनावरहित महसूस कर सकते हैं तो आप वह विधि भी अपना सकते हैं। अब आप कल्पना चित्र देखने की शुरुआत कर सकते हैं।

२) अंजाम का कल्पना चित्र देखें

सबसे महत्वपूर्ण बात यह है कि जो चीज़ आप पाना चाहते हैं, वह आपको मिल चुकी है, ऐसा कल्पना चित्र देखें। मगर यह करते वक्त आपको अंजाम तक पहुँचानेवाली प्रक्रिया का चित्र नहीं देखना है। समझो, अगर आप अपना ४ किलो वजन कम करना चाहते हैं तो आपको यह चित्र देखना है कि आप वाकई स्लिम दिख रहे हैं। जो भी आपसे मिल रहा है, वह कह रहा है- 'अरे वाह! आप इतने फिट कैसे दिखने लग गए? आप बहुत ही तरोताजा दिखने लगे हो।' बजाय इसके आपको यह चित्र नहीं देखना है कि आप बहुत व्यायाम का कष्ट ले रहे हैं या डायट चार्ट का पालन कर रहे हैं। आपको प्रक्रिया का चित्र नहीं देखना है बल्कि सिर्फ अंजाम यानी एंड रिजल्ट का ही चित्र देखना है।

३) कल्पना चित्र में सभी सकारात्मक पहलू देखें

तीसरी स्टेप पर आपको उस कल्पना चित्र के सभी सकारात्मक पहलू देखने हैं। जैसे- आपने छोटे साईज की टी-शर्ट और जीन्स पहनी है और आप आइने के सामने खड़े हैं। आप खुद को देखकर बहुत खुश हैं। आप बहुत ही हलका महसूस कर रहे हैं। आपके अंदर स्वास्थ्य की भावना जाग्रत हो चुकी है। कई मोटे लोग आपसे सलाह लेने के लिए उत्सुक हैं।

कोई भी कल्पना चित्र देखते वक्त केवल सकारात्मक शब्दों का ही इस्तेमाल करें। आपका अवचेतन मन 'ना', 'नहीं' जैसे नकारात्मक शब्द नहीं सुनता। इसीलिए स्वास्थ्य का कल्पना चित्र देखते वक्त केवल सकारात्मक शब्दों का ही इस्तेमाल करें। उदाहरण के तौर पर 'मुझे यह मोटापा नहीं चाहिए' कहने के बजाय कहें- 'मैं स्लिम-ट्रीम बना/बनी हूँ... मेरा वजन संतुलित है।' 'मुझे मोटापा नहीं चाहिए' इस वाक्य का 'नहीं' यह शब्द आपका अवचेतन मन सुन नहीं सकता। अतः आपके मन-मस्तिष्क में तसवीर बनती है, मोटापे की! जब आप 'मैं स्लिम-ट्रीम बना/बनी हूँ' कहते हैं तब आपका शरीर, मन और आपकी बुद्धि उसी दिशा में सक्रिय होती है। इससे आपके दिल और दिमाग में आपकी पतली प्रतिमा (जैसा आदर्श वजन आप चाहते हैं) तैयार होती है। इसी तरह 'मुझे ----------------* बीमारी

यहाँ पर आपकी बीमारी का नाम लिखें।

नहीं चाहिए... न जाने मेरी --- बीमारी कब दूर होगी ?' की जगह कहें- 'मैं --- ------ बीमारी से हमेशा के लिए मुक्त होकर आत्मनिर्भर बन चुका हूँ।' 'काश मैं पहले जैसा चुस्ती महसूस कर पाता!' की जगह कहें- 'मैं आज भी पहले जैसा चुस्त हूँ। मैं छरहरा दिख रहा हूँ।'

४) **वर्तमानकाल का उपयोग करें**

स्वास्थ्य के बारे में आपको जो चाहिए, उसकी ऐसे कल्पना करें, जैसे वह चीज़ पहले से ही आपके पास है। मानों, आपकी वह इच्छा पूरी हो गई है।

गलत कल्पना – मैं अपना वजन कम करने के लिए बहुत व्यायाम करके, डायटिंग करके पतला बनूँगा।

सही कल्पना – मुझे पतला होकर पहले से बहुत ज़्यादा फ्रेश लग रहा है। मुझे छरहरा (स्लिम) बनाने के लिए कुदरत का धन्यवाद!

५) **आपकी भावना जोड़ना न भूलें**

लक्ष्य पूर्ण होने के बाद आप जो महसूस करेंगे, वह भावना कल्पनाचित्र के साथ जोड़ें। अगर आपको एक साल में नियमित रूप से कोई विशिष्ट योगासन करके किसी बीमारी से मुक्त होना है तो पहले यह महसूस करें कि आप बीमारी से मुक्त होने के बाद कैसा महसूस करेंगे, इस भावना को कल्पनाचित्र में जोड़ें। यह भावना व्यक्त करने के लिए सकारात्मक और जोशपूर्ण शब्दों का इस्तेमाल करें। जैसे, स्वास्थ्य, प्रसन्नता, शांति, आनंद, पूर्णता, सुकून, उत्साह इत्यादि।

गलत कल्पना – मैं डायबिटीज नहीं चाहता हूँ, मैं उससे नफरत करता हूँ।

सही कल्पना – मैं डायबिटीज से मुक्त होकर सुकून महसूस कर रहा हूँ।

गलत कल्पना – मैं अपने वजन की आदर्श स्थिति प्राप्त करना चाहता हूँ मगर मैं चटपटे/तीखे/मसालेदार खाने का बहुत शौकीन हूँ।

सही कल्पना – वजन की आदर्श स्थिति प्राप्त करके मैं आनंद, शांति और उत्साह महसूस कर रहा हूँ।

६) **स्वास्थ्य की माँग स्रोत से करें**

हमेशा स्रोत (चैतन्य) से स्वास्थ्य के लिए प्रार्थना करें। मानो, कोई रेगिस्तान में रहनेवाला इंसान आपके घर आए और आपके घर में नल में पानी आते देख आपसे कहे

कि 'मैं यह नल रेगिस्तान लेकर जाता हूँ ताकि वहाँ पानी की समस्या हमेशा के लिए खत्म हो जाए तो आप उसे क्या कहेंगे? आप तो पेट पकड़कर हँसने लगेंगे। क्योंकि आपको मालूम है पानी तो टंकी से आ रहा है और वॉश बेसिन का नल तो सिर्फ एक चैनल है यानी सारी चीज़ें स्रोत से आ रही हैं, वह चीज़ आप तक पहुँचाने में कोई न कोई निमित्त बनता है बस!

कहने का अर्थ अगर आप स्वास्थ्य के लिए स्रोत से प्रार्थना करेंगे तो आपको कई शुद्ध माध्यमों से स्वास्थ्य संकेत मिलने शुरू होंगे। जैसे- आपके जीवन में ऐसे डॉक्टर आएँगे, जो आपकी बीमारी जड़ से मिटाएँगे, आपको कोई ऐसी किताब मिलेगी, जिसमें आपकी स्वास्थ्य संबंधित समस्याओं का सरल जवाब होगा, आपको ऐसे जिम ट्रेनर मिलेंगे, जो आपके शरीर की ज़रूरतों को समझते हुए आपको आदर्श व्यायाम प्रकार सिखाएँगे।

७) स्वास्थ्य के लिए 'फेथ इन ऐक्शन'

आप जो चाहते हैं, उसके लिए कुदरत पर विश्वास रखें। उदाहरणस्वरूप यदि आप स्लिम होना चाहते हैं तो अपने लिए कम साईज के कपड़े लेकर रखें। इस विश्वास को ध्यान में रखकर अपने मस्तिष्क में एक आदर्श परिस्थिति (अंतिम सुखद परिणाम) की तसवीर बनाएँ। इस तसवीर को अपने दिमाग में बनाए रखें। जब भी नकारात्मक विचार आप पर हावी हों तब इस तसवीर को बार-बार मन की आँखों से देखें और उसे खुशी की भावना से विकसित करते रहें। उस तसवीर को हकीकत में बदलने का इंतज़ार और प्रार्थना रोज़ जारी रखें। इसके अलावा सकारात्मक परिणाम की उम्मीद और अपनी सफलता पर यकीन रखें। ऐसा करने से कुदरत सक्रिय होकर आपकी उम्मीद पूरी करने में जुट जाती है।

८) मन शुद्ध तो तन स्वस्थ

अंतिम पड़ाव पर आपको कुदरत के दो नियम ध्यान में रखने हैं-

अ) **दूसरों का स्वास्थ्य देखकर खुश होना, आपके स्वास्थ्य का रास्ता खोलने बराबर है।**

ब) **अगर आप स्वास्थ्य चाहते हैं तो वह पाने में मन की शुद्धता के साथ दूसरों की मदद करें।**

इन सूत्रों पर अमल करने हेतु मानसिक चित्रों की शक्ति का उपयोग दूसरों के लिए भी किया जा सकता है। वस्तुत: करना ही चाहिए। अपने लिए कल्पना करते समय

मन में बहुत से नकारात्मक विचार आते हैं। डर लगता है कि यह होगा या नहीं होगा? ऐसा इसलिए है क्योंकि आप अपनी समस्याओं से बहुत जुड़े होते हैं। लेकिन जब आप यही काम दूसरों के लिए करते हैं तो इसे आप अलगाव से करते हैं। तब आपके मन में ज़्यादा नकारात्मक विचार नहीं आते। यह बड़ी महत्वपूर्ण बात है। इसीलिए दूसरों के लिए कल्पना करें और उसमें वे चीज़ें देखें, जो आपको चाहिए। यदि आप किसी बीमारी से मुक्ति चाहते हैं तो दूसरों के लिए प्रार्थना करें कि वे भी ऐसे बीमारी से मुक्त हो जाएँ।

मनन प्रश्न :

१. क्या मेरा लक्ष्य मुझे पूरा होते हुए दिख रहा है?

२. मुझे संपूर्ण स्वास्थ्य हासिल करने के लिए कौन से कदम उठाने होंगे?

कार्ययोजना :

१. कल्पना चित्र देखते वक्त हर अंग को शांत और रिलॅक्स कर, केवल सकारात्मक पहलू ही देखें।

२. 'जो चीज़ मैं पाना चाहता हूँ, मुझे वह मिल चुकी है'- ऐसा कल्पना चित्र देखें।

३. स्वास्थ्य की माँग केवल सेल्फ (स्रोत) से करें और दिल से करें।

४. कुदरत पर भरपूर विश्वास रखकर अपने स्वास्थ्य के लिए 'फेथ इन ऐक्शन' करते रहें।

५. दूसरों का स्वास्थ्य देखकर खुश हो जाएँ, इससे आपका मन शुद्ध हो जाएगा।

- आज तक कुदरत ने मुझे स्वास्थ्य से संबंधित कौन से संकेत दिए हैं?
- आज तक मेरे द्वारा ऐसी कौन सी मूर्खताएँ हुई हैं, जो मेरे स्वास्थ्य प्राप्ति के लक्ष्य में बाधा बनी हैं?

२) **स्वास्थ्य लाभ**

आप जितना ज़्यादा स्वास्थ्य लाभ चाहते हैं, उतनी ज़्यादा आपको 'स्वास्थ्य की विश्वासगीता' की ज़रूरत महसूस होगी।

हर इंसान की ज़िंदगी एक खूबसूरत किताब है। इस किताब में वह जो भी लिखता है, वही उसकी ज़िंदगी होती है। अतः आप अपने स्वास्थ्य के बारे में जो भी लिखेंगे, वह आपकी ज़िंदगी बनेगी।

३) **सकारात्मक प्रोग्रामिंग**

'स्वास्थ्य की विश्वास गीता' लिखने से आपके अवचेतन मन की सकारात्मक प्रोग्रामिंग हो जाती है। कुदरत कहती है- 'यह इंसान वाकई ईमानदार है क्योंकि यह जो चाहता है, वही सोचता है, जो सोचता है वही बोलता है और जो बोलता है, वही लिखता है।' अर्थात एकाग्रता और निरंतरता से 'स्वास्थ्य की विश्वास गीता' लिखनेवाले इंसान का जीवन अखंड बन जाता है।

'स्वास्थ्य की विश्वास- गीता' लिखने से आपके अंदर प्रेरणा जाग्रत होती है। क्योंकि लिखते समय एक ही वक्त आपके हाथ, आँखें और आपका मस्तिष्क एकाग्र होता है। परिणामस्वरूप आप जो चीज़ चाहते हैं, उसकी प्रतिमा आपके अंतर्मन पर गहरी छाप छोड़ती है, जिसका परिणाम स्वास्थ्यवर्धक होता है।

४) **स्वास्थ्य की कार्ययोजना**

'स्वास्थ्य की विश्वासगीता' लिखने से आपके सामने 'स्वास्थ्य की कार्य योजना' तैयार होती है। खान-पान में कौन सी बातें लें- कौन सी न लें, कौन से व्यायाम करें, कौन से आसन या प्राणायाम करें, कौन सी नई आदतें अपनाएँ... सिर्फ लिखने से ऐसे अनेक पहलुओं से संबंधित 'स्वास्थ्य की कार्ययोजना' तैयार होती है।

५) **समय की बचत, गुणों का विकास**

'स्वास्थ्य की विश्वास गीता' से आपका लक्ष्य स्पष्ट होता है, समय बचता है।

आपकी ऊर्जा एक विशिष्ट दिशा में प्रवाहित होने लगती है। इसी से आपका आत्मविश्वास भी बढ़ता है। क्योंकि विश्वास गीता आपके विचारों में दृढ़ता एवं

११ अध्याय

फेथ फेअर बुक इन ॲक्शन

स्वास्थ्य प्राप्ति का तीसरा औजार

3

'विश्वास गीता' यानी ऐसी डायरी, जिसमें लिखी हुई हर बात वास्तविक जीवन में उतरती है। हर एक की विश्वास गीता अलग है क्योंकि इस पृथ्वी पर रहनेवाला हर इंसान अलग है। उसके जैसा न कोई है और न ही होगा। हर इंसान की खुद की विशेषता है और जब बात स्वास्थ्य की हो तब यह विविधता स्पष्ट रूप से दिखाई देती है क्योंकि हरेक का शरीर अलग है। आप भी अपनी विश्वास गीता बनाएँ, जिसमें आप जो वास्तविक रूप से चाहते हैं, वह लिखें।

कोई शरीर कफ प्रकृति का होता है, कोई पित्त प्रकृति का तो कोई वात प्रकृति का। जो नियम कफ प्रकृतिप्रधान इंसान को लागू होते हैं, वे पित्त या वात प्रकृति के इंसान को लागू नहीं होते यानी हर इंसान के 'स्वास्थ्य की गीता' अलग-अलग है। इसी आधार पर अब हम इसके लाभ समझनेवाले हैं।

स्वास्थ्य की विश्वास गीता के लाभ

१) स्पष्ट लक्ष्य

अपने लक्ष्य के बारे में स्पष्ट और सुनिश्चित होने का एक सर्वोत्तम उपाय है, उन्हें विस्तार से लिख लेना। जो बातें आप मनन कर लिखते हैं, वे आपके मन मस्तिष्क में गहराई तक पहुँचती हैं। जैसे कि

- 'संपूर्ण स्वास्थ्य' यानी क्या?
- मुझे एग्जॅक्टली क्या चाहिए?
- मुझे फलाँ बीमारी से कब तक और कैसे पूरा छुटकारा मिलेगा?
- मुझे कुदरत को स्पष्ट रूप से कौन से आदेश देने हैं?

संकल्पशक्ति, इच्छाशक्ति भी विकसित करती है।

'स्वास्थ्य की विश्वास गीता' कैसे लिखें?

१) एक ही डायरी में लिखें

'स्वास्थ्य की विश्वासगीता' लिखने का पहला नियम है– एक ही डायरी में लिखें। यदि आपके पास लिखने की कोई कार्य प्रणाली (सिस्टम) है तो आप कई मुसीबतों से बच सकते हैं। वरना कई बार लोगों को लिखने के बाद याद ही नहीं आता कि 'मैंने फलाँ बात कौन सी डायरी में किस पन्ने पर लिखी थी?' ऐसी दुविधा से बचने के लिए एक ही स्वास्थ्य डायरी बनाएँ। इसके लिए आप चाहे तो लैपटॉप, मोबाईल, कंप्यूटर का भी इस्तेमाल कर सकते हैं।

२) सिर्फ 'जो चाहिए' वही लिखें

'स्वास्थ्य की विश्वासगीता' लिखते वक्त आप एक बात का विशेष ध्यान रखें। इसमें आपको क्या चाहिए, सिर्फ वही लिखें। 'मुझे बीमारी नहीं चाहिए' ऐसा न लिखते हुए स्पष्टता से लिखिए- 'मुझे स्वास्थ्य का आनंद चाहिए।' आप विश्वासगीता में जो लिखेंगे, वह सच होगा इसीलिए आपको विश्वासगीता में सिर्फ स्वास्थ्यवर्धक, सकारात्मक और प्रेरणादायी शब्द ही लिखने हैं। ध्यान रखें, सकारात्मक शब्दों से सकारात्मक प्रोग्रामिंग होती है और नकारात्मक शब्द अपना नकारात्मक असर गहराई तक छाप छोड़ जाते हैं। आइए, कुछ उदाहरणों से यह बात समझते हैं :

| गलत तरीका | – | मुझे बीमारी नहीं चाहिए। |
| सही तरीका | – | मुझे स्वास्थ्य का आनंद चाहिए। |

■ ■ ■

| गलत तरीका | – | हे भगवान! मेरा मोटापा कब दूर होगा? |
| सही तरीका | – | मेरा वजन आदर्श स्थिति में आ सकता है। मैं स्वस्थ, चुस्त और तंदुरुस्त दिखने लगा हूँ। |

■ ■ ■

| गलत तरीका | – | मुझे चुस्त शरीर तैयार करने के लिए बहुत कष्ट करने पड़ेंगे। |
| सही तरीका | – | योग्य आहार, विहार और व्यायाम से मेरा शरीर आसानी से चुस्त बन सकता है। |

गलत और सही जानकारी लिखने के ये कुछ उदाहरण थे। इनके अलावा आप शारीरिक स्वास्थ्य के लिए नीचे दिए हुए वाक्य भी लिख सकते हैं :

– मैं स्वस्थ हूँ, तंदुरुस्ती का आनंद ले रहा हूँ।

– मैं चुस्त हूँ, चुस्ती का आनंद ले रहा हूँ।

– मैं सही वक्त पर सही मात्रा में भोजन लेता हूँ।

– मेरा स्वस्थ शरीर मुझे उच्चतम अभिव्यक्ति करने में मदद कर रहा है।

– मैं सुडौल और हलका महसूस कर रहा हूँ।

– मैं ईश्वर की दौलत हूँ, कोई भी बीमारी मुझे छू नहीं सकती।

अब स्वयं को शाबाशी देते हुए अपना नाम लेकर कहें– 'तुम्हें स्वस्थ, चुस्त, तंदुरुस्त, खुशहाल शरीर बहुत-बहुत मुबारक!'

३) हर बात स्पष्ट लिखें

एक सेमिनार में प्रशिक्षक ने उपस्थित श्रोतावर्ग से पूछा– 'आपमें से कितने लोगों को ज़्यादा पैसे चाहिए?'

कुछ लोगों ने हाथ ऊपर किए। प्रशिक्षक ने हाथ ऊपर करनेवाले हर इंसान के हाथ में सौ रुपए का नोट रखकर कहा– 'अब आपके पास पहले से ज़्यादा पैसे हैं। क्या आप खुश हैं?'

सभी ने कहा, 'नहीं, हमें और ज़्यादा पैसे चाहिए।'

प्रशिक्षक ने उन सभी के हाथों में पाँच सौ की नोट रखकर कहा– 'अब तो ठीक है न?' तब भी सब लोग कहने लगे– 'नहीं... नहीं और ज़्यादा चाहिए।'

इस उदाहरण पर गौर करें, लोग स्वास्थ्य के बारे में भी 'और ज़्यादा' चाहते हैं। मगर क्या उन्हें 'और ज़्यादा' की स्पष्ट कल्पना होती है? नहीं! इसलिए आपको अपने स्वास्थ्य के बारे जो चाहिए, उसकी 'स्पष्ट रूपरेखा' लिखनी है। क्योंकि 'और ज़्यादा' यह शब्द आपके अवचेतन मन को संभ्रमित कर सकता है। इसीलिए स्वयं से पूछें– 'मुझे स्पष्ट रूप से क्या चाहिए?'

अस्पष्ट तरीका – मुझे अपना वजन कम करना होगा।

स्पष्ट तरीका – (---- तारीख तक) मेरा वजन आदर्श वजन हो चुका है।

अस्पष्ट तरीका – मैं हर रोज़ बहुत व्यायाम कर सकता हूँ।

स्पष्ट तरीका – मैं हर रोज़ सुबह सात बजे एक घंटे तक प्राणायाम और योगा करता हूँ।

अस्पष्ट तरीका – मुझे डायबिटीज से मुक्त होना है।

स्पष्ट तरीका – मेरा शुगर ---- (तारीख) तक हमेशा के लिए कंट्रोल में आ चुका है और स्वस्थ शरीर का आनंद लेना कितना सुहाना है।

अस्पष्ट तरीका – मुझे मेरे मसल्स शक्तिशाली बनाने हैं।

स्पष्ट तरीका – मैंने आनेवाले साल में (---- तक) मेरे बायसेप्स, ट्रायसेप्स इतने मज़बूत बनाए हैं कि मेरा शरीर सभी बलोपासकों के लिए 'रोल माडेल' बन चुका है।

४) 'ताकि' शब्द का इस्तेमाल इस तरह करें

आपको 'स्वास्थ्य की विश्वासगीता' में अपनी प्रार्थनाओं के पीछे होनेवाला उद्‌देश्य स्पष्टता से लिखना है। आप अपने जीवन में जो स्वास्थ्य लाभ चाहते हैं, उसे सहजता से पाने के लिए **'ताकि'** शब्द का इस्तेमाल करें। आइए, उदाहरण के तौर पर कुछ सकारात्मक स्वसंवादों पर गौर करें :

* मैं 'संपूर्ण स्वास्थ्य' पाना चाहता हूँ **ताकि** मैं संपूर्ण सफलता का लक्ष्य पा सकूँ।
* मैं नियमित रूप से व्यायाम करना चाहता हूँ **ताकि** मेरी रोग प्रतिकार क्षमता का संपूर्ण विकास हो।
* मेरे शरीर में दिव्य ऊर्जा का प्रवाह हो **ताकि** मैं हर पल आनंद ले पाऊँ।
* मेरे रोम-रोम में स्वास्थ्य हो **ताकि** मैं किसी भी चुनौती का सामना करने योग्य बन जाऊँ।
* मैं योग्य आहार, विहार, व्यायाम करना चाहता हूँ **ताकि** स्वास्थ्य के साथ मेरी दोस्ती हो जाए।
* मेरा शरीर अंत तक स्वस्थ और शांत रहे **ताकि** मैं जीवन के हर स्तर पर (सामाजिक, मानसिक, आर्थिक, आध्यात्मिक) परिपूर्णता का आनंद ले पाऊँ।
* मैं हर साँस के साथ हेल्दी, वेल्दी (धनवान) बनूँ **ताकि** मेरे जीवन में शरीर संपदा और धन संपदा आए।

* मेरे शरीर का हर अंग ऊर्जा और उत्साह से लबालब भर जाए **ताकि** मैं हर कार्य में खुद का सौ प्रतिशत योगदान दे पाऊँ।
* मैं शारीरिक स्तर पर परिपक्व बन जाऊँ **ताकि** मेरे द्वारा ईश्वरीय गुणों की अभिव्यक्ति हो।
* मैं स्वास्थ्यवर्धक बातें अपनाना चाहता हूँ **ताकि** मैं स्वास्थ्य की दौलत पाकर धनवान बनूँ।

५) विश्वास के साथ लिखें

आप जीवन में जो भी निर्माण करना चाहते हैं, वह कर सकते हैं। ईश्वर (कुदरत) ने इंसान को इतनी बड़ी शक्ति दी है मगर उसे उस शक्ति का पता ही नहीं है।

आपके पास पहले से ही अद्भुत शक्ति है। सिर्फ आप उस शक्ति का इस्तेमाल करना भूल गए हैं इसलिए आवश्यक है कि हम फिर से उस शक्ति को जाग्रत करें। विश्वासगीता आपके अंदर वह शक्ति जाग्रत करेगी मगर इसमें सबसे महत्वपूर्ण है आपका विश्वास! अगर आप सौ प्रतिशत विश्वास के साथ डायरी लिखेंगे तो आप अपने स्वास्थ्य में चमत्कारिक परिवर्तन देख पाएँगे। मगर ध्यान रहे, 'स्वास्थ्य की विश्वासगीता' पूर्ण समर्पण और विश्वास के साथ लिखें। आपको जो चाहिए, वह मिल चुका है, इसी भाव में रहते हुए लिखें।

६) विश्वास के साथ पढ़ें

सफलता की दिशा में आपके सफर का अगला कदम है हर हफ्ते तीन या चार बार अपने लक्ष्यों की सूची को पढ़कर, अपने अंतर्मन की रचनात्मक शक्तियों को जगाना, उन्हें सक्रिय करना। अपने लक्ष्यों की सूची को पढ़ने में थोड़ा समय लगाइए। सूची को पूर्ण विश्वास और पूर्णता की भावना के साथ पढ़िए। अपनी आँखें बंद कर लीजिए और हर लक्ष्य को यूँ कल्पित कीजिए मानो वह पूरा हो चुका है। कुछ और पल रुककर यह महसूस कीजिए कि अगर आपने हर लक्ष्य पूरा कर लिया है तो अब कैसा महसूस हो रहा है। इस फीलिंग में कुछ पल बने रहें।

इस प्रयोग से आपकी इच्छा शक्ति सक्रिय होगी। इससे आपका अवचेतन मन आपकी मौजूदा वास्तविकता और आपके लक्ष्य की कल्पना के बीच के अंतर को कम कर देगा। बार-बार दोहराकर लक्ष्य को पहले ही पूरा कर लिया गया है, ऐसी भावना करके आप कुदरत को सहयोग कर रहे हैं।

यह सुनिश्चित कीजिए कि आप हफ्ते में कम से कम तीन या चार बार अपनी

स्वास्थ्य डायरी सुबह जागने के बाद या फिर रात में सोने से पहले पढ़ेंगे। आप चाहे तो छोटे कार्डस् के ऊपर भी अपना स्वास्थ्य लक्ष्य लिख सकते हैं। कार्डों का गुच्छा (बंच) अपने साथ रखिए और जैसे आपको वक्त मिले एक-एक करके कार्डों को पढ़ें। एक बार सुबह के वक्त और एक बार रात को जब आप कहीं सफर कर रहे हैं तो अपनी स्वास्थ्य डायरी या कार्डस् अपने साथ रखें।

चाहे तो आप अपने कंप्यूटर पर कोई स्क्रीन सेवर भी बना सकते हैं या अपने मोबाईल में भी लिख सकते हैं, जो आपको स्वास्थ्य लक्ष्यों की याद दिलाएगा। इन सबका उद्‌देश्य यही है कि आपका फोकस हमेशा स्वास्थ्य पर रहे।

मनन प्रश्न :

१. मुझे एग्जॅक्टली क्या चाहिए?

२. मुझे फलाँ बीमारी से कब तक और कैसे पूरी तरह से छुटकारा मिलेगा?

३. मुझे कुदरत को स्पष्ट रूप से कौन से आदेश देने हैं?

कार्ययोजना :

१. खान-पान में कौन सी बातें लें और कौन सी न लें, कौन से व्यायाम करें, कौन से आसन और प्राणायाम करें, कौन सी नई आदतें अपनाएँ आदि पर लिखित में मनन करें।

२. विश्वासगीता में- 'मुझे स्वास्थ्य का आनंद चाहिए' लिखें। मुझे बीमारी नहीं चाहिए, यह न लिखें।

३. स्वास्थ्य के साथ-साथ सामाजिक, मानसिक, आर्थिक और आध्यात्मिक स्तर पर सफलता पाने के लिए अपनी फेथ फेअर बुक बनाएँ।

१२

अध्याय

4

अपने शरीर से क्षमा माँगकर स्वास्थ्य पाएँ

स्वास्थ्य प्राप्ति का चौथा औजार

चौथे नियम में हमने जाना कि हम दुनिया के बारे में जैसी धारणा रखते हैं, वैसे सबूत हमें मिलते हैं। कई बार जाने-अनजाने में बेहोशी के कारण हम खुद के रिश्तेदारों, सहकर्मियों, दोस्तों और दुनिया के बारे में कुछ मान्यकथाएँ बनाते हैं। लोगों के साथ घटी कुछ अनचाही घटनाएँ हमारे अंदर नकारात्मक भावनाओं का निर्माण करती हैं। परिणामस्वरूप ऐसी भावनाओं का नकारात्मक असर हमारे स्वास्थ्य पर भी होता है। जिससे हमारा शारीरिक और सामाजिक स्वास्थ्य बिगड़ने लगता है। मगर अब हम एक ऐसा औजार हाथ में लेनेवाले हैं, जो हमारी यह उलझन सुलझाएगा। हमें शारीरिक और सामाजिक स्वास्थ्य एक ही वक्त प्रदान करेगा। आइए, एक ऐनालॉजी के माध्यम से इस विषय को समझते हैं।

कल्पना करें आप किसी अजीब सी दावत में गए हैं। अजीब क्यों? क्योंकि इस दावत की शर्त है कि आपको सिर्फ किसी एक स्टॉल से केवल एक ही खाद्य-पदार्थ लेना है। इतना ही नहीं हर स्टॉल पर खाद्य-पदार्थों की जगह पर विचार रखे हुए हैं। आपको विचार का चुनाव करने की अनुमति है।

पहले स्टॉल पर लिखा है- 'क्रोध'। दूसरा स्टॉल 'भय' का है। तीसरे स्टॉल का नाम है 'चिंता' और 'बोरडम' है चौथे स्टॉल पर। ऐसे ही और भी कई सारे स्टॉल्स उस दावत में रखे गए हैं। अंत में एक ऐसा स्टॉल रखा गया है, जिसका नाम है, 'क्षमा'। क्षमा के स्टॉल पर उतनी भीड़ नहीं है, जितनी 'क्रोध', 'भय', 'चिंता', 'बोरडम', 'द्वेष' इत्यादि स्टॉल्स पर हैं।

'क्षमा' नामक स्टॉल पर रुकनेवाले लोगों के चेहरे बाकी लोगों की तुलना में खिले-खुले और स्वस्थ नज़र आ रहे हैं। इस स्टॉल पर आनेवाला

हर इंसान प्रेम, आनंद, मौन, समृद्धि, चुस्ती और 'संपूर्ण स्वास्थ्य' की दौलत पाकर ही पार्टी से बाहर जाता है।

दावत में कुछ लोगों के चेहरों पर आनंद की झलक दिखाई देती है। बाकी लोग किसी न किसी वेदना, दर्द या बीमारी से परेशान दिख रहे हैं। जब उन आनंदित लोगों से उनके स्वास्थ्य का राज़ पूछा गया तब उन्होंने एक ही पंक्ति में जवाब दिया- **'हमारे हर दर्द, बीमारी और अस्वस्थता का एक ही इलाज है, 'क्षमा'। हमारे स्वास्थ्य का राज़ है- 'क्षमा'।**

उपरोक्त उदाहरण में 'पार्टी' पृथ्वी-जीवन का प्रतीक है। उस पार्टी में रखे हुए अलग-अलग स्टॉल्स हैं हमारे मन में उठनेवाले विचार। ऐसे विचार जिनका स्वाद मन बार-बार चखना चाहता है। मगर जिन विचार रूपी खाद्य पदार्थों को हम निरंतरता से चबाते रहते हैं, वे ही हमारे स्वास्थ्य या बीमारी का कारण बनते हैं।

क्या आप चाहते हैं कि दावत के बाद आपका जीवन सफल, स्वस्थ और समृद्ध बने? यदि हाँ तो आपको एक दवाई लेनी होगी। उस दवाई का नाम है, 'क्षमा'। आप सोचेंगे कि 'मुझे तो ऐसी बीमारी नहीं है, जो मैं यह दवाई लूँ' तो इसका मतलब यह है कि आपको यह दवाई और ज़्यादा मात्रा में लेनी चाहिए। पृथ्वी पर ज़्यादातर लोगों को लगता है कि उन्हें क्षमा रूपी दवाई की आवश्यकता नहीं है। 'हम क्यों किसी से क्षमा माँगें, जबकि हमने कोई गलती नहीं की है?' उनका यह सोचना ही बताता है कि उन्हें क्षमा की समझ मिलनी बहुत ज़रूरी है।

क्षमा वह कैप्सूल है जो हर नकारात्मक विकार और बीमारी को जड़ से मिटा देता है। क्षमा ऐसी खुराक है, जिसे खाकर इंसान का तन-मन स्वास्थ्य प्राप्त कर, संतुष्टि और आराम महसूस करता है। क्षमा एक ऐसा झाडू है, जो आपकी मानसिक वेदना और नफरत जैसे कचरे की सफाई करता है। क्षमा स्वास्थ्य प्रदान करने का एक ऐसा साधन (हीलिंग टूल) है, जो अंतर्मन के गहरे से गहरे ज़ख्म पर भी मरहम लगाता है।

हमारा अंतर्मन जब नकारात्मकता से खाली होता है तब ही वह स्वास्थ्य जैसी सकारात्मक चीज़ें अपनी ओर आकर्षित करता है। हमारे अंतर्मन में कुछ समृद्ध स्मृतियाँ (रिच मेमरीज) होती हैं और कुछ दरिद्र स्मृतियाँ (पूअर मेमरीज)। अतीत में जो भी गलत कार्य, द्वेषपूर्ण विचार, क्रोधयुक्त भावना, नकारात्मक शब्द आपके द्वारा कहे गए हैं, वे आज भी आपके लिए 'पूअर मेमरीज' का कार्य कर रहे हैं। 'पूअर मेमरीज' ऐसी स्मृतियाँ हैं, जो आपके शरीर की कोशिकाओं को ऊर्जाहीन बना देती हैं। अपराधबोध, द्वेष, भय, चिंता, क्रोध, बोरडम, डिप्रेशन, नकारात्मक शब्द जैसी बातें आपको ऊर्जाहीन बनाती

हैं, आपसे आपकी ताकत और उत्साह छीन लेती हैं। फलतः आप 'संपूर्ण स्वास्थ्य' से महरूम हो जाते हैं।

अब हमारे शरीर के कुछ महत्वपूर्ण अंगों से संबंधित नकारात्मक बातों को जानकर उनके लिए क्षमा साधना करने का तरीका समझें।

१) आँखों की समस्याएँ

आँखों का कार्य है देखना मगर जब आप नफरत, डर की वजह से कुछ 'देखना नहीं चाहते' तब आँखों की समस्याएँ निर्माण होने लगती हैं। भूतकाल की कुछ ऐसी घटनाएँ, जो आप फिर कभी देखना नहीं चाहते, जैसे किसी ने आपका अनादर किया, किसी ने आप पर शारीरिक या मानसिक रूप से अत्याचार किया या आपकी आँखों के सामने कोई दुर्घटना घटित हुई आदि।

आप स्वयं से बार-बार कहते हैं- 'मैं यह घटना या फलाँ इंसान का चेहरा कभी नहीं देखना चाहता। मैं गरीबी, बीमारी नहीं देखना चाहता...' आदि नकारात्मक स्वसंवाद दोहराकर आप अंतर्मन को आदेश देते हैं कि 'मैं स्पष्टता से नहीं देखना चाहता।' अंतर्मन इसका यह अर्थ निकालता है कि आप कुछ बातें स्पष्टता से नहीं देखना चाहते। फिर शुरू होती है, आँखों की समस्याएँ- जैसे अस्पष्ट दिखाई देना, चश्मे का नंबर बढ़ना, आँखों में जलन या सूजन होना आदि।

क्षमा के ड्रॉप्स : सूक्ष्मता से देखा जाए तो आपको क्षमा माँगने या करने की ज़रूरत है। अतः जिन लोगों के बारे में आपके मन में घृणा या डर के विचार हैं उनसे आपको क्षमा माँगनी चाहिए। कई बार इंसान कहता है- 'मैं फलाँ-फलाँ इंसान को कभी माफ नहीं करूँगा।' मगर क्या आप जानते हैं, दूसरों को क्षमा न कर पाना, खुद को दी गई सजा जैसा है। बेहतर है कि आप क्षमा करके जीवन की सुंदरता स्पष्टता से देखने के लिए तैयार हो जाएँ। उन सभी लोगों को माफ करें, जिनकी वजह से आज आपको बुरे दिन देखने पड़ रहे हैं। **रोज़ क्षमा के कुछ ही ड्रॉप्स आपकी दृष्टि को साफ करेंगे और आप जीवन के सभी सुंदर रंग दोबारा साफ-साफ देख पाएँगे।**

२) सिरदर्द

क्या आपने कभी सोचा है कि आपको बीच-बीच में होनेवाला सिरदर्द या माइग्रेन की समस्या का एक कारण है- लोगों को क्षमा न कर पाना है? कुछ लोगों की वजह से हमारे मन में क्रोध के विचार पनपते रहते हैं। इसी कारण हम उन्हें माफ नहीं कर पाते। एसिडिटी, माइग्रेन, सिरदर्द, सायनस जैसी बीमारियों के पीछे शारीरिक कारणों

के साथ-साथ कुछ मानसिक कारण भी हैं। उसमें एक मुख्य कारण है- 'क्रोध।' क्रोध और मानसिक कारणों से मुक्ति पाने का असरदार इलाज है- 'क्षमा'।

क्षमा का बाम : अगर आप इन सभी समस्याओं से मुक्त होना चाहते हैं तो एक प्रयोग करें। एक दिन पेन और पेपर लेकर शांत वातावरण में बैठें और उन सभी लोगों के नामों की सूची बनाएँ, जिनकी वजह से आप क्रोधित होते हैं। आपका बॉस, बिज़नेस पार्टनर, बीबी, बच्चे-जो अब विदेश में बस चुके हैं, नज़दीकी रिश्तेदार आदि जितने नाम आपको याद आते हैं, वे सभी लिखते जाएँ। अब एक-एक नाम पढ़कर हरेक का चेहरा अपनी आँखों के सामने लाएँ। उन्होंने आपसे कितना भी गलत व्यवहार क्यों न किया हो पर आप उन्हें क्षमा करें। याद रखें, अगर आप खुद को वाकई प्यार करते हैं और स्वास्थ्य के प्रेमी हैं तो तहेदिल से उन लोगों को क्षमा करें। ज़रूरत पड़े तो कुछ लोगों से व्यक्तिगत रूप से भी क्षमा माँगें। गलती चाहे आपकी हो या सामनेवाले की, आप स्वयं को बताएँ- **'मैं स्वास्थ्य प्रेमी हूँ इसलिए मैं क्षमाप्रार्थी हूँ।'** जब भी आपको खुद की गलती का एहसास हो, स्वयं को भी क्षमा करें। **क्षमा का बाम आपको सुकून देगा।**

३) गले से संबंधित समस्याएँ

गला प्रतीक है, खुद को अभिव्यक्त करने का और गर्दन लचीलेपन की प्रतीक है। अगर आपको गले से संबंधित बार-बार बीमारियाँ होती हैं जैसे सर्दी, जुकाम, गले की सूजन, टॉन्सिल्स, थायरॉईड तो आप लें क्षमा का कफ सिरप।

क्षमा का कफ सिरप : सर्दी का मतलब ही है, कुछ चीज़ें अटकी हुई (चोक-अप) है। जब विचारों में संभ्रम हो तो सर्दी होने की संभावना बढ़ती है। जब आपके मन में न बोल पाने की वजह से किसी के प्रति होनेवाली नकारात्मक भावना दब जाती (सप्रेस्ड होती) है तब गले की सूजन शुरू होती है। इसलिए खुद की क्रोधयुक्त नकारात्मक भावनाएँ 'क्षमा' के आसान तरीके से विलीन करें।

इसी तरह जब आपकी इच्छाएँ अपूर्ण रहती हैं तब आपकी नाराज़गी 'थायरॉईड' या 'टॉन्सिल्स' के रूप में उभर आती है। ऐसे में याद करें कि किन लोगों की वजह से आपकी इच्छाएँ अपूर्ण रह गई हैं। उन सभी लोगों को आँखों के सामने लाकर उन्हें क्षमा करें और उनसे क्षमा माँगें। 'क्षमा का कफ सिरप' आपके लिए सारे रास्ते खोलेगा।

४) पीठदर्द

पीठ आधार का प्रतीक है। पीठ को कहा जाता है- 'बैकबोन ऑफ ह्युमन बॉडी'

यानी पीठ हमारे शरीर का पूरा भार उठाती है। शरीर का संतुलन सँभालना पीठ का मुख्य कार्य है। पीठ से संबंधित बीमारियों के पीछे का कारण है- 'बोझ'। अगर आप आर्थिक, भावनिक, मानसिक या किसी अन्य कार्य का बोझ महसूस कर रहे हैं तो आपकी पीठ में दर्द-पीड़ा की तकलीफ शुरू हो जाती है। परिणामस्वरूप आप पीठदर्द के शिकार बनते हैं। साथ ही जब आप पीठ पीछे दूसरों की निंदा करते हैं तो यह भावना (लकीर) भी बीमारी का कारण बन सकती है।

क्षमा का पेन किलर : सबसे महत्वपूर्ण है जिस कारण की वजह से आपको बोझ महसूस हो रहा है, उसके लिए 'क्षमा साधना' करें। आपकी कुछ गलत आदतों की वजह से आपके जीवन में आर्थिक बोझ आया हो तो गुरु को साक्षी रखकर ईश्वर से क्षमा माँगें। पीठ को अपने ध्यान क्षेत्र में आमंत्रित करके उससे क्षमा माँगें।

५) हृदय से संबंधित समस्याएँ

हृदय प्रतीक है- प्रेम, विश्वास और आनंद का। अकसर यह देखा गया है कि जिन लोगों को बार-बार दिल के दौरे पड़ते हैं, वे अपने जीवन में आनंदित नहीं हैं। क्योंकि वे प्रेम की तलाश में भटक रहे हैं और निंदा, द्वेष, ईर्ष्या जैसी दुर्भावना, उन्हें खुलकर जीने से रोक रही हैं। यही अवरोध हृदय तक खून पहुँचानेवाली रक्तवाहिकाओं में रुकावट तैयार करता है। परिणामस्वरूप रक्त प्रसार (ब्लड सरक्यूलेशन) प्रणाली में बाधा आती है।

क्षमा का जूस : हृदय से संबंधित हर बीमारी से मुक्त होने के लिए आपको हर रोज़ लेना है- क्षमा का जूस। आपका हृदय जब क्षमा रूपी रस से भर जाएगा तब आप न प्रेम की तलाश में भटकेंगे और न ही किसी के प्रति दुर्भावना रखेंगे। साथ ही आपको अपनी गलत आदतों के लिए भी क्षमा माँगनी है; जैसे खान-पान की गलत आदतें, निरंतरता से व्यायाम, प्राणायाम न करना आदि।

६) पेट से संबंधित समस्याएँ

पेट प्रतीक है- पाचनशक्ति का। जब आप अपने जीवन के कुछ अनुभव डर की वजह से पचा नहीं पाते तब पेट से संबंधित बीमारियाँ उत्पन्न होती हैं। जैसे वायुविकार, बवासीर, पाचन संबंधित समस्याएँ, कब्ज (कॉन्स्टिपेशन) आदि तकलीफें होने का कारण हैं- आपने कुछ लोगों के प्रति नफरत की भावना पालकर रखी है। आप कुछ कड़वे अनुभव छोड़ना नहीं चाहते। आपके मन पर कुछ गहरे जख्म हैं, जो अभी भरे नहीं हैं। अर्थात आपने कुछ लोगों को क्षमा नहीं किया है। परिणामस्वरूप वे गहरे जख्म 'अल्सर' या कॉन्स्टिपेशन के रूप में उभरते हैं। ऐसे में ज़रूरत है हर सुबह और शाम 'क्षमा का काढ़ा' लेने की।

क्षमा का काढ़ा : बरसों से हम कुछ अनावश्यक विचार या भावनाएँ मन में पालते हैं, जो आगे जाकर बीमारियों का रूप लेती हैं। ऐसे में सबसे पहले पेट के आँतों से क्षमा माँगें कि 'मैंने नफरत, भय, चिंता का कचरा आँतों में सँभाल रखा है, जिसकी वजह से मुझे यह बीमारी हुई कृपया, मुझे क्षमा करें।'

अब तक हमने मुख्य बीमारियों के पीछे होनेवाले मानसिक कारण और उनसे मुक्त होने का इलाज जाना।

७) **बालों का झड़ना, बाल सफेद होना**

आज की भागदौड़ भरी ज़िंदगी में अधिकांश लोग बालों से संबंधित समस्याओं से परेशान हैं। कम उम्र में बालों का झड़ना, बाल सफेद होना, बाल पतले और कमज़ोर होकर टूटना आदि कई समस्याएँ दिखाई देती हैं। ऐसे में क्षमा के तेल का इस्तेमाल करें।

बाल प्रतीक है, शक्ति का मगर जब आपका मन नकारात्मक विचारों की भीड़ में फँसता है तब बालों को कम मात्रा में रक्त मिलता है। क्योंकि तनाव का विचार या किसी के प्रति नफरत की भावना के कारण आपके कंधों और गर्दन की मांसपेशियों में अकड़न आने लगती है। परिणामस्वरूप बालों को पर्याप्त मात्रा में खून नहीं मिलता और बालों की समस्याएँ शुरू होने लगती हैं।

क्षमा का तेल : बालों की समस्याओं से मुक्त होने के लिए आपको क्षमा का तेल लगाना चाहिए। आँखें बंद करके आरामदायक स्थिति में बैठें या लेटें। अपने शरीर को कहें– 'कृपया शिथिल हो जाओ...'। जैसे ही आपको रिलॅक्सेशन (आरामदायक) महसूस हो स्वयं को नीचे दी गई सूचनाएँ दें।

अपने बालों के ऊपर प्यार से हाथ घुमाते हुए कहें– 'कृपया, मुझे क्षमा करें। मेरी गलत विचारधारा के कारण मैंने तुम तक पौष्टिकता पहुँचने में रुकावट डाली है। नफरत, डर या द्वेष पालकर मैंने तुम्हारे लिए तनाव निर्माण किया। कृपया इस गलत कार्य के लिए मुझे क्षमा करें। आगे से मैं सजग रहकर तुम्हें केवल प्रेम का शैम्पू लगाकर उपचार दूँगा। आज तक मैंने तुम्हें ध्यान नहीं दिया इसलिए मुझे क्षमा कर दो।'

इनके अतिरिक्त जब भी आपके मन में किसी के प्रति नफरत या शिकायत जगे अथवा आपसे कोई गलती हो जाए तब भी आप क्षमा प्रार्थना करें। कम से कम रात को सोने से पहले यह नियम बना लें। पूरे दिन की घटनाओं को सामने लाएँ। जिसके प्रति भी द्वेष, गुस्सा उत्पन्न हुआ, उनसे दिल बड़ा करके क्षमा माँगें और उनके लिए मंगल प्रार्थना करें।

मनन प्रश्न :

१. क्या आपके स्वास्थ्य का इलाज और राज़ दोनों 'क्षमा' में है?
२. क्या आपको विश्वास है कि प्रेम, आनंद, मौन, समृद्धि, चुस्ती और संपूर्ण स्वास्थ्य की दौलत पाने के लिए क्षमा साधना आपकी मदद कर सकती है?
३. क्या आपके मन में यह विचार आता है कि 'हम क्यों किसी से क्षमा माँगें, जबकि हमने कोई गलती ही नहीं की है?

कार्ययोजना :

१. हर दिन कम से कम एक बार रात सोने से पहले क्षमा के कैप्सूल का एक डोस अवश्य लें।
२. हर रोज़ क्षमा के जादू से मानसिक बीमारी, नफरत जैसे कचरे को साफ करें।
३. क्षमा के हीलिंग टूल से अंतर्मन के गहरे ज़ख्म को भरें।
४. क्षमा के ड्रॉप्स, क्षमा का बाम, पेन किलर, जूस, काढ़ा और तेल का सही तरीके से इस्तेमाल करके संपूर्ण स्वास्थ्य पाएँ।

१३

अध्याय

स्वास्थ्य का पासवर्ड

स्वास्थ्य प्राप्ति का पाँचवाँ औजार

5

यह अध्याय पढ़ने के बाद पुस्तक बाजू में रखकर अपने शरीर पर थोड़ा मनन करें ताकि धन्यवाद देकर आप उसे स्वास्थ्य की ऊँचाइयों पर ले जा सकें। मनन के दौरान आपको महसूस होगा कि हमारा शरीर एक ही वक्त में कई सारी प्रक्रियाएँ कर सकता है।

क्या आपको मालूम है कि इस क्षण यह पुस्तक पढ़ते वक्त आपके आँखों की अनगिनत कोशिकाएँ (आय सेल्स) एक ही वक्त अनगिनत प्रक्रियाएँ कर रही हैं?

क्या आप जानते हैं कि इस क्षण कई ट्रिलियन्स कोशिकाएँ आपकी सेवा में हाजिर हैं?

इस क्षण आप पुस्तक पढ़ रहे हैं तो आपके मस्तिष्क के कई भाग सक्रिय हो चुके हैं। साथ ही आपकी 'पाचनसंस्था' भी कार्य कर रही है। आपने जो भी अन्न ग्रहण किया है, उसका ठीक से पाचन होने के लिए आपकी आँतें, पैनक्रियाज, लिवर ऐसे कई अंग सक्रिय हो चुके हैं। आप साँस ले रहे हैं यानी आपके हृदय को शुद्ध प्राणवायु मिल रहा है। आपका हृदय एक ही मिनट में कम से कम सत्तर बार धड़क रहा है और बाकी सारे अंगों को खून पहुँचाने के लिए कार्य कर रहा है। आपके कान कुछ आवाज़े सुन रहे हैं, नाक कुछ सुगंध या दुर्गंध महसूस करते हुए साँस अंदर लेने की और उच्छ्वास बाहर छोड़ने की क्रिया कर रहा है। आपकी त्वचा स्पर्श और वातावरण महसूस कर रही है।

खाते वक्त आपकी जीभ कुछ स्वाद महसूस कर रही है। आपके पैनक्रियाज कुछ पाचक रस पैदा करते हुए 'केमिस्ट' का किरदार निभा रहे हैं। आपका हृदय सही वक्त धड़ककर 'मैनेजर' का कार्य कर रहा है।

आपकी आँतें 'डायजेशन' करवाकर 'सप्लायर' का काम कर रही हैं और आपकी त्वचा ज़रूरत अनुसार सही मात्रा में पसीना बहाकर 'टेम्प्रेचर मेंटेनन्स' का कार्य कर रही है। आपके शरीर में एक ही वक्त कई सारे हार्मोन्स और एन्जाइम्स बह रहे हैं। फिर चाहे वो पिट्यूटरी, (पीयूषिद) ग्रंथी से हो या थायरॉइड जैसे अन्य ग्रंथी से।

हमारे शरीर में होनेवाली ये सारी अनगिनत प्रक्रियाएँ शरीर के ज़िंदा रहने तक चलती हैं। एक अंग दूसरे अंग की कार्ययोजना में कभी बाधा नहीं डालता। हमारे शरीर का कोई अंग अगर कभी बीमार भी पड़ जाए तो उसके ठीक होने की प्रणाली खुद-ब-खुद शुरू हो जाती है।

क्या आपको मालूम है कि **चौबिस घंटे और सप्ताह के सातों दिन, एक डॉक्टर आपकी हिफाज़त के लिए उपस्थित है? और वह है- आपका शरीर!** हम ारे शरीर में सत्तर ट्रिलियन्स सेल्स (कोशिकाएँ) एक ही वक्त सक्रिय होती हैं और वह भी एक-दूसरे के साथ ताल-मेल रखते हुए! हमारे शरीर की हर कोशिका में 'कम्युनिकेशन सेंटर', 'पॉवर हाऊस', 'ट्रान्सपोर्टेशन सिस्टम' जैसी कई कार्यात्मक व्यवस्थाएँ हैं। हमारा हृदय चौबिस घंटों में १ लाख से भी ज़्यादा बार धड़कता है। हमारे शरीर में प्रति सेकंड ३ मिलियन्स 'रेड ब्लड सेल्स' का निर्माण होता है। हालाँकि यहाँ पर हमने कुछ ही बातों पर गौर किया है। आज विज्ञान इतना प्रगत होने के बावजूद भी इंसानी शरीर से संबंधित अनगिनत राज़ों से महरूम है।

अब सवाल यह उठता है कि इतनी आश्चर्यजनक मशीन की हम कब और कैसे सराहना करते हैं? क्या हमने इस मशीन (यंत्र) को कभी 'धन्यवाद' दिया है? हमारा शरीर इतनी सुंदरता से कार्य कर रहा है तो क्या हमने कुदरत की इस सुंदरता को 'धन्यवाद' कहा है? हम सुबह से लेकर रात तक उत्साह और चुस्ती के साथ कई कार्य कर पाते हैं। हमारा शरीर बिना थके, बिना रुके हमें सहयोग करता है। इसी कारण हम अपने घर, करियर, मनपसंद कार्यों, रिश्तों की मधुरता का स्वाद ले पाते हैं। इतना ही नहीं शरीर की वजह से हम 'अपने होने का एहसास' भी कर पाते हैं। शरीर हमारा सबसे उत्तम मित्र है, जो अंत तक हमारा साथ निभाता है। अब वक्त आया है, इस दोस्त का शुक्रिया अदा करने का... शरीर के हर अंग को 'धन्यवाद' देने का! क्योंकि '**संपूर्ण स्वास्थ्य' का पासवर्ड है, 'धन्यवाद'**।

'धन्यवाद' से पाएँ स्वास्थ्य का स्वाद

'जिस चीज़ को हम धन्यवाद देते हैं, वह हमारे जीवन में फलती-फुलती है' इस कुदरती नियम पर अटूट विश्वास रखकर यदि आप अपने स्वास्थ्य को लेकर

धन्यवाद दे रहे हैं तो यकीन मानें, आपको इसका लाभ मिलनेवाला है। आपके मन में जिस भी चीज़ के प्रति धन्यवाद, कृतज्ञता के भाव हैं, वह चीज़ आपके जीवन में कई गुना बढ़कर फलती-फुलती है। यही कुदरती नियम आपके स्वास्थ्य के बारे में भी लागू होता है।

भले ही आपका शरीर एक बाहरी साधन है लेकिन उसके इस्तेमाल के लिए उसे धन्यवाद देना और तकलीफें देने के लिए उससे क्षमा ज़रूर माँगनी है। फिर भी अज्ञान और बेहोशी में कई लोग अपने शरीर को जाने-अनजाने में ठीक से काम न करने के लिए दोष देते हैं, दूसरों से तुलना करके उसकी कमियाँ निकालते हैं। अब आपको ऐसा नहीं करना है बल्कि आपको जैसा भी शरीर मिला है, उसे संतोष के साथ स्वीकार कर धन्यवाद देना है।

अपने पूरे शरीर के अस्तित्त्व के लिए, उसके कार्य के लिए उसकी सराहना करें और उसके सम्मान में कहें- 'मुझे तुमसे प्रेम है, मैं तुम्हारा आदर करता हूँ।' इसी प्रकार हर अक्षर (ए टू जेड) से शुरू होनेवाले अपने हर एक अंग को भी धन्यवाद दें।

वैसे तो हम अपने शरीर को रोज़ ही देखते हैं लेकिन अब उसे नए तरीके से देखें यानी पूरी समझ और ज्ञान के साथ देखें। अपनी आँखें बंद करें और अपने हाथों से प्रेमपूर्वक चेहरे, सिर, कंधों को सहलाएँ। इन सभी अंगों ने अब तक इतना अच्छा कार्य किया है, आपको सहयोग दिया है इसलिए इन्हें धन्यवाद दें और आगे भी इसी प्रकार कार्य करने के लिए प्रोत्साहित करें।

क्या आपने कभी किसी कुशल गायक को अपना तानपुरा सुर में लगाते हुए देखा है? वह अपनी आँखें बंद करके, तन-मन एक करके बड़ी तल्लीनता से तानपुरे का एक-एक तार सुर में लगाता है। हमें भी अपने शरीर को ठीक इसी तरह सुर में लगाना है, उसे कुदरत के साथ ट्यून करना है, ग्रहणशील बनाना है।

शरीर का कोई भी अंग छूट न जाए इसलिए एक-एक करके ए टू जेड सभी अंगों को याद कर, उन्हें धन्यवाद दें और उनसे क्षमा माँगे।

1) **ए (A) - आर्म्स (बाँहें)** : अब तक अपनी बाँहों के प्रति जो भी लापरवाही बरती है, उसके लिए उनसे क्षमा माँगें और उनके कार्य के लिए उन्हें धन्यवाद दें। साथ ही आगे से उनका खयाल रखने का वचन दें।

2) **बी (B) - ब्रेन (मस्तिष्क)** : आपको अपने दाएँ-बाएँ मस्तिष्क को याद करना है क्योंकि यह हमारे पूरे शरीर का नियंत्रण कक्ष है। इसी के कारण आप

सोच पाते हैं, समझ पाते हैं, ज्ञान ग्रहण कर पाते हैं और निर्णय ले पाते हैं। इतना ही नहीं, बाकी शरीर के सारे क्रिया-कलाप भी यहीं से संचालित होते हैं। तो इस नियंत्रण कक्ष को धन्यवाद दें और नकारात्मक विचारों से मलिन करने के लिए मस्तिष्क से क्षमा माँगें और कहें- 'अब तक कई बार अनजाने में मैंने गलत प्रार्थनाएँ की हैं, जिसका असर तुम पर हो रहा है, उसके लिए कृपया मुझे क्षमा करो। अब मैं सजग रहूँगा और ऐसा कोई भी कार्य नहीं करूँगा, जिससे तुम्हें तकलीफ हो। मैं तुम्हें हमेशा ताजा रखूँगा।' इसके साथ ही उससे प्रार्थना करें कि 'जीवन में सभी आवश्यक चीज़ें मुझे याद रहे। मेरी अभिव्यक्ति के लिए सारे आवश्यक गुण खुलकर सामने आएँ। दुःख देनेवाली यादें और कर्मबंधन मिट जाएँ। नित्य नवीनतम और सत्य से जुड़ी बातों के लिए मैं सदा ग्रहणशील रहूँ। मुझे मदद करते रहो... धन्यवाद!'

3) **सी** (C) **–** चेहरा, चमड़ी, चिन (ठोढ़ी) चीक (गाल) : ये हमारे शरीर का शो-केस हैं। चमड़ी आपका स्वास्थ्य दर्शाती है। यह शरीर का सुरक्षा कवच है। चमड़ी का रंग चाहे जो भी हो, उसका कार्य उच्चतम ही होता है। रंग से भेद न करें। शरीर काला है या गोरा, यह महत्वपूर्ण नहीं है। **शरीर जिंदा है, यह सबसे बड़ी कृपा है।** अपने इस सुरक्षा कवच को धन्यवाद दें और प्रार्थना करें कि 'मेरे चेहरे पर हमेशा स्वास्थ्य की रौनक (तेज़) दिखाई दे।'

4) **डी** (D) **–** डायजेशन सिस्टम (पाचन संस्था) : यह दूसरा नियंत्रण कक्ष है, जो शरीर की सारी गतिविधियों का सही संचालन करने में हमारी मदद करता है। हमारा स्वास्थ्य बनाए रखने में इसका बड़ा योगदान होता है। कठोर से कठोर और नरम से नरम चीज़ें हजम करने के लिए इसका सहयोग होता है। शरीर को हमेशा क्रियाशील रखने और आज तक चखे गए सभी स्वादों को हजम करने हेतु अपनी पाचन संस्था को धन्यवाद दें। साथ ही उसे वचन दें कि 'आगे से स्वाद और अन्न के प्रति मैं सदा सजग रहूँगा ताकि तुम्हें कोई परेशानी न हो।' प्रार्थना करें कि 'लकड़ हजम, पत्थर हजम' हो ऐसी तैयारी शुरू करो। आज तक आपने खान-पान का ध्यान न रखकर अपनी पाचन संस्था को जो तकलीफ दी है, उसके लिए बार-बार क्षमा माँगें और उसके अब तक के योगदान के लिए उसे धन्यवाद दें।

5) **इ** (E) **– इयर (कान):** यह हमारे इनपुट डिवाइस की तरह होता है। ज्ञान प्राप्त करने में कान का बड़ा योगदान होता है। आपने अपने कानों को आज तक जो असत्य और गलत बातें सुनवाई हैं, उसके लिए माफी माँगें और वचन दें कि आगे

से सिर्फ सत्य और अच्छी बातें ही सुनवाएँगे। इसके बाद अपने कानों को उनके अब तक के काम के लिए धन्यवाद दें।

6) **एफ** (F) – **फेफड़े** : यह शरीर में ऑक्सीजन का संग्रह कर, आपकी साँसें चलाए रखते हैं। शरीर को जीवित रखने में इनका महत्वपूर्ण योगदान होता है। आपके फेफड़े किसी भी प्रकार का शारीरिक या मानसिक तनाव होने पर साँसों की गति में बदलाव लाकर हमें उसके प्रति सजग करते हैं। इसके लिए फेफड़ों को धन्यवाद दें और अब तक धन्यवाद न देने के लिए उनसे क्षमा याचना करें।

7) **जी** (G) – **घुटनें** : ये शरीर के जोड़ों में से एक हैं। आपके जोड़ अलग-अलग अंगों को एक-दूसरे से जोड़े रखते हैं और उन्हें सक्रिय रखने में मदद करते हैं। इंसान अपने घुटनों से बहुत काम कराता है। अतः अब तक उन पर अनावश्यक बोझ डालने के लिए उन्हें सॉरी कहें, साथ ही उनके आज तक के योगदान के लिए और अभिव्यक्ति के लिए धन्यवाद देते हुए वचन दें कि आगे से आप उनका खयाल रखेंगे।

8) **एच** (H) – **हृदय और हाथ** : हृदय आपके शरीर के सबसे महत्वपूर्ण अंगों में से एक है। यह शरीर को आवश्यक मात्रा में शुद्ध रक्त की पूर्ति कर, एक पल के लिए भी आराम नहीं करता। इस अनवरत कार्य के लिए हृदय पर हाथ रखकर उसे धन्यवाद दें और इसे हृदयस्थान (तेजस्थान) बनाकर आध्यात्मिक भावना जाग्रत करने के लिए धन्यवाद दें। प्रार्थना करें कि जैसे वह शरीर के अशुद्ध रक्त को शुद्ध करता है, उसी प्रकार अशुद्ध, दुःखी, विकारी भावनाओं को शुद्ध कर दे, सदा सत्य के साथ रहे और शुद्ध भाव जाग्रत रखे। कई बार ऐसा होता है कि हम हेड (दिमाग) की गलती के लिए हृदय को दोष देते हैं। इसके लिए दिल से क्षमा माँगें।

9) **आय** (I) – **आँखें** : संसार का दर्शन कराने हेतु आँखें निमित्त बनती हैं। आँखों से ही आप सुंदर दृश्यों का आनंद लेते हैं, पढ़कर ज्ञान प्राप्त करते हैं और सब कुछ देखते व समझते हैं। लेकिन कई बार हम अपनी आँखों को पर्याप्त आराम नहीं देते और उन्हें लगातार काम पर लगाए रखते हैं। इसलिए उनसे आँख बंद कर माफी माँगें और आज तक उन्होंने आपको जो आनंद दिया है, जो ज्ञान दिया है, उसके लिए धन्यवाद दें।

10) **जे** (J) – **जुबान** : यह हमारे भावों को शब्दों का रूप देती है और विचार व्यक्त करने में हमारी मदद करती है। साथ ही यह आपको अनेकों प्रकार के स्वाद भी

चखाती है। लेकिन कई बार आप उससे गलत शब्द बुलवाते हैं और शरीर के लिए हानिकारक स्वाद चखाते हैं। इसके लिए उससे बोलकर माफी माँगें और आज तक उसने आपकी जो मदद की है, उसके लिए सराहना करें व धन्यवाद दें।

11) **के** (K) – **कमर** : यह शरीर का मध्य भाग है इसलिए काफी महत्वपूर्ण है। काम की धुन में हम कई बार गलत स्थिति में बैठते हैं, गलत ढंग से हलचल करते हैं, जिससे कमर में तकलीफ होती है। इसके लिए उससे हाथ जोड़कर क्षमा माँगें और आज तक आपने कमर कसकर जितने भी कार्य किए हैं, उसके लिए धन्यवाद दें।

12) **एल** (L) – **लेग्ज़ (टाँगें)** : इनकी मदद से हम जहाँ चाहते हैं, वहाँ चले जाते हैं। इसलिए ये हमारा परिवहन विभाग हैं। हम इन्हें खूब चलाते हैं, दौड़ाते हैं और आम तौर पर आवश्यक व्यायाम एवं आराम भी नहीं देते। इसके लिए उनसे दिल से क्षमा माँगें और आज तक उन्होंने आपका जो साथ दिया है, उसके लिए धन्यवाद दें।

13) **एम** (M) – **मसल्स (मांसपेशियाँ)** : यह हमारे शरीर को शक्ति प्रदान करती हैं। इसलिए इनका सही प्रमाण बनाए रखना आवश्यक होता है लेकिन अकसर हम इन पर ध्यान नहीं देते। इसलिए इनसे भी क्षमा माँगें और इन्होंने आपको जो शक्ति दी है, उसके लिए इन्हें धन्यवाद दें।

14) **एन** (N) – **नेक (गर्दन) और नाक** : गर्दन सिर को बाकी शरीर से जोड़े रखती है। कई बार हम काम की धुन में अपनी गर्दन की ओर ध्यान नहीं देते और उसे गलत अवस्था में सक्रिय रखते हैं। इससे स्पॉडिलाइटिस जैसी बीमारी हो सकती है। इसलिए गर्दन से खुलकर क्षमा माँगें और उसने आज तक आपको जो साथ दिया है, उसके लिए उसे धन्यवाद दें। साथ ही यह वचन दें कि आप उसे नियमित रूप से आवश्यक व्यायाम और पर्याप्त आराम भी देंगे।

गर्दन की तरह ही नाक भी बहुत महत्वपूर्ण है। यह हमें विभिन्न गंधों का परिचय कराती है। यह एक इनपुट डिवाइस है, जिसके माध्यम से हम साँस लेकर जीवित रहते हैं। अतः इसे नियमित रूप से प्राणायाम जैसे व्यायाम कराने का हौसला दें और अब तक आपने इसे जो भी तकलीफें दी हैं, उनके लिए तहेदिल से क्षमा माँगकर धन्यवाद दें।

15) **ओ** (O) – **अदर ऑर्गन्स (अंग)** : शरीर के अन्य अंगों को भी उनके अब तक के योगदान के लिए धन्यवाद दें।

16) **पी (P) – पीठ** : पीठ और उसमें छिपी रीढ़ की हड्डी, दोनों को धन्यवाद दें क्योंकि यह पूरे शरीर का संतुलन बनाए रखती है। कई बार हमारे गलत अवस्था में खड़े रहने, आड़े-टेढ़े ढंग से बैठने पर इसमें तकलीफ हो जाती है इसलिए इससे माफी माँगकर सजग रहने का वचन दें। इसी के कारण आप ध्यान में घंटों आराम से बैठ पाते हैं। इसलिए इसे धन्यवाद दें यह और वचन दें कि आगे से हमेशा सही स्थिति या आसन में ही बैठने की कोशिश करेंगे और इस पर कभी भी अनावश्यक, अयोग्य तनाव नहीं आने देंगे।

17) **क्यू (Q) – कुहनियाँ** : यह शरीर का एक और जोड़ है, जो हाथों को शरीर से जोड़े रखता है। बोझ उठाते समय इनका खयाल रखें। खान-पान में ऐसी चीज़ों का सेवन करें, जिनसे इन जोड़ों को सही संचालन के लिए ज़रूरी पोषक तत्त्व मिले। इनसे माफी माँगकर धन्यवाद दें।

18) **आर (R) – री-प्रॉडक्टिव सिस्टम (प्रजनन संस्था) और रिस्पायरेटरी सिस्टम (श्वसन संस्था)** : इन दोनों में शरीर के कई अंग मिलकर काम करते हैं। इन सभी अंगों को धन्यवाद दें। लंबी साँस लेकर माफी माँगें और हर साँस के लिए धन्यवाद दें।

19) **एस (S) – शोल्डर्स (कंधे)** : आज तक आपने जो भी ज़िम्मेदारी उठाई है, वह आपके कंधों ने सँभाली है। आप जीवन में अपने सहयोगियों के कंधों से कंधा मिलाकर आगे बढ़ते रहे हैं। अगर आपने अपने कंधों पर कोई अनावश्यक बोझ डाला हो तो उसके लिए तुरंत क्षमा माँगें और उनके योगदान के लिए उन्हें आदरपूर्वक धन्यवाद दें।

20) **टी (T) – थ्रोट (गला) और टीथ (दाँत)** : ये दोनों अंग ही शरीर में भोजन पहुँचाने का महत्वपूर्ण काम करते हैं। दाँत भोजन को चबा-चबाकर बारीक करते हैं और गला उसे निगलकर शरीर में पहुँचाता है। इसके साथ ही गले में मौजूद स्वर यंत्र हमें सुर भी देता है। इसलिए इन सभी अंगों को धन्यवाद दें और माफी माँगकर वचन दें कि आप दाँतों की ठीक से सफाई कर, गले का भी खयाल रखेंगे।

21) **यू (U) – युरीनरी सिस्टम (मूत्राशय)** : शरीर में इकट्ठा होनेवाले अनावश्यक द्रव को बाहर निकालकर उसे स्वच्छ और स्वस्थ रखने का महत्वपूर्ण काम करता है मूत्राशय। इसलिए इसे धन्यवाद दें और उचित मात्रा में पानी पीकर सहयोग करने का वादा करें।

22) **वी** (V) **– वाईटल फोर्स (जीवन ऊर्जा)** : यह शरीर के सभी अंगों में बहती है। इससे सारे अंग एक–दूसरे के ताल–मेल में रहते हैं। इसलिए इस ऊर्जा को विशेष रूप से धन्यवाद दें।

23) **डब्ल्यू** (W) **– रिस्ट (कलाई)** : हम अपनी रोज़ाना की ज़िंदगी में ऐसे कई काम करते हैं, जहाँ हमें अपनी कलाइयों पर ज़ोर देना पड़ता है। खासकर क्रिकेट, बैडमिंटन और टेनिस जैसे खेलों में कलाई का काफी इस्तेमाल होता है। बाहों की ताकत भी कलाई से ही नापी जाती है। इसलिए अपनी कलाइयों को धन्यवाद दें और उन्हें केवल खूबसूरत घड़ी से या अलंकारों से ही न सजाएँ बल्कि उचित व्यायाम करके उनकी ताकत बढ़ाने का प्रयास करें।

24) **एक्स** (X) **एक्स–रे मशीन में दिखनेवाले शरीर :** एक्स–रे मशीन की रिपोर्ट में हमारा शरीर बिलकुल हड्डियों का ढाँचा (स्केलेटन) दिखाई देता है। यह पूरा ढाँचा ही शरीर को आधार देता है। इसलिए उसे धन्यवाद दें और यह इरादा करें कि आप हड्डियों की क्षमता बढ़ाने का पूरा प्रयास करेंगे।

25) **वाय** (Y) **यौन संबंधी अंग–** यौन संबंधी अंग हमारे जीवन में अहम भूमिका निभाते हैं। प्रकृति के सृष्टिचक्र को आगे बढ़ाने के लिए यही अंग निमित्त बनते हैं। इन्हीं अंगों की वजह से नए जीव शरीर का रूप धारण करते हैं। मगर अज्ञानवश अगर इन अंगों की तरफ ध्यान नहीं दिया गया तो उनसे भी क्षमा माँगें। अगर वासना और विषय विकारों में ज़्यादा उलझना हो रहा है तो भी ऐसे अंगों से क्षमा माँगें क्योंकि वासनाओं की अति में जाकर उनके शिकंजे में अटककर इंसान संपूर्ण स्वास्थ्य नहीं पा सकता।

26) **जेड** (Z) **संसेचन (गर्भाधान– नूर्सेंश) –** संसेचन यानी ऐसी फर्टिलायइज्ड सेल (निषेचित कोशिका), जिसके अंदर बच्चा पैदा होने के लिए आवश्यक 'अनुवांशिक जानकारी' होती है। जब स्त्री बीज और पुरुष बीज का मिलन होता है तब तैयार होनेवाली पहली कोशिका को 'संसेचन' कहा जाता है। पूर्वजों (जीन्स) से आई हुई सभी नकारात्मक वृत्तियों के लिए आप संसेचन से क्षमा माँग सकते हैं।

इनके अतिरिक्त शरीर का कोई अंग बचा है तो उससे भी क्षमा माँगकर उसे धन्यवाद दें। पुस्तक के इस भाग में बहुत थोड़े में हर अंग से बातचीत करने की विधि दी गई है। आप अपने बीमार अंगों से हर दिन विशेष तौर पर विस्तार में बात करें। उनसे क्षमा माँगकर उन्हें धन्यवाद दें। इस तरह जल्द ही आप स्वास्थ्य के चमत्कार देखने लगेंगे।

'धन्यवाद'... ये केवल शब्द नहीं, भाव हैं और भावना की ताकत आपको अज्ञान से ज्ञान की तरफ, अंधेरे से प्रकाश की तरफ, अंधश्रद्धा से आत्मश्रद्धा की तरफ, आंतरिक संघर्ष से परमशांति की तरफ, असफलता से सफलता की तरफ और अस्वास्थ्य से स्वास्थ्य की ओर ले जाती हैं। इसीलिए अब दोनों हाथ खोलकर कम से कम तीन बार कहें– 'स्वास्थ्य के लिए धन्यवाद... स्वास्थ्य के लिए धन्यवाद... स्वास्थ्य के लिए धन्यवाद!'

इससे आप अपने हृदय स्थान के संपर्क में आते हैं। इसलिए सबसे पहले जब भी आप जॉगिंग या व्यायाम करने के लिए बाहर जाएँगे तो कुदरत में दिखनेवाली हर सजीव-निर्जीव वस्तु का निरीक्षण करें। उगता हुआ सूरज, असीम आकाश, पंछियों का चहकना, पेड़-पौधे, फूल, जमीं पर बिखरे हुए ओस की बूँदें, आपके चारों ओर बहनेवाली हवा आदि प्रकृति की इस कृपा के लिए धन्यवाद दें। अपने दोनों हाथ खोलकर, खुलकर कहें–

'मैं कुदरत की असीमता का हिस्सा हूँ। मैं प्रकृति के साथ ट्यून्ड हूँ।
सूरज की किरणें मेरे तन और मन को शुद्ध, स्वस्थ बना रही हैं।
सब कुछ भरपूर मात्रा में देने के लिए कुदरत को धन्यवाद!
मैं स्वस्थ हूँ, मैं स्वास्थ्य से लबालब भरा हूँ, सूरज की रोशनी भरपूर है,
शुद्ध हवा और निर्मल पानी भी भरपूर है। सात्विक अनाज भरपूर है।
आरोग्य प्रदान करनेवाले स्वादिष्ट फल भरपूर हैं।
तन-मन चुस्त रखनेवाले व्यायाम के प्रकार भरपूर हैं और
मेरे अंदर होनेवाला उत्साह भी भरपूर है।
मेरी --------------- बीमारी को हमेशा के लिए*
विलीन करनेवाली दवाइयाँ, दुवाएँ भी भरपूर हैं
और मुझे मिलनेवाले स्वास्थ्य संकेत भी भरपूर हैं।
मेरा जीवन स्वास्थ्य से भरपूर है... स्वास्थ्य ही मेरा जीवन है
और स्वस्थ रहना मेरा जन्म सिद्ध अधिकार है।'
*अंत में कहें– **'धन्यवाद... मेरे जीवन में 'स्वास्थ्य'***
भरपूर मात्रा में लाने के लिए धन्यवाद... धन्यवाद... धन्यवाद।'

मनन प्रश्न :

१. क्या आपने अपने मानव देह (मनोशरीर यंत्र) को इतनी सुंदरता से कार्य करने के लिए कभी धन्यवाद दिया है?

२. जिस चीज़ को हम धन्यवाद देते हैं, वह हमारे जीवन में फलती-फुलती है-क्या इस कुदरती नियम पर आपको अटूट विश्वास है?

३. क्या आप अज्ञान और बेहोशी में अपने शरीर को दोष देते हैं?

कार्ययोजना :

१. हर दिन या जब भी मौका मिले शरीर के हर अंग (अ ीं न से शुरू होनेवाले हर अंग) को संपूर्ण स्वास्थ्य का पासवर्ड 'धन्यवाद' दें और जाने-अनजाने में शरीर को तकलीफें देने के लिए उससे क्षमा माँगें।

२. रोज़ अपने शरीर से यह कहकर स्वसंवाद करें- 'मुझे तुमसे प्रेम है, मैं तुम्हारा आदर करता हूँ।'

३. अपने शरीर का स्वभाव समझने हेतु कुदरत के साथ ट्यून रहें।

४. मेरी ----------- बीमारी* को हमेशा के लिए विलीन करनेवाली दवाइयाँ और दुवाएँ भरपूर हैं... यह दिल से दोहराएँ।

**यहाँ पर आपकी बीमारी का नाम लिखें।*

१४ अध्याय

तंदुरुस्ती और ए.एम.एस.वाय. हीलिंग

6

स्वास्थ्य प्राप्ति का छठा औजार

स्वास्थ्य प्राप्ति का छठा औजार समझने के लिए हम स्वास्थ्य पर नई तरह से पी.एच.डी. (Ph.D) करेंगे ताकि हम संपूर्ण स्वास्थ्य को समझ पाएँ। पी.एच.डी. का यहाँ पर अर्थ है- 'परफेक्ट हेल्थ डिस्कवरी (Perfect Health Discovery)।' आप अपने किसी भी रोग या तकलीफ का इलाज स्वयं ही ढूँढ़ सकते हैं। यदि आपको कोई भी बीमारी नहीं है तो आप जानेंगे कि अपनी जीवन शक्ति को कैसे सँभाला और बढ़ाया जाए।

अपने स्वास्थ्य पर पी.एच.डी. करने के लिए निम्नलिखित पंक्ति पर मनन करें :

'हर लाइलाज बीमारी का इलाज हमारे अंदर ही है'

इस पंक्ति से आपने क्या समझा? 'लाइलाज बीमारी' यानी ऐसी बीमारी जिस पर कोई बाहरी इलाज नहीं है। ऐसी बीमारियों से मुक्त होना अधिकांश लोगों को लगभग असंभव ही लगता है क्योंकि वे एक सत्य से महरूम हैं। वह सत्य है- 'हर लाइलाज बीमारी का इलाज हमारे अंदर ही है।' हमारे अंदर एक ऐसी शक्ति है, जिससे हम स्वयं को ठीक कर सकते हैं, हर बीमारी से मुक्त हो सकते हैं क्योंकि चाहे हमारे शरीर का कोई भी अंग कितना भी बीमार क्यों न हो, फिर भी हमारे अंदर हर अंग से संबंधित एक परिपूर्ण हिस्सा हमेशा से ही उपलब्ध होता है।'

इस विषय को गहराई से समझने के लिए हम इस पूरे अध्याय में दो संज्ञाओं का इस्तेमाल करनेवाले हैं:

१) 'ए' एम.एस.वाय. (A msy) यानी हमारा सूक्ष्म मनोशरीर यंत्र। यह है हमारा सूक्ष्म देह।

२) 'बी' एम.एस.वाय. (B msy) यानी हमारा बाहरी मनोशरीर यंत्र।

यह है हमारा स्थूल देह।

यहाँ पर इस्तेमाल किए हुए शब्दों में न उलझें बल्कि समझने की कोशिश करें। हर इंसान का एक बाहरी शरीर यानी बाहरी आवरण होता है। दूसरे शब्दों में उसे 'बी' ('B') शरीर कहेंगे। उसके अलावा एक और शरीर होता है, जिसे आप 'ए' ('A') शरीर कहेंगे। 'ए' शरीर, 'बी' शरीर का हू-बहू 'प्रतिरूप' कॉपी (Blueprint) होता है। जब आपका 'बी' शरीर या उसका कोई एक अवयव कार्य करने में सक्षम नहीं होता तब 'ए' शरीर हमेशा आपके पास उपलब्ध होता है। 'ए' शरीर अदृश्य होता है, जो बाहरी आँख द्वारा दिखाई नहीं देता, वह आंतरिक होता है। हालाँकि कोई भी बीमारी, दर्द या वेदना का कारण हमारे 'ए' एम.एस.वाय. में होता है। 'बी' एम.एस.वाय. पर उस बीमारी का सिर्फ लक्षण दिखाई देता है।

मान लें, किसी को पीठदर्द की तकलीफ हो रही है तो इसका मतलब है कि उस इंसान की पीठ के सूक्ष्म देह में (पीठ के 'ए' एम.एस.वाय. में) बीमारी ने प्रवेश किया है। परिणामस्वरूप, वह इंसान पीठदर्द की बीमारी से परेशान हो जाता है और उसकी पीठ के 'बी' एम.एस.वाय. में दर्द, अकड़न जैसे लक्षण दिखने लगते हैं।

ध्यान रखें, अगर आपके बी-एम.एस.वाय. में कोई बीमारी या रोग के लक्षण दिखाई दे रहे हैं तो उसका कारण 'ए' एम.एस.वाय. में छिपा हुआ है। इसलिए स्वास्थ्य प्राप्ति के लिए सीधा सूक्ष्म देह से संवाद करें। क्योंकि आपके सकारात्मक शब्दों के और भावनाओं के तरंग आपके सूक्ष्म देह पर तुरंत असर करते हैं। यह बिलकुल बीमारी या रोग के जड़ पर प्रहार करने जैसा है। 'ए' एम.एस.वाय. प्रार्थना' आपके शरीर के पीड़ित अंगों को तुरंत हीलिंग देता है। इस प्रार्थना से आप लाइलाज बीमारी से भी मुक्त हो सकते हैं। सिर्फ रोगमुक्ति के लिए नहीं बल्कि स्वास्थ्य की उच्चतम अवस्था प्राप्ति के लिए भी यह प्रार्थना असरदार है।

अब हम A-MSY को जाग्रत कर, उसकी क्षमताओं का पूर्ण लाभ लेते हुए लाइलाज बीमारियों का इलाज करना सीखेंगे। यह इलाज करते वक्त याद रखें कि हमारे शरीर के हर अंग का एक A-MSY स्वरूप है। शरीर के सभी अंगों के A-MSY मिलाकर पूरे शरीर का एक A-MSY बनता है। यह चेतना की उपस्थिति में सक्रिय होता है।

चेतना ही जीवन का मुख्य तत्त्व है, जीवन का अर्क है। हमारी मानसिक और भौतिक शरीरों को चेतना ही चलाती है। असंख्य शरीरों द्वारा चेतना ही खुद का अनुभव कर रही है। वह चेतना ही है जो हमारे द्वारा उसके दिव्य गुणों का जैसे प्रेम, आनंद, मौन, रचनात्मकता, धैर्य और साहस इन सभी का अनुभव कर रही है।

A-MSY से प्रार्थना करने से पहले नीचे दी गई पंक्तियाँ समझें :

- हर बीमारी, पीड़ा या लाइलाज बीमारियों का इलाज बाहर नहीं बल्कि हमारे अंदर है।
- हर शरीर के मूल स्वस्थ अवस्था के बारे में A-MSY पूरी तरह से जानता (प्रोग्राम्ड) है।
- बाहरी शरीर की इसी मूल स्वस्थ अवस्था को बनाए रखने की क्षमता A-MSY में है।

अब हम एक-एक करके A-MSY को जाग्रत कर उससे संवाद करने के कदमों को समझेंगे। आगे दी गई सूचनाओं का पालन करते समय अपनी आँखें बंद रखकर ध्यान मुद्रा में बैठें।

कदम १ : A-MSY को आमंत्रित करें

A-MSY की प्रार्थना की शुरुआत हमेशा अ-चडध को अपने ध्यान क्षेत्र में आमंत्रित करके करें। अगर आपके घुटने में दर्द हो तो अपने घुटने के A-MSY को इस प्रकार आमंत्रित करें-

'ए मेरे प्यारे घुटने के दिव्य A-MSY (सूक्ष्म देह), मैं आपको अपने ध्यान क्षेत्र में आमंत्रित करता/करती हूँ। कृपया मेरे ध्यान क्षेत्र में आएँ।'

केवल इन्हीं शब्दों का उपयोग करना अनिवार्य नहीं है। लेकिन आशय यह है कि सबसे पहले आप आदरपूर्वक अपने घुटने के या और किसी हिस्से के A-MSY को अपने ध्यान क्षेत्र में आदर से आमंत्रित करें।

कदम २ : दावा करें और क्षमा माँगें

दूसरे कदम पर A-MSY की ताकत और क्षमताओं का दावा करना है। साथ ही साथ जिस अंग में दर्द या बीमारी उत्पन्न हुई है, उसके सूक्ष्म देह से क्षमा भी माँगें क्योंकि इस दावे की शक्ति और क्षमा माँगने से इलाज की क्षमता कई गुना बढ़ जाती है।

'मेरी आपसे यह विनती है कि आप मेरे घुटने का इलाज करें। मेरा यह दावा है कि आप यह कर सकते हैं। मुझे आपके इलाज करने की क्षमता पर पूरा भरोसा है। आप और मैं मिलकर पृथ्वी पर उपस्थित हर जीव का इलाज कर सकते हैं। कृपया मेरी सहायता करें। अगर मैंने जाने-अनजाने में कभी आपका खयाल रखनें में आना-कानी की हो तो कृपया मुझे क्षमा करें।'

इस दावे से A-MSY, आपके B-MSY के मूल स्वस्थ अवस्था का पुनर्जन्म कर, आपको फिर से स्वस्थ बनाएगा। ऊपर दिए गए वाक्यों से हम चेतना पर अपना विश्वास प्रस्थापित करते हैं। यही विश्वास इलाज करने के कार्य में तीव्रता लाएगा। आखिर में दी गई पंक्ति- 'आप और मैं मिलकर इस पृथ्वी पर उपस्थित हर जीव का इलाज कर सकते हैं।' हमारी प्रार्थना को एक उच्चतम उद्‌देश्य से जोड़ता है। हमारी प्रार्थना को व्यक्तिगत उद्‌देश्यों से परे लेकर जाता है। इससे अ-चडध की क्षमताओं को पुष्टि मिलती है।

साथ ही साथ हम सूक्ष्म देह से क्षमा भी माँग रहे हैं। क्षमा माँगने से हमारे अंदर होनेवाली उपचार करनेवाली शक्ति सक्रिय होती है। आप क्षमा माँगते वक्त सिर्फ उस अंग से क्षमा न माँगें, जिसमें बीमारी है बल्कि मनन करके यह जाँचें कि ऐसे और कौन से अंग हैं, जिनकी वजह से यह बीमारी उत्पन्न हुई है?

समझें, किसी के घुटने में दर्द है तो उसे मनन करके यह जाँचना होगा कि घुटनों के दर्द के लिए और कौन-कौन से हिस्सों में होनेवाले दोष ज़िम्मेदार हैं? जैसे पिंडली में कुछ खराबी होने से भी घुटनों का दर्द शुरू होता है तो ऐसी स्थिति में आप घुटनों के 'ए' एम.एस.वाय. से क्षमा माँगें और पिंडलियों के 'ए' एम.एस.वाय. से भी क्षमा माँगें।

आइए, उदाहरण के तौर पर हमारे शरीर के विभिन्न अंगों में होनेवाला संबंध देखते हैं।

* यदि कोई सिरदर्द से परेशान है तो उसे यह जाँचना चाहिए कि कहीं उसके सिरदर्द का कारण आँखों में होनेवाली कोई परेशानी तो नहीं! क्योंकि आँखों का और मस्तिष्क का गहरा संबंध है। इसलिए अगर आपके सिरदर्द के पीछे आँखों की समस्या है तो मस्तिष्क के साथ-साथ आँखों के 'ए.एम.एस.वाय.' से भी क्षमा माँगें।

* कोई मरीज अगर कमज़ोर पाचनशक्ति से परेशान है तो उसे आँतों के साथ-साथ लिवर के सूक्ष्म देह से भी क्षमा माँगनी चाहिए क्योंकि पेट संबंधित कई समस्याओं में लिवर में होनेवाली कमज़ोरी भी एक मुख्य कारण हो सकता है। यहाँ पर एक महत्वपूर्ण बात याद रखें- कमज़ोर पाचनशक्ति के पीछे हमेशा लिवर में होनेवाली कमज़ोरी ही कारण नहीं है। आप अपने शरीर के स्वभाव अनुसार मुख्य कारण जाँचकर क्षमा साधना करें।

* अगर किसी के कानों में दर्द हो रहा हो तो उसे यह जाँचना चाहिए कि कहीं उसके गले में और श्वसनसंस्था में कोई खराबी तो नहीं है! क्योंकि कान-नाक और गले का आपसी गहरा रिश्ता है। इसलिए कान दर्द के पीछे अगर गले में होनेवाला दोष एक मुख्य कारण है तो कानों के सूक्ष्म देह से क्षमा माँगें, साथ ही साथ गले के सूक्ष्म देह से

भी क्षमा माँगें।

✼ 'कॉन्स्टिपेशन' (कब्ज) और 'माउथ अल्सर' (मुँह के छाले) का आपसी गहरा रिश्ता है। इसलिए 'माउथ अल्सर' होने पर आप जीभ के सूक्ष्म देह से क्षमा माँगें, साथ ही आँतों के सूक्ष्म देह से भी क्षमा माँगें क्योंकि मुँह में छाले होना यह तो सिर्फ लक्षण है। असली बीमारी तो डायजेस्टिव सिस्टम है।

कदम ३ : कृति

दूसरा कदम उठाने के बाद A-MSY से कृति यानी इलाज शुरू करने की प्रार्थना इस तरह करें।

'कृपया आपका कार्य शुरू करें। मेरे शरीर का इलाज करें। मेरे ध्यान क्षेत्र से बाहर जाने के बाद भी कृपया अपना इलाज जारी रखें।'

इस प्रार्थना की सबसे सुंदर बात यह है कि आप A-MSY से अपने करीबी मित्र की तरह बात कर सकते हैं। किसी भी कार्य में आप A-MSY की मदद माँग सकते हैं। आपके ध्यान क्षेत्र से बाहर जाने के बाद भी A-MSY के कार्य को जारी रखने की विनती करने से A-MSY की मदद आपको निरंतरता से मिलती रहेगी।

कल्पना करें कि आप एक ऐसे घर में रहते हैं, जिसकी दीवारों में लगी ईंटें एक-एक करके हर रोज़ बदल रही हैं। इस तरह आपको पता भी नहीं चलेगा कि आपका पूरा घर बदल रहा है। एक साल के अंदर हर ईंट यानी आपका पूरा घर बदल गया और आपको मालूम भी नहीं पड़ा। यह घर आपके स्थूल शरीर यानी 'बी-एम.एस.वाय.' का उदाहरण है। इस शरीर में नया रक्त बन रहा है, कोशिकाएँ, त्वचा, हड्डियाँ बदल रही हैं। इस बात के वैज्ञानिक सबूत मिले हैं। अब यदि ये सब बदल रहे हैं तो फिर पुराना रोग शरीर में क्यों बचा है? क्योंकि यह आपने मानकर रखा है कि 'मेरे शरीर में रोग है।' इस तरह सिर्फ मन की मान्यताओं की वजह से बीमारी शरीर में चलती रहती है और इस मन को बहुत ध्यान दिया गया है।

अब आप अपने आपको बताएँ कि 'मेरा शरीर वह नहीं रहा, जिसमें बीमारी हुई थी, अब वह बदल चुका है।' इस समझ के साथ यकीन रखें आपका शरीर बदल चुका है, बीमारी निकल चुकी है। यदि इंसान के पास तोलूमन, तुलनात्मक मन न होता – जो तोड़ता, तौलता, तुलना करता है तो कौन सा रोग टिक सकता है?

कदम ४ : 'प्रेम, आनंद, मौन...' यह जप गुनगुनाएँ

प्रेम, आनंद, मौन ईश्वरीय दिव्य गुण हैं। यहाँ 'प्रेम' यह शब्द बेशर्त और

असीम प्रेम का प्रतीक है। यह मोह से परे है। इसी बेशर्त प्रेम की शक्ति दुनिया को बचाए रखती है, बनाए रखती है। यह आनंद बेशर्त खुशी का स्रोत है, ऐसा आनंद जो दुःख-सुख की तराजू से परे है। यह आनंद किसी भी प्रकार के कारण पर निर्भर नहीं है बल्कि केवल अपने होने के एहसास का आनंद है। यहाँ मौन भी बाहरी मौन नहीं बल्कि आंतरिक मौन है। यह मौन भी शांति और अशांति से परे है।

प्रेम, आनंद, मौन में हर बीमारी का इलाज करने की दिव्यता है, मूल स्वस्थ अवस्था को प्रस्थापित करने की क्षमता है।

अकसर इंसान तनाव से, विकारों से प्रेम, आनंद, मौन के दिव्य, निरंतर बहनेवाले स्रोत में बाधाएँ डालता है। इन बाधाओं को हटाकर जब हम प्रेम, आनंद, मौन महसूस करेंगे तब हमें दिव्य स्वास्थ्य प्राप्त करने से कोई नहीं रोक पाएगा। इसलिए जैसे हवन करते समय पुजारी मंत्र दोहराकर देवी-देवताओं को आवाहन करते हैं, उसी तरह हमें प्रेम, आनंद, मौन के दिव्य गुणों को आवाहन करना है। प्रेम, आनंद, मौन की शक्तियों को हमें दोहराकर जाग्रत करना है। जैसे -

'प्रेम, आनंद, मौन की सहायता मुझे निरंतर मिल रही है। प्रेम, आनंद, मौन... प्रेम, आनंद, मौन... प्रेम, आनंद, मौन... प्रेम, आनंद, मौन... प्रेम, आनंद, मौन... ।'

प्रेम, आनंद, मौन के दिव्य गुणों का जितना ज़्यादा हम अनुभव करेंगे, उतनी ही तीव्र गति से इलाज होता हुआ महसूस करेंगे। ऊपर दी गई पंक्तियों को कई बार धीरे-धीरे ताल के साथ बोलकर दोहराएँ ताकि अ-चडध को इलाज करने के लिए पर्याप्त समय मिल सके।

सिर्फ इन तीन शब्दों को बार-बार दोहराने से आपका ध्यान इन दिव्य गुणों पर केंद्रित होगा, जिससे आपमें ये गुण उतरने लगेंगे। आपका मन शांत हो जाएगा। बोलकर दोहराने जैसा वातावरण आस-पास न हो तो मन ही मन दोहराएँ।

कदम ५ : समर्थन करें

हर इंसान की प्रकृति अलग होती है। किसी को कल्पना करके दृश्य देखना बेहतर लगता है तो किसी को सकारात्मक बातें सुनना। कुछ व्यक्तियों को स्पर्श महत्वपूर्ण लगता है। अगर आप पहली प्रकृति के हैं तो अ-चडध की प्रार्थना के साथ-साथ कल्पना करें कि दिव्य सफेद रोशनी आपके शरीर के पीड़ित अंग पर छा रही है। इस दिव्य सफेद रोशनी से आपकी बीमारी का इलाज हो रहा है। अगर आप दूसरी प्रकृति के हैं तो आगे दिए गए शब्दों को दोहराकर अनुभव करें- **'मैं स्वास्थ्य से संबंधित**

आश्चर्य देख रहा हूँ। मैं हर रोज़ चमत्कार देख रहा हूँ।'

अगर आप तीसरे प्रकृति के हैं तो अपने पीड़ित अंग को प्यार से स्पर्श करते हुए प्रार्थना दोहराएँ। अपने शरीर को प्रेमपूर्वक स्पर्श करते हुए उसे धन्यवाद दें, अपनी लापरवाही के लिए उससे क्षमा माँगें।

जब कोई रेकी या प्राणिक शक्ति का इस्तेमाल करता है तो क्या होता है? ऐसा करते समय वह इंसान आपके पीड़ित अंग को ध्यान और प्रेम देता है। प्रेम देने से उस अंग की मूल स्वस्थ अवस्था फिर से प्रस्थापित होती है जो कि ध्यान न देने की वजह से लुप्त हो गई थी। उसी प्रकार, प्रार्थना करते समय अपने पीड़ित अंग को स्पर्श करने से उस अंग को प्रेम मिलता है और उसका तुरंत इलाज शुरू हो जाता है। अगर आपके सिर में दर्द है तो अपने सिर को प्रेमपूर्वक स्पर्श करते हुए A-MSY की प्रार्थना करें। निरंतर स्वस्थ शरीर के लिए हम हमारे हृदय और मस्तिष्क के A-MSY को प्रार्थना कर सकते हैं। इस प्रार्थना में संतुलित श्वसन और योग्य रक्त संचार के लिए प्रार्थना कर सकते हैं। शरीर के संपूर्ण शुद्धिकरण के लिए भी प्रार्थना कर सकते हैं।

कदम ६ : धन्यवाद दें

इस प्रार्थना के अंत में हमें हमारे इ-चडध और अ-चडध को धन्यवाद देकर कृतज्ञता व्यक्त करनी है।

'दिव्य A-MSY और प्यारे B-MSY आपका बहुत-बहुत धन्यवाद। मेरी लाख लापरवाहियों और बेहोशी के बावजूद भी आप सदैव मेरा साथ देते रहे, मुझे सहारा देते रहे। आपका कोटि-कोटि धन्यवाद! मैं अपनी बेहोशी और लापरवाहियों के लिए तहेदिल से क्षमा माँगता हूँ। कृपया मुझे माफ करें और खुद को स्वस्थ बनाएँ, धन्यवाद... धन्यवाद...धन्यवाद।'

इस पूरे प्रयोग के अलावा आँख, जुबान और स्पर्श इन तीन शक्तिशाली इंद्रियों का इस्तेमाल भी किया जा सकता है। आँखों से कल्पना शक्ति का इस्तेमाल कर सकते हैं कि 'शरीर के जिस हिस्से को ठीक करना चाहते हैं, उस हिस्से को सफेद रोशनी से भर दें।' आत्मसुझावों का भी सहारा लें, जैसे- 'मैं स्वास्थ्य के चमत्कार की उम्मीद करता हूँ।'

इसके अलावा स्पर्श का भी बड़ा महत्त्व है। अपने 'ए' शरीर के हाथों को अपने ध्यान क्षेत्र में लाकर अपना हाथ प्रभावित हिस्से पर रखें। प्रेम से उस हिस्से को थपथपाएँ जैसे कोई नन्हें बच्चे को थपकियाँ देकर सुलाता है। कभी-कभी अपने मस्तिष्क को

भी इसी कार्य के लिए रक्त संचार सही करने के लिए कह सकते हैं या ऑक्सीजन पूर्ति की माँग कर सकते हैं।

इस तरह प्रेम और धन्यवाद के भाव आपके इलाज में गति लाएँगे। आपके मूल स्वस्थ अवस्था को तुरंत प्रस्थापित करने में इन्हीं धन्यवाद के भावों की मदद होगी। धन्यवाद देने के बाद अ-चडध को अपनी जगह वापस इस तरह भेजना भी ज़रूरी है।

'कृपया अब आप अपनी जगह वापस जा सकते हैं। मेरे ध्यान क्षेत्र के बाहर जाने के बाद भी कृपया आप अपना कार्य जारी रखें।'

इसी के साथ, कुछ क्षण मौन में रहने के बाद आप अपनी आँखें खोल सकते हैं।

ऊपर दी गई सूचनाओं को क्रम से करते वक्त आपके भाव महत्वपूर्ण हैं। **अ-चडध और प्रेम, आनंद, मौन के साथ किसी भी लाइलाज बीमारी का इलाज हो सकता है, यह विश्वास स्वास्थ्य प्राप्ति के लिए अनिवार्य है!** इस आसान उपचार पद्धति को समझकर उस पर अमल करना असरदार है। आइए, इसका सारांश समझें-

- A-MSY **को आमंत्रित करना**

'ए मेरे प्यारे दिव्य अ-चडध मैं आपको अपने ध्यान क्षेत्र में आमंत्रित करता हूँ। कृपया मेरे ध्यान क्षेत्र में आएँ, मैं आपका आदर करता हूँ।'

- **दावा करना**

'मेरी आपसे यह विनती है कि आप मेरा (फलाँ अंग का) इलाज करें। मुझे पूरा विश्वास है कि आप यह कर सकते हैं। मेरा दावा है कि आप यह कार्य गतिमान पद्धति से कर सकते हैं। कृपया मेरी मदद करें। आप और मैं मिलकर पृथ्वी पर उपस्थित हर जीव का इलाज कर सकते हैं।'

- **कृति करना**

'कृपया आप अपना कार्य शुरू करके मेरा इलाज करें।'

- **'प्रेम, आनंद, मौन... ' यह जप गुनगुनाएँ**

'प्रेम, आनंद, मौन से हर बीमारी का इलाज हो सकता है। प्रेम, आनंद, मौन से हर शरीर की मूल स्वस्थ अवस्था प्रस्थापित हो सकती है और इस अवस्था को मैं स्वीकार करता हूँ। प्रेम आनंद, मौन... प्रेम आनंद, मौन... प्रेम आनंद, मौन...'

▶ **समर्थन करना**

'मैं स्वास्थ्य से संबंधित आश्चर्य देख रहा हूँ। मेरे जीवन में प्रतिदिन चमत्कार हो रहे हैं।'

कल्पना करें, आपके पीड़ित अंग पर दिव्य सफेद रोशनी फैल रही है और उस अंग का इलाज कर रही है या अपने शरीर के अस्वस्थ अंग को प्रेमपूर्वक स्पर्श करते हुए दोहराएँ- 'ए मेरे प्यारे शरीर, मुझे तुमसे बहुत प्यार है।'

▶ **धन्यवाद देना**

'दिव्य A-MSY और प्यारे B-MSY आपकी बेशर्त मदद के लिए बहुत- बहुत धन्यवाद। मैं आपका सदा ऋणी रहूँगा। अब आप अपनी जगह लौट सकते हैं। मेरे ध्यान क्षेत्र से बाहर जाने के बाद भी कृपया अपना कार्य जारी रखें। धन्यवाद... धन्यवाद... धन्यवाद...'

इलाज के लिए प्रभावशाली सकारात्मक वाक्य

❖ कोई भी बीमारी लाइलाज नहीं है। हर बीमारी का इलाज मेरे अंदर ही है।
❖ मेरे शरीर की हर कोशिका निरंतरता से नई हो रही है।
❖ जिस शरीर में बीमारी थी वह शरीर अब बदल चुका है। मेरा शरीर पूर्ण रूप से नया है।
❖ बीमारी मिटाने के लिए बस उसे आवश्यक ध्यान देना है।
❖ मेरे जीवन में प्रतिदिन स्वास्थ्य से संबंधित आश्चर्य/चमत्कार हो रहे हैं।
❖ मैं और मेरा शरीर हर प्रकार की बीमारी से पूर्णतः मुक्त हो रहा है।

A-MSY प्रार्थना के परिणाम पर रिसर्च

समाज के हर आयु वर्ग के लोग जिन्हें अलग-अलग प्रकार की बीमारियाँ थीं, एकत्रित किए गए। लगभग ५४% सहभागी २५ ते ४५ उम्र की आयु वर्ग के थे। इन लोगों को लेकर एक रिसर्च किया गया। बाद में इन सभी लोगों ने A-MSY प्रार्थना का उपयोग किया। सभी सहभागियों ने अपने शरीर पर A-MSY प्रार्थना का सकारात्मक असर महसूस किया। बदनदर्द-सिरदर्द के साथ-साथ हृदयविकार, रक्तचाप, मधुमेह और स्वाईन फ्लू जैसी घातक बीमारियों पर भी इस प्रार्थना का असर देखा गया। सभी के लिए प्रार्थना के सकारात्मक असर दिखने की कालावधि भिन्न थी। बदनदर्द जैसी मामूली

बीमारियों पर दस मिनटों की अवधि में ही असर देखा गया।

बाकी बीमारियों के लिए निरंतरता से A-MSY प्रार्थना का उपयोग किया गया। हृदयविकार जैसी शारीरिक अवस्थाओं के लिए दिन में दो से तीन बार A-MSY प्रार्थना की गई। हर बार दस से पंद्रह मिनटों के लिए प्रार्थना की गई। इसके साथ ही ६१% सहभागियों ने अकेले बैठकर की हुई प्रार्थना के परिणामों को महसूस किया।

धैर्य और दृढ़ विश्वास से स्वस्थ कामयाबी

A-MSY से सीधा संवाद आंतरिक इलाज प्रक्रिया को शुरू कर देता है। अतः A-MSY प्रार्थना करते समय धैर्य और दृढ़ता का होना अनिवार्य है। हमें A-MSY प्रार्थना को निरंतरता से हर रोज़ दोहराते रहना चाहिए, जब तक उसका सकारात्मक परिणाम हमारे B-MSY पर न दिखे। इस पर कायम रहना अत्यावश्यक है।

कई लोगों को यह बात इतनी सरल और अतार्किक लग सकती है कि उनका इस बात पर भरोसा ही न हो। लेकिन वास्तव में हज़ारों लोग इस दिव्य प्रार्थना का उपयोग करते हैं और उसके फायदों को भी अनुभव कर रहे हैं।

जो लोग पुरानी बीमारियों का आज भी शिकार बने हुए हैं, उनके लिए दिन में कम से कम दो बार A-MSY प्रार्थना दोहराना ज़रूरी है। वरना जब भी मौका मिले इस प्रार्थना को अवश्य दोहराएँ। **असीम धैर्य और दृढ़ता से कामयाबी (तंदुरुस्ती) आपके कदम ज़रूर चूमेगी।**

मनन प्रश्न :

१. क्या आपको पता है– हर बीमारी, पीड़ा और लाइलाज बीमारियों का इलाज बाहर नहीं, आपके अंदर ही है?

२. क्या आपने यह मानकर रखा है कि 'मेरे शरीर में रोग है?' यदि 'हाँ' तो क्या आप इस बात से सहमत है कि इस मान्यता की वजह से बीमारी शरीर में पलती है?

३. क्या अब आप यह दृढ़ विश्वास रख सकते हैं कि 'हर रोज़ मेरा शरीर बदल रहा है और पुराने रोग के लिए मेरे शरीर में जगह नहीं है?'

कार्ययोजना :

७ कदम अपनाएँ

१. ए.एम.एस.वाय. को अपने ध्यान क्षेत्र में आमंत्रित करें।

२. दावा करें- आप यह कर सकते हो।

३. कृति करें- कृपया कार्य शुरू करके मेरा इलाज करें।

४. प्रेम, आनंद, मौन का ध्यान करें।

५. जप गुनगुनाएँ- प्रेम, आनंद, मौन।

६. समर्थन करें- सफेद रोशनी पीड़ित अंग पर फैलाएँ और स्वास्थ्य के चमत्कार की घोषणा करें।

७. धन्यावाद दें।

अंत में हर रोज़ यह आत्मसुझाव दें-'मेरा शरीर वह नहीं रहा, जिसमें बीमारी हुई थी, अब वह बदल चुका है।'इयाँ और दुवाएँ भरपूर हैं... यह दिल से दोहराएँ।

१५

अध्याय

स्वीकार की दवा और स्वास्थ्य का दावा

7

स्वास्थ्य प्राप्ति का सातवाँ औजार

यह कहानी उस समय की है, जब सर इसाक न्यूटन लंदन के ट्रिनिटी कॉलेज में प्रोफेसर के पद पर कार्यरत थे। वे उस समय ५१ वर्ष के थे और अपने काम के लिए जाने जाते थे। उस दौरान, न्यूटन अपनी एक ऐसी पुस्तक पर काम कर रहे थे, जिसमें कई सालों का शोध, प्रयोग तथा आँकड़े शामिल थे। यह बहुत ही कठिन कार्य था। उनकी मेज पर ऐसे कागजों का ढेर पड़ा था, जिन्हें तैयार करने में उन्हें बरसों का समय लगा था।

एक शाम न्यूटन कमरे से कुछ देर के लिए बाहर गए। वे अपने कुत्ते डायमंड को वहीं छोड़ गए थे। नन्हे कुत्ते ने मेज पर खेलना आरंभ कर दिया, जहाँ उनके सारे कागज रखे थे। जब वे वापस आए तो पता चला कि कुत्ते के खेलने से मेज पर मोमबत्ती गिर गई और वे सारे कागज जलकर राख हो गए। न्यूटन के स्थान पर कोई और होता तो बेशक गुस्से से पगला जाता मगर वे केवल यही बोले– 'ओह! नन्हे डायमंड, तुम नहीं जानते कि तुमने क्या शरारत की है?'

इस हादसे में न्यूटन ने न तो अपना गुस्सा दिखाया और न कुत्ते पर भड़के बल्कि वे अपनी किताब के काम पर नए सिरे से जुट गए। इस बार उनका उत्साह और जोश पहले जैसा ही बना रहा।

इस कहानी से हमें क्या संदेश मिलता है? न्यूटन द्वारा धैर्यपूर्वक हालात को स्वीकार करने के कारण ही उन्हें पुनः काम करने की सकारात्मक ऊर्जा प्राप्त हुई। यही स्वीकार का जादू है। अब आइए, स्वास्थ्य प्राप्ति के लिए स्वीकार की शक्ति कैसे काम करती है, यह जानते हैं।

काश! मेरा वजन कम होता... काश! मुझे ये बीमारी न हुई होती... काश! मुझ पर अच्छे गर्भसंस्कार हुए होते... काश! मेरा रंग गोरा होता...

काश! मेरे दर्द खत्म हुए होते... काश! मेरे दाँत इतने आगे न होते... काश! मेरी हाईट और ज़्यादा होती... काश! मेरी नाक सीधी होती... काश! मेरी पाचनशक्ति और ज़्यादा सशक्त होती... काश! मेरे बाल काले होते...' 'काश' की यह लंबी लिस्ट कभी खत्म ही नहीं होती। स्वास्थ्य को लेकर लोगों के मन में अनेक 'काश' उत्पन्न होते रहते हैं। किसी को उसका 'वजन ज़्यादा होना' स्वीकार नहीं होता तो किसी के मन में शरीर के किसी एक अंग को लेकर प्रतिरोध (रेजिस्टन्स) बना रहता है। कुछ लोग अपने माता-पिता के जीन्स द्वारा आई हुई बीमारियों के कारण परेशान रहते हैं तो कुछ लोग 'ऐसा होता... वैसा होता' के चक्कर में अपना स्वास्थ्य बरबाद कर देते हैं।

शरीर का मन पर और मन का शरीर पर बहुत गहरा असर होता है, यह तो हमने जाना। मगर यह जानते हुए भी हम स्वयं को सौ प्रतिशत स्वस्थ क्यों नहीं रख पाते? इसका मूल कारण है, 'अस्वीकार'। कोई भी इंसान स्वास्थ्य को लेकर सौ प्रतिशत परिपूर्ण नहीं होता क्योंकि शरीर रूपी मशीन में एक ही वक्त में कई सारे कार्य चलते रहते हैं। इसी वजह से कभी-कभार शरीर के किसी एक अंग में दर्द या अस्वस्थता निर्माण होना स्वाभाविक है। मगर इसी बात को पकड़कर कोई 'काश' के विचारों में उलझे तो स्वास्थ्य उससे कोसों दूर रहेगा।

अब थोड़ी देर के लिए यह पुस्तक बाजू में रखकर इस पर मनन करें कि शरीर के ऐसे कौन से अंग हैं, जो आप आज भी पूर्ण रूप से स्वीकार नहीं कर पाए हैं? जैसे- आपका वजन, ऊँचाई, चेहरा, शरीर का कोई विशेष हिस्सा, आँखें, आँखों के नीचे होनेवाले काले घेरे, सफेद बाल, उम्र के हिसाब से त्वचा पर आई हुई सिलवटें, झुर्रियाँ, पाचनशक्ति, ताकत, त्वचा का रंग आदि...।

याद रखें, **मनन करते वक्त सबसे महत्वपूर्ण है, 'स्वयं के साथ ईमानदारी'**। स्वयं से पूछें- 'ऐसे कौन से हिस्से हैं, जो मैं पूर्ण रूप से स्वीकार नहीं कर सकता/ सकती?' कुछ समय बाद आपको अंदर से जवाब मिलेगा कि जिन भी हिस्सों से संबंधित 'काश' आपके मन में उभर रहे हैं, वे अंग आपने पूरी तरह 'एज इट इज' स्वीकार नहीं किए हैं।

अस्वीकार है अस्वस्थता

शरीर का कोई भी एक अंग स्वीकार न करने से 'अस्वस्थता' की स्थिति पैदा हो सकती है क्योंकि जब भी आप किसी बात को अस्वीकार करते हैं तब आप अपने शरीर में प्रवाहित होनेवाली प्राणिक ऊर्जा में बाधा डालते हैं। मनोविज्ञान यह सिद्ध कर चुका है कि विचारों और भावनाओं का गहरा असर हमारे स्वास्थ्य पर होता है। स्वीकार भाव

में सकारात्मक तरंग होती है। स्वीकार करते ही आपके नकारात्मक विचार, भावनाएँ विलीन होने लगती हैं और आपकी हर कोशिका में दिव्य ऊर्जा का प्रवाह होने लगता है। यह बिलकुल वैसा ही है, जैसे नल में अटका हुआ कंकड़ निकालने के बाद पानी का बहाव बढ़ना। स्वीकार करते ही आपका ध्यान 'क्या गलत है' से हटकर 'अब इस स्थिति में क्या सुधार किया जा सकता है?' इस बात पर केंद्रित हो जाता है।

समझो, आपका वजन बहुत बढ़ चुका है। आप खुद को आइने में देखकर बहुत नाराज़ हो जाते हैं क्योंकि आपने आज की तारीख में होनेवाली शारीरिक स्थिति को स्वीकार नहीं किया है। जैसे ही आप स्वयं से पूछेंगे- 'आज की तारीख में मेरा वजन ज़्यादा है, क्या मैं इस बात को स्वीकार कर सकता हूँ?' हो सकता है, आपका मन तुरंत 'नहीं' कहे। मगर फिर भी आपको स्वयं से पूछना है, 'क्या मैं इस स्थिति को स्वीकार कर सकता हूँ?' फिर जवाब आएगा- 'हाँ, मुझे यह स्वीकार है।'

स्वीकार करते ही आपकी मानसिक स्थिति स्पष्ट तथा शांत हो जाएगी। आप विचारों की भीड़ से बाहर आकर रचनात्मक तरीके से सोच पाएँगे कि वजन नियंत्रित करने के लिए कौन से कदम उठाए जाएँ? स्वीकार करते ही आप स्वास्थ्य संबंधित समस्या के नए समाधान देख पाएँगे, जो आपने पहले कभी नहीं देखे थे। परिणामस्वरूप आपकी निर्णय लेने की क्षमता बढ़ेगी। अतः 'स्वीकार करना है यानी स्वास्थ्य प्राप्ति के लिए कोई कदम नहीं उठाना है' ऐसा अर्थ न निकालें। बहरहाल स्वीकार करते ही जो ऊर्जा पहले नकारात्मक भावनाओं, निराशा, चिंता, डर, क्रोध आदि में खर्च हो जाती थी, अब वह बच जाती है। उस ऊर्जा को आप पूरे जोश के साथ समस्या का समाधान पाने में लगा सकते हैं। **स्वीकार करते ही आप 'प्रॉब्लम सॉल्वर' (समस्या सुधारक) बनते हैं।**

क्या आपने कभी सोचा कि आपके हाथ की पाँचों उँगलियाँ अलग आकार, शक्ति व क्षमतावाली क्यों हैं? नहीं न! ठीक है, हो सकता है कि आपने कभी सोचना ही न चाहा हो। आपने उन्हें उसी रूप में स्वीकार कर लिया है, जिस रूप में वे आपको दी गई हैं। इस तरह आप उनका पूरी शांति के साथ उपयोग करते हैं।

अलग-अलग आकारों की उँगलियों के माध्यम से हम लोगों के अलग-अलग नज़रिए और क्षमता के बारे में बात कर सकते हैं। हर उँगली की अपनी एक अनूठी भूमिका होती है। यह उसकी कमज़ोरी नहीं, सुंदरता है। जब ये सब मिलकर हाथ के लिए काम करती हैं तो कोई भी काम कितनी आसानी से हो जाता है। जब ये मिलकर कोई वाद्य यंत्र बजाती हैं तो दिव्य संगीत की रचना की जा सकती है कि हरेक आनंदित होकर

झूम सके। ठीक इसी प्रकार, आपके शरीर के हर अंग की खुद की विशेषता है। आप इस सुंदरता के साक्षी तभी हो सकते हैं, जब आप अपनी स्वीकृति पर आधारित उच्चतम दृष्टिकोण के साथ इन्हें देख सकें।

आप अपने जीवन में होनेवाली स्वास्थ्य से संबंधित समस्याओं को उसी प्रकार स्वीकार कर सकते हैं जैसे आप अपनी उँगलियों को स्वीकार करते हैं। आपके शरीर के कुछ हिस्से स्वस्थ हैं और कुछ उतने स्वस्थ नहीं हैं। मगर अब आप इस विविधता को स्वीकारभाव से देख पाएँगे। **स्वीकार करते ही आपके अंदर स्वास्थ्य की भावना उजागर होगी।**

भले ही आप इसे छोटा और सामान्य जानें परंतु यह अपने आपमें बहुत महत्त्व रखता है। केवल इतना करने से ही आपकी चेतना में भारी अंतर आ सकता है। तब आपका मन अपने आप ही प्रतिकुल हालातों को स्वीकार करना आरंभ कर देगा। क्या आपको एहसास है कि इसके बाद क्या होगा? आप और अधिक स्वास्थ्य को अपनी ओर आकर्षित करना आरंभ कर देंगे।

मनुष्य इसी भ्रम में जीता है कि यदि वह किसी हालात का विरोध करे तो उसके प्रभाव से अछूता रह सकता है। वह विरोध करते हुए उसे अपना ध्यान देता है और ध्यान एक ऊर्जा है। फलतः प्रतिरोध से मिली ऊर्जा के कारण आपका स्वास्थ्य और भी बदतर होते जाता है।

जब भी आप किसी बीमारी या दर्द से गुजरते वक्त 'अस्वीकार' के भाव में रहते हैं तब मानो आप एक हाथ पीठ पर बाँधकर, दूसरे हाथ से जूते बाँधने का प्रयास कर रहे हैं। जब भी कोई समस्या आए तो अपने दोनों हाथों का प्रयोग करते हुए, उसके लिए हल तलाशें। हालात को स्वीकार करते ही आप तनाव की पकड़ से बाहर आ जाते हैं।

हालात को स्वीकार करने के बाद समस्या का रूप भी पहले जैसा नहीं रहता बल्कि उसके कुछ नए समाधान सामने आ जाते हैं। ऐसा इसलिए होता है क्योंकि आपका अवचेतन मन उस समस्या का सरल समाधान तलाशना आरंभ कर देता है। इसके विपरीत जब भी आप किसी समस्या का प्रतिरोध करते हैं तो जान लें कि आप स्वयं ही समाधानों के रास्ते में रोड़े अटका रहे हैं।

आप स्वीकृति की दशा में ही किसी समस्या का समाधान पा सकते हैं। अनेक महान वैज्ञानिकों तथा अन्वेषकों ने जाने-अनजाने इस उपाय का प्रयोग किया है। जब उन्हें किसी समस्या का हल नहीं मिलता था तो वे उसे स्वीकृति प्रदान करने के बाद एक ओर रख देते। फिर अचानक जब उनका मन पूरी तरह से शांत होता तो वे अपने

लिए समाधान पा लेते। अनपेक्षित क्षणों में ही स्रोत से समस्याओं के हल प्राप्त होते हैं।

हर परिवर्तन स्वीकार हो

जब इंसान अपने स्वास्थ्य में अनचाहा परिवर्तन देखता है तब वह परेशान हो उठता है, 'ओह! यह क्यों हुआ? सारी ज़िंदगी मैं भला-चंगा रहा लेकिन अब मौसम बदलने के कारण बीमार पड़ गया हूँ!' ऐसा इंसान बहुत दुःखी रहता है क्योंकि उसने 'आज की तारीख में मेरा शरीर बीमार है।' यह बात स्वीकार ही नहीं की है। ऐसे लोग अपनी अस्वस्थता के लिए किसी दूसरे को दोष देते हैं। इससे उन्हें झूठी तसल्ली मिलती है। मगर स्वीकार करते ही इंसान किसी भी परिस्थिति को सँभालने के लिए स्वयं को ज़्यादा आज़ाद महसूस करता है। बिना किसी मानसिक या भावनात्मक बोझ लिए आप किसी भी परिस्थिति को सँभाल पाते हैं। **स्वीकार करते ही आप रचनात्मक तरीके से समस्या को सुलझा पाते हैं।**

समझो, किसी इंसान के ब्लड रिपोर्ट से पता चला कि उसे डायबिटीज हो चुकी है। इस खबर को सुनते ही वह इंसान हड़बड़ा जाता है क्योंकि उसने इस घटना को (डायबिटीज होना) स्वीकार ही नहीं किया है। जैसे ही पता चला कि उसे डायबिटीज हो गई है, उसके मन में दुःखद विचारों की कलाबाजियाँ शुरू हो जाती हैं- 'न जाने मेरा क्या होगा, मेरी उम्र तो सिर्फ चालीस की है, लगता है मैं ज़िंदगी में कभी मीठा नहीं खा पाऊँगा, मेरी ज़िंदगी से मज़ा ही चला गया, अब हर रोज़ इन्शुलीन के इंजैक्शन्स लेनी पड़ेगी' इत्यादि।

देखा! इंसान अपने नकारात्मक विचारों को रोक ही नहीं पाता। जबकि ऐसी अनचाही घटनाओं में स्वयं से पहला सवाल यह पूछना चाहिए कि 'क्या मैं इसे स्वीकार कर सकता हूँ?' पहले मन कहेगा- 'नहीं! मैं बिलकुल भी स्वीकार नहीं कर सकता।' थोड़ी देर बाद फिर से पूछें- 'क्या मैं इसे स्वीकार कर सकता हूँ?' अगर फिर भी मन 'नहीं' कहे तो खुद से कहें- 'अच्छा! क्या मैं इस 'अस्वीकार' को स्वीकार कर सकता हूँ?' जैसे ही आपने 'अस्वीकार' को स्वीकार किया, वैसे ही आप पर होनेवाला अनावश्यक बोझ हट जाएगा। जिससे आपकी ५०% या उससे ज़्यादा परेशानी खत्म हो जाएगी।

अतः आपके शरीर में होनेवाले हर सूक्ष्म परिवर्तन को स्वीकार करें ताकि आपका बड़े से बड़ा डर भी निराधार साबित हो। **जिस तरह पतझड़ से आए परिवर्तन के बाद नई कोमल पत्तियाँ कई रंगों की सुंदर छटा बिखेरती हैं, उसी तरह हम भी परिवर्तन को खुशी का स्रोत मानें।**

मनन प्रश्न :

१. क्या आपको शरीर या मन की बीमारी को लेकर प्रतिरोध (resistance) या अस्वीकार भाव रहता है?
२. अपने शरीर के किन अंगों को आप आज भी पूर्ण रूप से स्वीकार नहीं कर पा रहे हैं।
३. अगर स्थिति ऐसी है तो क्या सुधार किया जा सकता है– यह मनन करें।

कार्ययोजना :

१. खुद से सही सवाल पूछें– 'क्या मैं इसे स्वीकार कर सकता हूँ?'
२. अपने शरीर में होनेवाले हर सूक्ष्म परिवर्तन को स्वीकार करें ताकि बड़े से बड़ा डर भी निराधार साबित हो।

खण्ड ३

मन स्वस्थ तो तन स्वस्थ - 7 संकेत

हम अधिक भोजन, शराब या व्यसन कर
स्वयं से प्यार नहीं, अत्याचार करते हैं।
खुद की निंदा करते रहना भी प्यार नहीं है।
अपने शरीर को मंदिर समझकर
व्यवहार करना प्यार है।

१६

अध्याय

जैसी भावना वैसा स्वास्थ्य

इमोशन्स वश में तो स्वास्थ्य बस में

1

एक इंसान ऐसी बीमारी का शिकार हो गया, जिससे उसकी गर्दन, हाथों, उँगलियों व पैरों को लगभग लकवा मार गया। अस्पताल में भर्ती होने के बाद उसे बताया गया कि 'वह एक गंभीर बीमारी का शिकार है।' उस इंसान ने डॉक्टर को सभी संभव उपचार करने के लिए कहा। मगर सभी उपचारों के बावजूद भी डॉक्टर ने कहा- 'उसकी बचने की संभावना बहुत ही कम है।' उस इंसान ने मन ही मन कहा- **'दृढ विश्वास, श्रद्धा, आनंद, आत्मविश्वास और जीने की इच्छा से उपचार में मदद मिलती है।'** जल्द ही उसने सकारात्मक, स्वास्थ्यपूर्ण और सुखद भावनाओं के साथ जीना शुरू किया। परिवार के सभी सदस्यों के साथ प्रेम की अभिव्यक्ति शुरू की, दोस्तों के साथ हँसी के कुछ पल बिताए, ध्यान और प्रार्थना द्वारा ईश्वर पर विश्वास और श्रद्धा जगाई। उस इंसान ने पाया कि पेट की गहराई से निकलनेवाली दस मिनट की हँसी से उसे दो-तीन घंटे तक दर्दरहित नींद आ जाती थी, जो महीनों बाद पहली बार हुआ था।

धीरे-धीरे उस इंसान के स्वास्थ्य में सकारात्मक बदलाव होने लगे। इस पूरी प्रक्रिया में उस इंसान ने एक ही बात पर कार्य किया और वह थी- 'भावना'। उसने हर दिन मन में उभरनेवाली भावनाओं का परीक्षण किया। उसे विश्वास था कि **जैसी भावना वैसा स्वास्थ्य!** उस इंसान को इस बात के सबूत भी मिले। वह एक स्वस्थ, सुंदर जीवन जीने लगा क्योंकि उसके भीतर सिर्फ स्वास्थ्यवर्धक भावनाएँ थीं। वह इंसान है, मशहूर लेखक- 'नॉर्मन कजिन्स'*।

मानसिक तनाव, भय, चिंता, क्रोध जैसी भावनाओं से स्वास्थ्य पर

**नॉर्मन कजिन्स - 'एनाटॉमी ऑफ ॲन इलनेस' पुस्तक के मशहूर लेखक।*

विनाशकारी परिणाम होता है। वैज्ञानिकों द्वारा प्रयोगशाला में चूहों के तीन दलों पर प्रयोग किए गए। पहले दल के चूहों को साधारण चूहों का भोजन दिया गया, जिससे उनकी उम्र दो साल तक रही। दूसरे दल के चूहों को तनावभरे वातावरण में रखकर वही भोजन दिया गया। तनाव लाने के लिए चूहों के पिंजरे के सामने एक बिल्ली बाँधकर रखी गई। इस दल के चूहे केवल छह महीने ही जी पाए। तीसरे दल के चूहों को अच्छे वातावरण में कम कैलरी का खाना दिया गया। इन चूहों की उम्र तीन से चार साल तक रही। इस प्रयोग से आप समझ गए होंगे कि **इंसान की सेहत के लिए आदर्श भोजन के साथ-साथ सद्भाव, शांति, प्रेम, निर्भयता जैसी सकारात्मक भावनाएँ भी आवश्यक हैं।**

स्वास्थ्यविघातक भावनाएँ

अधिकांश लोग द्वेष, दुःख, अशांति, अविश्वास, ईर्ष्या, नफरत, क्रोध, मन का मलीनभाव, भय, चिंता, तनाव, कंजूसी, अस्वीकार, अपराधबोध, प्रतिशोध आदि स्वास्थ्यविघातक भावनाओं को अपने शरीर में रहने की अनुमति देते हैं। परिणामस्वरूप उनके अंदर वह नकारात्मक तरंग तैयार होती है, जो दर्द और बीमारी को आकर्षित करती है। आपका स्वास्थ्य आपके मन के हाथों में है अगर ऐसा कहा जाए तो भी यह गलत नहीं होगा। जो लोग सदा नफरत, घृणा, द्वेष जैसी भावनाएँ मन में रखते हैं, वे पेट व दिल के कई रोगों को आमंत्रित करते हैं। कई बार हार्ट अटैक, हेट अटैक (नफरत का हमला) या हेड अटैक (विचारों का हमला) होता है।

चिंताभाव से भरा मन इंसान को पागल तक बना सकता है। चिंता का ज़हर धीरे-धीरे रोग पकड़ता है और इंसान को बीमारियों का रोगालय बना देता है। नकारात्मक भावनाएँ मन से सारा उत्साह छीन लेती हैं, जिस वजह से इंसान व्याकुल व निराश रहने लगता है। ऐसा इंसान जीने की आशा छोड़ देता है। जिस शरीर में जीने की आशा छूट जाती है, वह इंसान स्वस्थ होने में बहुत समय लगाता है। इसके विपरीत जिस इंसान में जीने की आशा, जीने की इच्छा प्रबल होती है, वे तेजी से स्वास्थ्य प्राप्त करते हैं। वे हर रोग से, बड़ी से बड़ी बीमारी से लड़कर बाहर आ जाते हैं। इसलिए आवश्यक है कि आप आशावादी नज़रिया अपनाएँ।

क्रोध और तनाव की भावना नाड़ियों में खिंचाव लाती है, जो दर्द का कारण बनता है। कई बार यह तनाव तीन घंटे से लेकर तीन दिन तक चलता है। जब हम मन में स्वीकार भाव लाते हैं तब तनाव तुरंत कम होने लगता है वरना डॉक्टरों द्वारा नींद की गोलियों का लंबे समय तक सेवन करना पड़ता है।

जंगल में जब शेर किसी शिकार पर हमला करता है तब वह हमला करने से पहले शिकार की आँखों में देखता है। यदि शिकार की आँखों में उसे डर दिखाई दे तो वह तुरंत हमला करता है। यदि शिकार की आँखों में कोई डर न दिखे तो वह थोड़ा रुकता है, इंतज़ार करता है कि वहाँ डर प्रकट हो और यदि सामनेवाले की आँखें निर्भय हैं तो वह अपना रास्ता बदल देता है।

स्वास्थ्य के साथ भी यही होता है। इस उदाहरण में शेर प्रतीक है- अस्वास्थ्य, बीमारी का। जिन इंसानों में डर जैसी स्वास्थ्यविघातक भावनाएँ प्रबल होती हैं, बीमारी उन्हीं पर हमला करती है। मगर **प्रेम, आनंद, शांति, विश्वास, श्रद्धा, सद्भाव, निर्मलता, परिपूर्णता** जैसी स्वास्थ्यवर्धक भावनाएँ देखते ही बीमारी अपना रास्ता बदल देती है।

अब हम क्या करें

स्वास्थ्य संबंधित नकारात्मक भावनाएँ मन में उभरते ही हमें सजग होना चाहिए। वरना हम उस स्थिति को लंबे समय तक कायम रखने में मदद करते हैं। परिणामस्वरूप हम मानसिक शांति और स्वास्थ्य से महरूम रह जाते हैं। इस तरह हम खुद ही अपने प्रयास को असफल बना देते हैं। नकारात्मक भावनाओं में उलझकर हम अपने ही खिलाफ प्रार्थना करते हैं। इसलिए ज़रूरी है कि हम अपनी भावनाओं को अपने स्वास्थ्य के अनुरूप बनाएँ। भावनाएँ हमारे अंतर्मन पर अपनी छाप छोड़ देती हैं। परिणामस्वरूप हमारा अंतर्मन वह नतीजे पैदा करता है, जो अस्वास्थ्य लाते हैं। इसलिए वे सभी भावनाएँ विलीन (रिलीज)✼ करने का तरीका सीखें।

✼ *भावनाएँ विलीन करने हेतु देखें अध्याय २० 'तनाव मुक्त जीवन का राज़।'*

मनन प्रश्न :

१. क्या आप द्वेष, दुःख, अविश्वास, ईर्ष्या, नफरत, क्रोध, भय, चिंता, तनाव, अस्वीकार, अपराधबोध, प्रतिरोध ऐसे स्वास्थ्य विघातक भावनाओं को अपने शरीर में रहने की अनुमति देते हैं?

२. क्या इन भावनाओं की वजह से ही आपकी बीमारी लंबे समय तक टिकी रहती है? ईमानदारी से खुद से पूछें।

कार्ययोजना :

१. स्वास्थ्य विघातक भावनाओं को जल्द से जल्द अपने शरीर और मन से रिलीज करें।

२. जाने दो (रिलीजिंग) मेडिटेशन का भरपूर लाभ लें।

१७

अध्याय

क्या आप इमोशनल हैं

स्वास्थ्य प्राप्ति के पाँच कदम

2

एक संत के पास गाँव के लोग अकसर शिकायतें लेकर आते थे कि उन्हें किसी से परेशानी है और कुछ ऐसा टोना-टोटका कर दीजिए, जिससे हमारे दुश्मनों का नुकसान हो जाए। ऐसी बातों को सुनते-सुनते एक दिन संत ने कहा- 'अच्छा ऐसा करो, तुम सभी को जिन-जिन से शिकायत है, उनके नाम का एक-एक आलू लेकर आओ।'

संत हमारे दुश्मनों पर कोई टोटका करेंगे, ऐसा समझकर गाँववालों की खुशी का ठिकाना न रहा। अगले दिन संत ने देखा कि कई गाँववाले झोला भर-भरकर आलू ले आए हैं। संत ने कहा- 'अब इन आलुओं को ३० दिन तक चौबीसों घंटे अपने साथ रखो।' सभी ने ऐसा ही किया मगर वे आलू कुछ ही दिन तक ठीक रहे। बारहवें-तेरहवें दिन से आलू सड़ने शुरू हो गए। बीसवें दिन तो दुर्गंध के कारण गाँववालों को आलू अपने साथ रखना मुश्किल हो गया और उन्होंने संत से गुजारिश की कि वे आलुओं को फेंक देने की आज्ञा दें। तब संत ने राज़ खोला, 'इन खराब आलुओं को आप केवल २० दिन नहीं रख पाए तो मन में भरी नकारात्मक भावनाओं की गाँठों को ज़िंदगीभर ढोने के लिए कैसे तैयार हैं?' यह सुनकर गाँववालों को एहसास हुआ कि वाकई वे कैसी नकारात्मक भावनाओं के शिकंजे में फँसे हैं।

यह कहानी इंसान की आंतरिक अवस्था की ओर संकेत करती है। कई बार इंसान अपनी भावनाओं को रोक नहीं पाता। जिस वजह से वह द्वेष, भय, चिंता, क्रोध, तनाव जैसी नकारात्मक भावनाओं में अटककर अपने ही पैरों पर कुल्हाड़ी मार बैठता है। ऐसे में क्या करें? निम्नलिखित दो तरीके कभी भी न अपनाएँ, जो आम तौर पर लिए जाते हैं।

यदि आपसे पूछा जाए कि 'क्या आप इमोशनल हैं?' तो कुछ लोग

कहेंगे- 'हाँ', कुछ कहेंगे- 'नहीं'। लोग अकसर इमोशन्स को आँसुओं से जोड़ते हैं। जबकि इमोशन्स केवल आँसुओं से बयान नहीं होते। उन्हें बयान करने के कई तरीके होते हैं।

इमोशन्स हमारे रोज़मर्रा के जीवन का हिस्सा है, जिसके बारे में इंसान बहुत कम जानकारी रखता है। यदि इमोशन्स को समझा जाए और उसे रिलीज़ करने के सही तरीके मालूम पड़ जाएँ तो हमारा जीवन स्वास्थ्यपूर्ण हो सकता है।

लोगों को लगता है कि जो रोते हैं केवल उनमें इमोशन्स होते हैं। नहीं, हर इंसान में इमोशन्स होते हैं। रोना केवल एक तरीका है इमोशन्स को रिलीज करने का। कुछ लोग इमोशन्स को रोकर प्रकट करते हैं तो कुछ गुस्सा करके। कुछ उन्हें दबा देते हैं और बीमार होते रहते हैं। हमारा शारीरिक स्वास्थ्य भी काफी हद तक इमोशन्स पर निर्भर करता है।

इंसान को इमोशन रिलीज करने के केवल कुछ ही तरीके पता है, जो केवल अस्थायी आज़ादी प्रदान करते हैं। आज ज़रूरत है इमोशन्स को समझने की और उनसे सही तरीके से मुक्ति पाने की। उसके बाद ही हम स्वास्थ्य की चरम सीमा को स्पर्श कर सकते हैं।

पहला तरीका- दूसरों पर गुस्सा निकालना

भावनाओं को विलीन करने का पहला तरीका है- अपनी भड़ास दूसरों पर निकालना। यह तरीका बहुत ही खतरनाक है, इससे इंसान कर्मबंधन में अटक जाता है। दूसरों के प्रति द्वेष, ईर्ष्या, नफरत या क्रोध इंसान को पश्चाताप की अग्नि में जला देता है। **क्रोध की शुरुआत चाहे किसी भी बात से हो मगर उसका अंत हमेशा पश्चाताप और ग्लानि से ही होता है।** हम जिस इंसान पर अपनी नकारात्मक भावनाएँ थोप देते हैं, वह हमें मुँहतोड़ जवाब देने का मौका ढूँढ़ते रहता है। फिर यह दुश्चक्र चलते ही रहता है। परिणामस्वरूप इंसान की ऊर्जा, समय और स्वास्थ्य की बेहद हानि होती है। हालाँकि क्रोध करने से इंसान थोड़ी देर के लिए राहत महसूस करता है मगर क्या यह भावनाओं को नियंत्रित करने का सही तरीका है?

इसे इस तरह समझें जैसे गन्ने की मशीन में गन्ना डालते हैं तो उसकी मिठास पहले उस मशीन को मिलती है, फिर दूसरों को। लेकिन उसमें पत्थर डालें तो पहले नुकसान उस मशीन का होता है, जहाँ पत्थर डाले गए हैं। इस उदाहरण में हमारा शरीर वह मशीन है, ऐसा अगर हम समझें तो पत्थर यानी नकारात्मक भावनाएँ, जिससे हमारी हानि पहले होगी। जैसे कोई किसी को गाली देता है तो उसका नकारात्मक असर सामनेवाले पर हो या न हो लेकिन गाली देनेवाले के स्वास्थ्य पर पहले होगा।

दूसरा तरीका- भावनाओं को दबाना

दूसरे तरीके में इंसान अपनी भावनाओं को अंदर दबाता है। वह दूसरों को ऊपर से दिखाता है- 'देखो, मैं कितना अकंप हूँ' मगर अंदर ही अंदर सिकुड़ता जाता है। इस तरह दबी हुई भावनाओं का जब विस्फोट होता है तब इंसान चिखता-चिल्लाता है। यह बिलकुल वैसा है, जैसे धरती के पेट में दबा हुआ ज्वालामुखी! जिस दिन धरती की सहन शक्ति खत्म हो जाती है, उस दिन ज्वालामुखी फट जाता है। कुछ लोगों के मन में मौसम बदलते ही उस मौसम से संबंधित भावनाएँ उभरती हैं। जैसे गर्मियों के मौसम में कुछ लोगों को इम्तिहान की याद आती है क्योंकि उन्होंने इन्हीं दिनों में इम्तिहान दिए होते हैं। अर्थात वातावरण की बदलाहट से उनके मन में उभरनेवाली भावनाएँ भी बदल जाती हैं। मगर ऐसे लोग उनके मन में उभरनेवाली भावनाएँ सही तरीके से व्यक्त नहीं कर पाते। कई बार वे अपनी भावनाएँ दबाते जाते हैं। परिणामस्वरूप दबी हुई भावनाएँ अलग-अलग बीमारियों के रूप में व्यक्त होती हैं।

इसलिए अपनी भावनाएँ व्यक्त करने के लिए ऊपर दिए हुए दो तरीकों से सावधान रहें। अगर आप नकारात्मक भावनाओं से मुक्त होकर स्वास्थ्य की ऊँचाइयाँ छूना चाहते हैं तो आगे दिए गए पाँच कदम अपनाएँ।

कदम १) शुभचिंतक की सलाह लेना

इस तरीके में इंसान कुछ शुभचिंतकों से बातचीत करता है। वह अपनी भावनाएँ किसी विश्वास पात्र मित्र, रिश्तेदार या काउंसिलर से शेयर करता है। परिणामस्वरूप वह हलकापन महसूस करने लगता है क्योंकि अपनी दुःखद भावनाएँ किसी भरोसेमंद इंसान के साथ बाँटने से वह तनावमुक्त होने लगता है। अकसर यह देखा गया है कि सिर्फ बोलने से इंसान की कई नकारात्मक भावनाएँ विलीन हो जाती हैं। सुननेवाला इंसान (मित्र, रिश्तेदार या काउंसिलर) उस इंसान से कपटमुक्त बात करके उसे सही राह दिखाने का प्रयास करता है। इसमें याद रहे विकास पथ पर शुरुआती दौर में आप यह कदम अपना सकते हैं मगर आपको इससे ऊपर उठकर आगे बढ़ना है।

कदम २) भावनाओं का सामना करना

कुछ लोग बुद्धि का इस्तेमाल करते हुए भावनाओं का सामना करते हैं। अगर किसी को डर की भावना महसूस हो तो वह उसे चुनौती समझकर उसका डटकर सामना करता है। कोई इंसान- 'मैं बीमार तो नहीं पड़ूँगा' इस चिंता की अवस्था में खुद से कुछ सवाल पूछकर चिंता का सामना करता है। जैसे-

सवाल	:	मैंने आज तक जिन बीमारियों के बारे में चिंता की है, क्या वे सभी बीमारियाँ मुझे हुई हैं?
जवाब	:	नहीं लेकिन उनमें से कुछ बीमारियाँ तो ज़रूर हुई हैं, जो मैंने सोची थी।
सवाल	:	जो बीमारियाँ हुई थीं, क्या वे उतनी ही भयानक थीं, जितनी मैंने कल्पना की थी?
जवाब	:	नहीं, सभी बीमारियाँ उतनी भयानक नहीं थीं लेकिन उनमें से कुछ सचमुच भयानक थीं।
सवाल	:	जो भी एक-दो बीमारियाँ हुईं, क्या मैं उनका मुकाबला कर पाया?
जवाब	:	जी हाँ! लगभग सभी बीमारियों का सामना मैं कर पाया हूँ तो आगे भी कर ही सकता हूँ।

इस तरीके से इंसान अपनी तर्कशक्ति के आधार पर स्वास्थ्यविघातक भावनाओं का सामना करता है। मगर भावनाओं पर नियंत्रण पाने का उच्चतम तरीका भी उपलब्ध है और वह है, 'भावनाओं को साक्षीभाव से जानना।'

कदम ३) उच्चतम तरीका अपनाना

भावनाओं पर नियंत्रण पाने का सबसे असरदार मार्ग है- अपनी भावनाओं को साक्षी भाव से जानना। भावनाएँ समुंदर में उठनेवाले तूफानों की तरह होती हैं। कुछ देर बाद तूफान शांत होता है मगर 'तूफान आना' और 'तूफान शांत होना' इन दोनों घटनाओं के बीच का वक्त आप किस तरह काटते हैं, यह सबसे महत्वपूर्ण है। हालाँकि यह समय होता है- जाग्रति का! **अपनी भावनाओं को जानकर उन्हें सही शब्दों में अभिव्यक्त करना ही स्वास्थ्य की कुंजी है।**

कदम ४) भावनाओं को सकारात्मक शब्द देना

कोई भी घटना परेशानी नहीं होती, वह परेशानी तब बनती है जब आप अपनी भावनाओं को नकारात्मक शब्द देते हैं। जब भी आपके साथ कोई घटना घटती है तब आप उसे अपनी उस वक्त की अवस्था के मुताबिक ही बयान करते हैं। आप उस एहसास के लिए कुछ शब्द चुनते हैं। जैसे- 'मुझे बहुत डर लग रहा था... मैं बहुत असुरक्षित महसूस कर रहा था... मुझे शॉक लगा... मैं ऊब गया था... मैं परेशान हो गया था... मैं निराश हो गया था... मुझे बहुत गुस्सा आ रहा था... मुझे चिंता हो

रही थी... मैं बहुत अशांति महसूस कर रहा था' इत्यादि। इस तरह आप अपनी हर भावना को कुछ शब्द देते हैं लेकिन विडंबना यह है कि आप उन्हें अकसर नकारात्मक शब्द देते हैं।

अगर आपने अपनी भावना के लिए 'परेशानी' शब्द कहा तो 'परेशानी' शब्द से ही परेशानी शुरू हो जाएगी। परेशानी शब्द की जगह पर अगर आप भावनाओं को शरीर पर होनेवाले दबाव, खिंचाव, तरंग के रूप में बिना लेबल लगाए देखें और कहें– 'अब जो घटना हो रही है उसका हल है, फल है, उसमें सीढ़ी है, सीख और चुनौती है। यह घटना चुनौती बनकर कुछ सीख देने के लिए आई है, यह निमित्त और सीढ़ी बनकर आई है। यही घटना हल और फल देने आई है' तब आपको वह घटना परेशानी नहीं लगेगी। **आपने अपनी भावनाओं को सही शब्द दिए तो आप हर घटना को चुनौती मानकर हल ढूँढ़ेंगे और उसका आनंद लेंगे।**

कदम ५) हर घटना की कीमत तय करना

सोचिए, आप बाजार में माचिस खरीदने गए हैं और दुकानदार ने एक रुपए की माचिस की कीमत आपको दस रुपए बताई तो क्या आप दुकानदार को दस रुपए देकर माचिस खरीदते हैं? नहीं क्योंकि आप जानते हैं दुकानदार माचिस के ज़्यादा पैसे माँग रहा है। इसी तरह आपके जीवन में होनेवाली एक घटना की कीमत कितनी हो सकती है? एक छोटी सी घटना में भी यदि आप ज़्यादा परेशान हो रहे हैं तो इसका अर्थ है कि आप उस घटना की ज़्यादा कीमत अदा कर रहे हैं। उदाहरण के तौर पर आपको पता चला कि किसी ने आपके बारे में पीठ पीछे कुछ गलत कहा है। यह सुनकर आप अत्यंत परेशान होकर उस रिश्तेदार से नाराज़ हो जाते हैं। ऐसे में आप यह जानने की कोशिश भी नहीं करते कि इस बात में कितनी सच्चाई है।

दरअसल, आपको यह मालूम नहीं होता कि सामनेवाला इंसान स्वयं की भावनाओं को सँभाल ही नहीं पाता और आप उसी से उम्मीद रखकर अपने आपको तकलीफ दे रहे होते हैं। समझने की कोशिश करें कि उसका लक्ष्य और जीवन दोनों आपसे अलग हैं। इसलिए सामनेवाले में न अटककर अब आपको खुद की भावनाओं को जानकर सही प्रतिसाद देना है।

दुःखद भावनाओं से मुक्ति पाने के ये पाँच कदम आपके अंदर आत्म-अनुशासन, निडरता, विवेक शक्ति, धीरज, लचीली बुद्धि, मन की स्थिरता, आश्चर्य, संतुष्टि, प्रेम, आनंद, शांति और संपूर्ण स्वास्थ्य जैसे दिव्य गुण विकसित करेंगे। हमारी भावनाओं का असर सिर्फ हमारे शरीर के स्वास्थ्य पर ही नहीं बल्कि हमारी कार्य-कुशलता,

सृजनशीलता और उत्पादकता पर भी पड़ता है। आपके शरीर में प्रेम या द्वेष, डर या नफरत, करुणा या दया, क्रोध या घृणा निर्णय लेते हैं कि हम आगे भी स्वस्थ रहेंगे या दुःख के नर्क में गोते लगाते रहेंगे।

शारीरिक, मानसिक, सामाजिक, आर्थिक और आध्यात्मिक स्वास्थ्य पाने के लिए कभी भी दूसरों की राह में बाधाएँ और अवरोध न उत्पन्न करें; न ही दूसरों के प्रति ईर्ष्या, दुश्मनी या द्वेष रखें। **याद रखें, आपकी भावनाओं में ही स्वास्थ्य का सृजन करने की ताकत है।** आप किसी दूसरे के बारे में जो भावना रखते हैं, आप अपने ही जीवन में उसका सृजन कर रहे हैं। जीने की आशा और स्वास्थ्यवर्धक शुभ भावनाओं को कभी भी मंद न होने दें। ऐसा करने से आपसे दूर नहीं आपका संपूर्ण स्वास्थ्य।

मनन प्रश्न :

१. क्या आप इमोशनल हैं?

२. आप अपने इमोशन्स (भावना) को कैसे रिलीज करते हो- रोकर, गुस्सा करके, दबाकर या अन्य तरीके से?

३. क्या आप अपनी भावनाओं का सामना उच्चतम तरीके से करना चाहते हैं?

कार्ययोजना :

नकारात्मक भावनाओं से मुक्त होकर स्वास्थ्य का शिखर प्राप्त करने के लिए नीचे दिए गए पाँच कदम अपनाएँ।

१. शुभचिंतक से सलाह लेकर तनाव मुक्त हुआ जा सकता है।

२. अपनी तर्कशक्ति के आधार पर स्वास्थ्यविघातक भावनाओं का सामना खुद से सवाल पूछकर कर सकते हैं।

३. उच्चतम तरीका अपनाएँ- भावनाओं को साक्षी भाव से जानकर उनका सामना करें।

४. अपनी भावनाओं को सकारात्मक शब्द दें।

५. हर घटना की कीमत तय करें।

१८

अध्याय

आपका स्वभाव, आपका स्वास्थ्य

3

मानसिक स्वास्थ्य प्राप्ति के १४ नुस्खे

इस अध्याय में दिए गए १४ नुस्खों की मदद से आप अपने अंदर की भावनात्मक असंतुलितता को पहचान पाएँगे। साथ ही इसमें उन नकारात्मक भावना या असंतुलितता को ठीक करने हेतु स्वसंवाद, महाअनुवाद और पक्षवाक्य दिए गए हैं, जो नकारात्मक भावना बदलने की क्षमता रखते हैं। इस प्राथमिक कदम पर आपको बस अपनी भावना को पहचानना है और उससे संबंधित सकारात्मक पंक्ति दोहरानी है।

तो आइए, अपनी भावनाओं का दर्शन कर, उन्हें प्रेम, आनंद और शांति में ढालते हैं।

१. शारीरिक एवं मानसिक थकावट के रोगी

कभी-कभी ऐसा होता है कि आपके मन में बहुत प्रेरणा है पर उस समय आपका शरीर बहुत थका होने के कारण आपका साथ नहीं दे रहा होता है। या बार-बार आनेवाली समस्या से लगातार निपटते रहने और लंबे समय तक एक ही तरह का कार्य करने से शरीर थक जाता है। बहुत लंबी यात्रा करने, रात को जागने या कभी भी भोजन करने से शारीरिक थकान महसूस होती है।

कंप्यूटर पर ज़्यादा कार्य करनेवाले, वजन उठानेवाले, खिलाड़ी, क्रिकेटर्स, पहाड़ चढ़नेवाले, पर्यटक, टायपिस्ट, दौड़ लगानेवाले, कलाकार, वॉचमैन, सर्कस में काम करनेवाले, मेडिकल, इंजीनियरिंग के विद्यार्थी, दसवीं, बारहवीं की ज़्यादा पढ़ाई करनेवाले विद्यार्थी शारीरिक एवं मानसिक थकावट के शिकार होते हैं।

कुछ लोग ऐसे होते हैं, जिनकी लंबी बीमारी के कारण शारीरिक ताकत समाप्त हो जाती है। कोई किसी बीमार रिश्तेदार की सेवा करके थक

जाता है, कुछ की ज़्यादा कार्य करने के कारण नींद में कमी आती है। ऐसे लोगों में अधिक काम करने की क्षमता नहीं होती या कुछ लोग ओवरवर्क से, लंबे तनाव से थके हुए महसूस करते हैं।

ऐसे श्रेणी के लोग वर्तमान में खुद को तात्कालिक रूप से अक्षम मानते हैं। धीरे-धीरे उनकी वर्तमान में रुचि समाप्त हो जाती है। ऐसे में शारीरिक थकावट, अक्षमता, मानसिक अक्षमता, नीरसता तथा अत्यधिक कार्य करने से उत्पन्न हुई मानसिक थकावट उन्हें कमज़ोर बना देती है। ऐसे लोगों में शारीरिक और मानसिक शांति भी खत्म हो जाती है।

ऐसे में नीचे दिया गया ध्यान करें, साथ ही **महाअनुवाद**[१], **स्वसंवाद** और **पक्षवाक्य**[२] दोहराएँ :

* आँखें बंद करके ध्यान में बैठें और अपने शरीर को टटोलें कि कहाँ पर थकावट महसूस हो रही है। शरीर के जिस हिस्से में थकावट महसूस हो रही है, उसे थोड़ा खींचकर, भींचकर ढीला छोड़ दें।

* जब भी मन कहे- 'मैं थक गया हूँ' तब पूछें- 'मैं निश्चित रूप से कितना थका हूँ और मेरे शरीर के कौन से अंग थके हैं?' इससे पता चलेगा कि शरीर के कुछ ही अंग जैसे आँखें, कमर, गर्दन या कंधे पर कुछ दबाव महसूस हो रहा है। हर अंग में जाकर देखेंगे तो पता चलेगा कि अन्य अंगों में तो कोई थकावट नहीं है। मन की गलत घोषणा की वजह से यह मान्यता शरीर के सारे अंगों में थकावट होने का भ्रम पैदा करती है।

* अब अपने नाक को महसूस करें, क्या वह थक गई है...कान को महसूस करें, क्या वे थक गए हैं... इस तरह गाल, कंधा, पेट, पीठ सभी से पूछें क्या वे थक गए हैं। आप पाएँगे कि केवल कुछ ही अंगों में थकावट है। उन अंगों को तनाव मुक्त करें। यह पूछने से आपकी कार्यक्षमता बढ़ जाएगी और कभी भी सुस्ती का दुश्मन आप पर हावी नहीं हो पाएगा।

---

[१]**महाअनुवाद :** नकारात्मक विचारों को फौरन ट्रान्सलेट करके अपने अंदर की भावना बदलने का अर्थ है महाअनुवाद। जब भी आपके मन में कोई नकारात्मक विचार आए तो तुरंत उसका अनुवाद यानी ट्रान्सलेशन करें।

[२]**पक्षवाक्य :** जितना आप कुदरत को अपना पक्ष स्पष्ट बताएँगे कि 'आप किस पक्ष में हैं', कुदरत उतना ही आपके जीवन में वे चीज़ें लाने में जूट जाएगी। उदा. मैं प्रेम, आनंद, स्वास्थ्य, मधुर रिश्ते, समृद्धि के पक्ष में हूँ।

❈ पैरों से शुरुआत कर घुटने, कमर, पेट, पीठ, हाथ, उँगलियाँ, गर्दन, चेहरा आदि अंगों के साथ एक-एक करके संवाद करें और पूछें कि 'क्या फलाँ अंग थका हुआ है या पूर्ण है?' इस तरह पूरे शरीर के हर छोटे से छोटे अंग पर भी ध्यान दें। ऐसा करने से आपको पता चलेगा निश्चित तौर पर शरीर के कौन से अंग में दबाव या तनाव मौजूद है।

❈ दबाव, दर्द या तनाव से भरे शरीर के अंगों का पता चलने के बाद उन अंगों को थोड़ा खींचकर ढीला छोड़ दें। ऐसा करने से उन अंगों को आराम मिलेगा और उनमें पूर्णता आएगी।

❈ शरीर को खींचते समय उसके साथ प्रेमपूर्वक बात करें- 'रिलैक्स हो जाओ, आराम करो, पूर्णता प्राप्त करो, धन्यवाद।'

❈ आप जिस भी अंग से संवाद करें, उसके लिए पूर्णता की भावना रखें। ऐसा करने के बाद देखें कि शरीर के उस अंग की अवस्था क्या है। अगर इसके बाद भी आपको किसी अंग में थकावट महसूस हो रही हो तो उस हिस्से के चारों तरफ एक मानसिक रेखा खींचें। इसके बाद स्वयं से सवाल पूछें- 'दर्द या थकान इस हिस्से के केवल ऊपरी भागों में है या गहराई तक है?' जवाब आने पर यह भी जानें कि उस हिस्से में केवल दबाव है या दर्द भी है।

❈ अब आपको साँस लेते हुए शरीर के केवल उस हिस्से पर ध्यान देना है, जहाँ आपको दर्द महसूस हो रहा है। साँस छोड़ते वक्त 'दर्द बाहर जा रहा है' की भावना रखें। आप जिस जगह पर ध्यान देंगे, वहाँ का दर्द बाहर निकलता जाएगा।

❈ आगे ध्यान में स्वयं से सवाल पूछें- 'क्या आज तक मैंने अपने शरीर के सारे अंगों पर ध्यान दिया है? मेरे शरीर के कौन से अंग मेरे ध्यान से महरूम हैं?' जब आपको इस सवाल का जवाब मिलेगा तब आपको बहुत आश्चर्य होगा। आपको एहसास होगा कि शरीर के कई अंगों की तरफ आज तक कभी आपने ध्यान ही नहीं दिया है। जब आप थकावट या दर्द से भरे अपने शरीर के अंग पर अपना पूरा ध्यान देंगे तो उसके परिणाम आश्चर्यजनक होंगे। ऐसे समय पर कम या आधा ध्यान न दें बल्कि संपूर्ण ध्यान दें। संपूर्ण ध्यान से ही उस हिस्से में परिवर्तन आएगा। उस हिस्से के चारों तरफ खींची हुई रेखा स्वत: ही छोटी होती जाएगी और उसमें पूर्णता आएगी। कुछ समय के उपरांत शरीर के उस हिस्से की थकान और तनाव पूरी तरह से नष्ट हो जाएगा।

❈ ध्यान के अंत में अपने शरीर के सभी अंगों को पूरी सकारात्मकता और कृतज्ञता के साथ धन्यवाद दें। साथ ही उन्हें आराम अवस्था में रहते हुए ही ज़्यादा से ज़्यादा कार्य

करने के लिए कहें ताकि शरीर का स्वास्थ्य हमेशा बना रहे। ऐसा करने पर तनावमुक्त अवस्था में भी शरीर की कार्यक्षमता बढ़ती जाएगी। धन्यवाद भाव के साथ बजर या अलार्म बजने पर ध्यान समाप्त करें। अब धीरे-धीरे अपनी आँखे खोलें।

शंका

ऑफिस में मुझसे ज़्यादा काम है करवाया जाता।

महाअनुवाद

काम को कर्तव्य तू जान, यह सिखाया है जाता।
काम में भी आराम करने की कला को है सिखलाया जाता।

स्वसंवाद

✱ सब कुछ भरपूर है- प्रेम, आनंद, मौन, पैसा,
स्वास्थ्य, ऊर्जा, और समय।
✱ स्वयं के साथ-साथ मैं सभी को भरपूर दे सकता हूँ।
✱ कुदरत में सब कुछ भरपूर मात्रा में उपलब्ध है।
✱ परिपूर्णता मेरा स्वभाव है।
✱ सदा ऊर्जावान रहना मेरा स्वभाव है।

पक्षवाक्य

जब भी स्वयं को कमज़ोर महसूस करें तब खुद से कहें
और पूरी ताकत से कहें,
'मैं कमज़ोरी के नहीं, आत्मविश्वास और आत्मबल के पक्ष में हूँ।'

२. बनावटी चेहरे का रोग

कुछ लोग झूठी खुशी का मास्क पहनकर जीते हैं। उनके अंदर तनाव, दुःख होता है पर चेहरे पर दिखाई नहीं देता। वे अपने मन में ही दुःख और तनाव को दबा देते हैं। वे कभी भी किसी और को तकलीफ देना नहीं चाहते, न किसी और को अपनी तकलीफ बताते हैं। वे अपना व्यवहार-व्यापार साधारण रूप से करते हैं इसलिए लोग इन्हें सहज-सामान्य समझते हैं। जबकि हकीकत में वे अंदर से दुःखी रहते हैं।

ऐसे लोग जब अकेले होते हैं तब उन्हें अपने अकेलेपन का अत्यधिक दुःख होता है। वे खुद को असहाय महसूस कर, चुपचाप रोते हैं ताकि कोई उन्हें देख न पाए। उनके पास अपना दुःख, तकलीफ बताने के लिए कोई मित्र या साथी नहीं होता। इसीलिए

बहुत से पुरुष व्यसनों में, नशे में, अल्कोहोल में डूब जाते हैं। जब लोग उन्हें डॉक्टर के पास ले जाना चाहते हैं तब वे टालते रहते हैं।

ऐसे लोगों को व्यसन, निद्रानाश, हृदयरोग, उच्च रक्तचाप, अल्सर, कब्ज, अपच, माइग्रेन, अर्धशिशी जैसे रोग होते हैं। ये लोग बहुत अकेले, अबोले, चुपचाप रहकर, खुशी का मुखौटा पहनकर अपने दु:खों और बेचैनी का रोग सहते रहते हैं।

बहुत सारे लोग विकलांगता के शिकार होते हैं। उनके लिए जीवनभर व्यंगों के साथ जीना आसान नहीं होता। कोई अंधा, कोई बहरा, कोई लंगड़ा, किसी के हाथ नहीं आदि दोषों के साथ जीवन जीते वक्त वे झूठी खुशी का मुखौटा पहने रहते हैं परंतु अपनी तकलीफ किसी और पर ज़ाहिर नहीं होने देते।

कुछ लोगों में लंबी बीमारी के कारण कोई शारीरिक दोष आ जाता है, वे भी हँस-हँसकर अपना दु:ख छिपाते हैं। जैसे संधिवात, गठिया, लकवे से होनेवाला लंगड़ापन, लूलापन या चेहरे की विद्रूपता। इन कमियों को ये लोग हीन भावना की वजह से छिपाते हैं। दुर्घटना की वजह से आई विकलांगतावाले लोगों के साथ भी ऐसे ही हालात होते हैं।

कुछ घरों के हालात ऐसे होते हैं कि वहाँ की बहुएँ बहुत परेशानी में रहती हैं। चूँकि वे किसी को कुछ कह नहीं सकतीं इसलिए सारा दु:ख झेलते-झेलते अस्वस्थ जीवन जीते रहती हैं।

ये लोग बाहर से खुश रहते हैं परंतु यह खुशी उनके अंदर छिपी भावनाओं को दबाने के लिए होती है। ऐसे लोग जब नाराज़ या उदास होते हैं तो ज़्यादा या कम खाना खाते हैं अन्यथा व्यसनों की ओर खिंचे चले जाते हैं।

ऊपर जिक्र किए गए मानसिक रोग से बाहर आने के लिए आप नीचे दिया गया **महाअनुवाद, स्वसंवाद** और **पक्षवाक्य** दोहराएँ :

आपकी शंका
क्यों ईश्वर मुझे दे रहा है दु:ख बार-बार?

शंका का महाअनुवाद इस तरह करें
क्योंकि उसका तुझ पर है पूरा अधिकार
सिखाना चाहता है वो तुझको जीवन का सार।

स्वसंवाद

❋ मैं अपना भूतकाल पूर्ण रूप से स्वीकार करता हूँ।
❋ मुझे जो चाहिए, वह मेरे जीवन में सहजता से आ रहा है।
❋ मैं सुखद, स्वस्थ और सकारात्मक घटनाओं का आनंद ले रहा हूँ।

पक्षवाक्य

जब भी निर्बलता, दुःख, कमज़ोरी महसूस हो तब
खुद से कहें और पूरे बल से कहें –
'मैं निर्बलता के नहीं, आत्मबल के पक्ष में हूँ।
मैं दुःख के नहीं, सुख के पक्ष में हूँ।
मैं दुःखद घटनाओं को याद रखने के नहीं,
सुखद घटनाओं को याद रखने के पक्ष में हूँ।'

३. केवल स्वयं से प्रेम करनेवाले स्वार्थ के रोगी

कुछ लोग स्वार्थ की भावना से चिपके रहते हैं। उनकी बोलचाल में 'मैं, मेरा, मुझे' जैसे शब्द बार-बार आते हैं।

स्वार्थी प्रवृत्तिवाले लोगों को लगता है कि सभी लोग मेरे बारे में सिर्फ अच्छा ही बोलना चाहिए, मेरे सामने झुकना चाहिए, मेरे अहं की देख-भाल करनी चाहिए। इनके मनमुताबिक न हो तो वे नाराज़ हो जाते हैं। ये यदि किसी के लिए कुछ करते हैं तो इसके पीछे उनका स्वार्थ ही होता है कि 'सारे लोग मुझ पर ही ध्यान दें, मेरी सराहना करें।' ये लोग कहते भी हैं कि 'बाकी लोगों के लिए मैंने इतना किया है अब वे मेरे लिए थोड़ा कुछ करते हैं तो इसमें कोई बड़ी बात नहीं है।' यह सुन-सुनकर बाकी लोग पक जाते हैं। जैसे कुछ माँ-बाप अपने बच्चों को बहुत बार सुनाते रहते हैं कि उन्होंने बच्चों के लिए कितना बलिदान दिया है।

ऐसे लोग बीमार होने पर सभी घरवालों को अपने इशारों पर नचाते हैं। जब किसी काम से बहुत सारे लोग जमा होते हैं तभी ये दूसरों का ध्यान अपनी ओर आकर्षित करने हेतु बीमार पड़कर शिकायतें करते हैं कि 'लगता है मुझे दमा या हार्ट अटैक आया है।' ऐसे में पूरा घर उनके आजू-बाजू में जमा हो जाता है। जब डॉक्टर से चेकअप करवाया जाता है तो पता चलता है कि सब नॉर्मल है। इस तरह इनमें बाकी लोगों को अपने आजू-बाजू में रखने की वृत्ति होती है। ये लोगों का केंद्र बिंदु बने रहना चाहते हैं। इन्हें अकेले रहना बिलकुल पसंद नहीं होता। ये स्वयं की ही फिक्र करते रहते हैं।

बातों- बातों में सारा ध्यान स्वयं पर कैसे लेकर आएँ, इनके दिमाग में बस यही चलते रहता है। इन्हें केवल अपने आपसे बहुत प्रेम होता है। यह देखकर बाकी लोग इन्हें टालने लगते हैं।

केवल 'मैं' की स्वार्थी वृत्तिवाले हमेशा अपना लाभ ध्यान में रखते हैं। ऐसे लोग दूसरों की चीज़ें अपने कब्जे में रखने को आतुर रहते हैं और दूसरों का पूरा ध्यान या हमदर्दी न मिलने पर उदास हो जाते हैं। इनमें हमेशा कुछ पाने की इच्छा रहती है, न कि कभी किसी को कुछ देने की।

ऐसी स्वार्थी मनोदशा और मिलकियत की भावना से मुक्त होने के लिए नीचे दिया गया **महाअनुवाद, स्वसंवाद** और **पक्षवाक्य** दोहराएँ :

शंका

मेरे घरवालों, मित्रों को मेरी कोई फिक्र ही नहीं।

महाअनुवाद

खोज कर, कहीं इसका कारण तू ही तो नहीं
स्वयं को जान लिया तो कोई दूसरा है ही नहीं।

स्वसंवाद

❋ मेरे भाव, विचार, वाणी और क्रिया में लचीलापन आ रहा है।
❋ सभी लोग अपनी जगह पर (अपने नज़रिए अनुसार) सही हैं।
❋ मैं हर चीज़ के अनेक आयाम आसानी से देख सकता हूँ,
❋ मेरे विचार और भाव लचीले हैं।
❋ मैं रिश्तों में झुक सकता हूँ क्योंकि मैं सभी से प्रेम करता हूँ।

पक्षवाक्य

जब भी सेल्फिश (स्वार्थी) होने को मन चाहे तब खुद से कहें
और दिल से कहें- 'मैं व्यक्तिगत के नहीं, निःस्वार्थ जीवन के पक्ष में हूँ।'

४. ईर्ष्या, घृणा, द्वेष, झगड़ालू, शंकालु वृत्तियों के रोगी

मानसिक रोगों के प्रमुख कारणों में एक मुख्य कारण है नफरत। समझ न होने और कुदरत के नियम न जानने की वजह से मनुष्य असुरक्षित और सीमित महसूस करता है। फिर उत्पन्न होते हैं डर, दुर्भावनाएँ, चिंता और गुस्से जैसे विकार। क्योंकि जिसके अंदर ये विकार हैं, उसे और किसी शत्रु की ज़रूरत ही नहीं है। नफरत से प्रभावित होनेवाला

इंसान कई प्रकार से कष्ट भोगता है। उसकी मानसिक शांति भंग हो जाती है। वह अपनी नींद, आत्मविश्वास खो बैठता है और बदले की भावना में सुलगता है। ऐसा इंसान चिड़चिड़ा, असहाय और शंकालु स्वभाव का हो जाता है। उसे हर चीज़ का नकारात्मक पहलू ही दिखाई देता है।

जब बच्चे युवक-युवती बनने की राह पर होते हैं तो अनजाने में ही उनके अंदर अहंकार उत्पन्न होता है। घरवाले यदि कोई ऐसी छोटी सी चीज़ भी करें, जो उनके मनमुताबिक न हो तो वे तुरंत उसके विरोध में बोलते हैं। माता-पिता उन्हें थोड़ा भी टोकते हैं तो वे अचानक बहुत गुस्सा हो जाते हैं। फिर घरवाले या माता-पिता सोचते हैं कि 'अरे! मेरा बच्चा तो पहले कभी ऐसा नहीं करता था। लेकिन आज-कल तो उससे मेरी बनती ही नहीं। हमारी कोई बात उसे सही नहीं लगती। आज-कल वह बहुत अलग बरताव क्यों करता है?'

कई लोग मानसिक बीमारियों की वजह से अविश्वास, संदेह, शंका के शिकार बन बैठते हैं। इनके कारण घर-बार, रिश्ते, मोहल्ले की शांति भी भंग हो जाती है। शादी होने के बाद ऐसे पुरुष अपनी पत्नी के चरित्र पर शंका कर, बहुत झगड़ते हैं। ऐसी पत्नियाँ अपने पति पर शंका करती हैं। वृद्धावस्था में ऐसे लोग अपनी बहू-बेटियों पर शंका करना शुरू कर देते हैं। कई बार जो बात है ही नहीं, उसे लेकर इनके मन में शंका बनी रहती है कि 'लोग मेरा बुरा चाहते हैं, किसी ने मेरे साथ कोई काला जादू किया है। लोग मुझे धोखा देंगे।'

जब किसी को दूसरा बच्चा पैदा होता है तब उसके पहले बच्चे के मन में यह भावना जाग्रत होती है कि 'मेरा नया भाई/बहन अब मेरे माता-पिता के प्यार में हिस्सेदार होगा, मेरे माता-पिता का प्यार बँट जाएगा।' इससे बड़ा बच्चा अपना विरोध खाना न खाकर या छोटे शिशु को मार-पीटकर प्रकट करता है।

ऑफिस में अपना सहकर्मी आगे निकल गया, उसे प्रमोशन मिला, उसकी तारीफ हुई... व्यापारी वर्ग में बाजूवाले की दुकान ज़्यादा चल रही है, पड़ोसी की आर्थिक उन्नति हो रही है... विद्यार्थियों में दूसरे बच्चों को अच्छे नंबर्स मिल रहे हैं, स्पर्धाओं में दूसरे बच्चे आगे निकल रहे हैं... एक-दूसरे से बरताव या व्यवहार के मामले में कोई आगे निकल गया, किसी ने विरोध किया, कोई मनमुताबिक व्यवहार नहीं कर पा रहा है आदि सभी स्थितियों में मन में नकारात्मक भावनाएँ उत्पन्न होती हैं। ये लोग नफरत, ईर्ष्या, घृणा के शिकार होकर सदा बीमार और असंतुष्ट रहते हैं।

ऐसे संदेह के विचार रोके जा सकते हैं। आगे दिया गया **महाअनुवाद, स्वसंवाद**

और **पक्षवाक्य** दोहराकर :

शंका

मुझे लोगों पर जल्दी विश्वास नहीं आता।

महाअनुवाद

विश्वास ईश्वर का गुण है, यह देने से ही है मिलता ।

स्वसंवाद

✻ मैं अपने विकारों को सकारात्मक और
रचनात्मक तरीके से मुक्त करता हूँ।
इसके लिए मैं अपनी दिल से सराहना करता हूँ।
✻ मैं उन सभी से क्षमा चाहता हूँ, जिन्हें दुःख पहुँचाया है
और सबको क्षमा करने के लिए तैयार हूँ।
✻ मैं प्रेम में यकीन रखता हूँ, मैं सबको पसंद करता हूँ।
✻ मैं जीवन में विश्वास रखता हूँ इसलिए डर
और असुरक्षा केवल विचार मात्र हैं,
जो आते-जाते रहते हैं। मैं पूर्णतः सुरक्षित हूँ।

पक्षवाक्य

जब भी मन में ईर्ष्या, नफरत, अहंकार का विकार हावी हो जाए
तब खुद से कहें और हर बार कहें,
'मैं ईर्ष्या-जलन के नहीं, समानता-एकात्मता के पक्ष में हूँ।
मैं नफरत के नहीं, महारत (स्पेशलाइजेशन) के पक्ष में हूँ।
मैं अहंकार के नहीं, हूँकार (निराकार) के पक्ष में हूँ।'

७. बेकाबू मानसिक रोगी

कई लोगों का मन बेकाबू रहता है, अपनी भावनाओं और कार्यों पर उनके मन का नियंत्रण नहीं रहता। ऐसे में एक अवस्था होती है, जो खतरनाक साबित हो सकती है। ऐसा मनुष्य खुद को या किसी और को किसी भी हद तक नुकसान पहुँचा सकता है। क्योंकि उनकी विचार करने और समझने की विवेक शक्ति, तर्क शक्ति खो जाती है।

कुछ अभिभावक ऐसे होते हैं जो क्रोध में आकर स्वयं को किसी भी हद तक सजा दे सकते हैं, जिसका आगे जाकर उनके बच्चों पर बहुत ही बुरा असर पड़ता है। ये बच्चे

आगे चलकर अपने अभिभावकों के प्रति डर, नफरत, क्रोध, शत्रुता जैसी आक्रमक भावनाओं के शिकार हो जाते हैं। कुछ अभिभावक अपने बच्चों की भावनाओं को समझे बिना उनसे हमेशा सौ प्रतिशत की उम्मीद करते हैं। ऐसे अभिभावकों के बच्चे भावनात्मक रूप से बुरी तरह आहत होकर, उनमें बदले की भावना घर कर जाती है। उनके अंदर अपने अभिभावकों के प्रति नकारात्मक ऊर्जा पैदा होती है, जो आगे चलकर किसी भी मानसिक या शारीरिक बीमारी का रूप धारण कर सकती है।

एक औरत जिसके पति का देहांत हो गया था, उसने बहुत कष्ट उठाकर, बड़ी मेहनत से अपने दो बेटों को पाला-पोसा, उन्हें बहुत प्यार दिया। फिर उसने अपने बड़े बेटे की शादी करवाई। घर में जो बहू आई, उसने परिस्थितियों को समझने की कोशिश किए बिना घर का माहौल बिगाड़ दिया। अब हालात ऐसे हैं कि वह औरत चैन से जीने के लिए अपने बेटे-बहू से अलग रहना चाहती है लेकिन बेटा न तो उसे अलग रहने दे रहा है और न ही घर पर उसे आदर-सम्मान देता है। इस कारण वह बहुत निराश हो जाती है। फलतः उसके मन में इस उम्र में आत्महत्या के खयाल आते हैं। लेकिन उसे यह भी लगता है कि अभी उस पर छोटे बेटे की ज़िम्मेदारी है इसलिए आत्महत्या करने के बारे में सोचना भी ठीक नहीं है।

कुछ लोग किसी बड़ी व्याधि से जकड़े हुए होते हैं जैसे अल्सर, कैन्सर, बड़ा जख्म या ऑपरेशन वगैरह। उन्हें यदि डॉक्टरों ने सिगरेट या शराब जैसे व्यसन छोड़ने के लिए कहा है तो भी वे अपने आपको रोक नहीं पाते।

जो लोग अपनी इच्छाओं पर काबू नहीं रख पाते, वे बाजार से ज़रूरत से ज़्यादा खरीददारी करके लाते हैं। फिर वे चीज़ें घर में वर्षों तक पड़ी रहती हैं और उनका इस्तेमाल नहीं हो पाता।

अर्थात तीव्र क्रोध, असहनीय पीड़ा, मानसिक व शारीरिक डर, तीव्र उत्तेजना, चाहे वह प्रेम की वजह से पैदा हुई हो या नफरत की, मन का शारीरिक क्रियाओं पर नियंत्रण न होना, बेकाबू भावनाएँ, आत्महत्या के विचार, दूसरों को नुकसान पहुँचाने की भावनाएँ, विचार या क्रियाएँ, ये सभी असंतुलित व्यक्तित्व की निशानी हैं।

ऐसे असंतुलित व्यक्तित्ववालों को अपना संतुलन बनाए रखने हेतु आगे दिया गया **महाअनुवाद, स्वसंवाद** और **पक्षवाक्य** दोहराना चाहिए।

शंका

लोग जान-बूझकर मुझे गुस्सा हैं दिलाते।

महाअनुवाद
धैर्य का पाठ हैं तुझे पढ़ाते, तेरी सहन शक्ति को हैं बढ़ाते।

स्वसंवाद
❖ मैं जीवन की दिव्य अभिव्यक्ति हूँ,
मैंने जान लिया है कि मैं कितना महत्वपूर्ण और अद्भुत हूँ।
❖ मैं प्रेमपूर्वक अपने शरीर, मन, बुद्धि
तथा भावनाओं की कद्र करता हूँ, उनकी देख-भाल करता हूँ।

पक्षवाक्य
जब भी मन में क्रोध जागे तब खुद से कहें और करुणा से कहें,
'मैं क्रोध के नहीं, प्रेमोद (प्रेम, आनंद, मौन) के पक्ष में हूँ।'

६. परचिंता के रोगी

कुछ लोग दूसरों की भलाई तथा सुरक्षा के लिए अनावश्यक रूप से चिंतित रहते हैं, ज़्यादातर अपने प्रियजनों की सुरक्षा को लेकर। उदाहरणार्थ 'मेरा बच्चा जब तक स्कूल या ट्यूशन से घर नहीं पहुँचता तब तक मेरा जी घबराया रहता है, मैं बार-बार खिड़की पर जाकर देखती हूँ। मेरा ध्यान दरवाज़े की घंटी की तरफ ही लगा रहता है।'

चिंता करनेवाले लोगों में घर का कोई सदस्य कहीं दूसरे गाँव गया हो और जब तक वह घर नहीं लौटता या फोन नहीं करता तब तक उसके ही विचार चलते रहते हैं। या घर के बच्चे जोरदार भागदौड़ करके खेल रहे होते हैं तो इनका खून सूख जाता है कि कहीं उन्हें चोट न लग जाए।

पति को दफ्तर से लौटने में देर हो जाए तो बच्चे, पत्नी सब घबरा जाते हैं। उन्हें आशंका होने लगती है कि कहीं सड़क पार करते समय उनके साथ कोई हादसा तो न हुआ हो... कहीं उनकी गाड़ी दुर्घटनाग्रस्त तो नहीं हो गई! यदि पति किसी दूसरे शहर से लौट रहे हैं तो ये डर होता है कि हवाई जहाज़ में कोई गड़बड़ी तो नहीं हुई... कोई तूफान या भूचाल तो नहीं आ गया।

किसी का ऑपरेशन हो तो ऐसे लोगों का ब्लड प्रेशर बढ़ जाता है, उन्हें डायरिया (दस्त) हो जाता है।

शुभचिंतक लोग रोगी को मिलने जाते हैं तो रोगी के लिए मिलनेवालों का चेहरा ही दर्पण होता है। अगर शुभचिंतक के चेहरे पर दुःख-चिंता है तो रोगी को ऐसा लगता

है जैसे उसकी अपनी स्थिति वाकई बड़ी गंभीर है। ऐसे में मरीज को यह महसूस होने लगता है कि उसका स्वस्थ होना मुश्किल है।

अतः दूसरों के दुःखों को महसूस करें पर विश्वास, प्रेम, आशा और ज़िम्मेदारी के साथ, न कि चिंता और डर के साथ। दूसरों के लिए बेबुनियाद डर, चिंता, बेचैनी को दूर किया जा सकता है – आगे दिए गए **महाअनुवाद**, **स्वसंवाद** और **पक्षवाक्य** दोहराकर।

शंका
मुझे लोगों की बहुत है चिंता।

महाअनुवाद
चिंतन से मिलेगा मार्ग, चिंता तो बनेगी चिता।

स्वसंवाद
* *हर रोज़ दुनिया में चमत्कार हो रहे हैं।*
* *अब मैं कुदरत के दिव्य योजना को स्वीकार करता हूँ।*
* *मैं निश्चिंत रहकर उस दिव्य शक्ति को अपने ऊपर काम करने दे रहा हूँ जो सूरज, चाँद, तारों को दिव्य योजना अनुसार चलाती है।*
* *-------- (यहाँ अपने प्रियजन का नाम लिखें, जिसकी आपको चिंता है) ईश्वर की दौलत हैं, कोई भी गलत शक्ति उसे छू नहीं सकती।*
* *जीवन मेरे लिए है। मैं विश्वास और आनंद से आगे बढ़ता हूँ क्योंकि मैं जानता हूँ कि भविष्य में सब कुछ उत्तम है।*
* *मैं जीवन की कार्यप्रणाली पर विश्वास करता हूँ।*
* *जो समुंदर के प्राणियों का खयाल रखता है, वह हम सबका भी खयाल रखता ही है इसलिए अब मैं अपने चिंता के विचारों को मुक्त कर रहा/रही हूँ।*

पक्ष वाक्य
जब भी चिंता सताए तब खुद से कहें और आस्था के साथ कहें,
'मैं वरी के नहीं, हरि (ईश्वर) के पक्ष में हूँ।'
'मैं हरि इच्छा के पक्ष में हूँ।'

७. अपने निर्णयों पर भरोसा न कर पानेवाले दुविधा मनस्थिति के रोगी

जिन्हें खुद पर और अपने निर्णयों पर विश्वास नहीं होता, वे अनिश्चितता से घिरे रहते हैं। ऐसे लोग अपनी निजी समस्या के लिए भी विभिन्न लोगों से बार-बार परामर्श लेते रहते हैं। फिर विभिन्न लोगों से लिए गए सुझावों में से किसका चुनाव करें, यह समझना उनके लिए मुश्किल हो जाता है। वे खुद के लिए निर्णय लेने में सक्षम रहते हैं पर अपने निर्णय पर विश्वास ही न हो तो वे दूसरों के परामर्श को सही मान लेते हैं। कभी-कभी उन्हें इस मूर्खता की भारी कीमत भी चुकानी पड़ती है क्योंकि हर इंसान का अलग परामर्श होता है। असल में किस बात पर, किसके परामर्श पर विश्वास करें, इसे लेकर उन्हें दुविधा होती है। उनके विचारों में ताल-मेल नहीं होता। उनकी शांति भंग हो जाती है और मन व्याकुल रहता है।

किसी को कोई शारीरिक समस्या हुई तो वह कई लोगों से पूछता है कि 'मैं कौन से डॉक्टर के पास जाऊँ?' फिर अलग-अलग लोग उसे अलग-अलग सुझाव देते हैं। इसके बाद वह एलोपैथी उपचार लेता है और किसी की सलाह पर उसे छोड़कर दूसरे डॉक्टर की दवाइयाँ शुरू कर देता है। इसके बाद वह फिर किसी से सलाह लेकर कोई दूसरी दवा लेना शुरू कर देता है। इससे अंत में होता यह है कि या तो उसकी शारीरिक समस्या वैसी ही बनी रहती है या बढ़ जाती है।

किसी को अपने अनुभव से पता है कि चना खाने से वात या पित्त बढ़ता है और पेट में गड़बड़ी हो जाती है। लेकिन किसी ने उसे एक दिन आकर बताया कि 'चना खाने से बहुत लाभ होता है।' यह सुनकर अपने निजी अनुभव पर भरोसा न रखनेवाला इंसान वापस चना खाता है। जिससे उसका पेट गड़बड़ा जाता है।

किसी को वजन घटाना है तो वे न जाने कितने सारे उपाय, उपचार करते रहते हैं। एक उपाय छोड़कर दूसरे के पीछे भागते रहते हैं। एक सही निर्णय नहीं ले पाते। डाइटिंग, व्यायाम के अलग-अलग तरीके, कई तरह की अलग-अलग दवाइयाँ इस्तेमाल करते हैं पर उन्हें परिणाम नहीं मिलता। क्योंकि वे एक सही निर्णय नहीं ले पाते और उपचार की निश्चित प्रक्रिया नहीं अपना पाते। ऐसे लोगों का सात्विक और संतुलित आहार, साथ ही निरंतर व्यायाम करने से वजन कम होना संभव है।

इस तरह सही दिशा की ओर ठोस कदम उठाते हुए निर्णय लेने से मनचाहे परिणाम आते हैं। वरना इनकी आदत होती है अनिश्चित स्वभाव से प्रश्न पूछते रहना। इसलिए लोग उनसे ऊब जाते हैं, उन्हें टालते हैं और उनकी संगत से दूर भागते हैं।

ऐसे लोगों में आत्मविश्वास की कमी होती है। वे अशांत होते हैं और बिना सोचे समझे निर्णय लेते हैं। ये लोग हमेशा संभ्रम में रहते हैं इसलिए बार-बार इनका मन बदलता रहता है।

अगर आपका यह स्वभावदोष है कि आप बार-बार दूसरों से राय माँगते हैं, अपने निर्णय पर विश्वास नहीं करते, किसी की गलत राय पर विश्वास कर, बाद में पछताते हैं तो यह स्वभाव बदल सकता है- आगे दिया गया **महाअनुवाद, स्वसंवाद** और **पक्षवाक्य**दोहराकर।

शंका

अपने निर्णय पर नहीं है भरोसा, मैं हो नहीं पाता सफल।

महाअनुवाद

कर आत्मविश्वास खुद पर, इरादों पर रह अटल।
करना है खुद से प्यार तो अपने विचारों को तू बदल।

स्वसंवाद

✲ मैं निर्णय लेने के काबिल बन रहा हूँ।
✲ अपनी सीमाओं से बाहर निकलकर निर्णय लेना मेरे लिए अब सुरक्षित है।
✲ निर्णय लेकर अब मैं खुशी-खुशी ज़िम्मेदारी उठा सकता हूँ,
कारण ज़िम्मेदारी लेने से आज़ादी खुद-ब-खुद मिलती है।
✲ मैं सही समय पर निर्णय लेकर हर अवसर का लाभ ले रहा हूँ
और हर चुनाव के साथ समृद्ध बन रहा हूँ।

पक्षवाक्य

जब भी आत्मविश्वास से कोई निर्णय न ले पाएँ तब खुद से कहें
और दृढ़ता से कहें- 'मैं संकोच के नहीं,
आत्मविश्वास के पक्ष में हूँ।'

८. डर के रोगी

मनुष्य अपने जीवन में प्रतिदिन कुछ डर महसूस करता है। जैसे अंधकार, किसी जंगली जानवर, साँप या कुत्ता आदि के काटने, भूत-प्रेत, किसी व्यक्ति, परिक्षाओं, इंटरव्यू, मंच पर बोलने का डर आदि ज्ञात डर हैं।

इन डरों में शिक्षक, डॉक्टर, बॉस, पति-पत्नी, सासू माँ, ऑपरेशन, विशिष्ट

जगहों, चोरी, बीमारी आदि डर शामिल होते हैं।

कैन्सर या हृदय रोग के मरीज उपचार के बावजूद भी डरे हुए होते हैं कि 'कहीं मेरी बीमारी बढ़ तो नहीं रही है? क्या मैं वाकई ठीक होऊँगा? अब तक मैं ठीक क्यों नहीं हो रहा हूँ? मुझे कोई और बड़ी बीमारी तो नहीं होगी? इसी तरह विद्यार्थियों को परीक्षा होने के बाद परिणाम का डर लगा रहता है।

ऐसे डरे हुए लोग बहुत शर्मीले, अतिसंवेदनशील, नम्र होते हैं। अकसर ये लोग हड़बड़ा जाते हैं और शर्मिंदा महसूस करते हैं।

कुछ लोग बेवजह डर के शिकार होते हैं। वे अपने डरों का कोई भी निश्चित कारण नहीं बता पाते। ये अज्ञात डर हैं। जैसे धर्मों की संकल्पना की वजह से लगनेवाला डर, कुछ तो बुरा घटेगा, इस बात का डर। ऐसे लोग डर की वजह से सहजता से जी नहीं पाते।

बच्चे जब बड़े होते हैं तब यौवन रूप धारण करते वक्त शरीर और मन में अनेक बदलाव होते-होते उन्हें कुछ डर लगता है, जिसे वे बता नहीं पाते।

कुछ डर लोगों को मान्यताओं की वजह से लगते हैं। जैसे दाईं आँख अपने आप फड़कने से यात्रा शुभ नहीं होगी... बिल्ली रास्ता काटकर गई तो काम नहीं होंगे... कुत्ते के रोने से कुछ अपशगुन होगा, किसी की मृत्यु होगी आदि।

रजोनिवृत्ति (menopause) में माहवारी बंद होते समय औरतों के अंदर डर उत्पन्न होते रहते हैं या कुछ डर बड़ी बीमारियों का भी होता है, जो मृत्यु के डर से संबंधित है।

कई बार छोटे बच्चे नींद से अचानक उठकर जोर-जोर से रोते या बड़बड़ाते हैं क्योंकि उन्हें नींद में घबराहट होती है।

कुछ आध्यात्मिक साधनाएँ करनेवाले लोगों को अपनी आंतरिक संवेदनाओं से भविष्य की बुरी घटनाओं का एहसास हो जाता है, जो डर का कारण बनता है।

इस प्रकार के डर मनुष्य पर किसी भी समय और किसी भी स्थान पर अचानक हमला कर सकते हैं। इसका न कोई कारण है, न इसे बने रहने की कोई निश्चित अवधि। ये डर अचानक महसूस होते हैं और फिर बिना कोई प्रभाव छोड़े अचानक गायब भी हो जाते हैं। ऐसे बिना किसी कारण मन में उत्पन्न हुए डर की वजह से बेचैनी, अस्वस्थता महसूस होती है और कुछ तो बुरा होगा, ऐसा रहस्यमय डर हमेशा लगा रहता है।

ऐसे ज्ञात और अज्ञात डरों के शिकार हुए लोग सफलतापूर्वक ठीक हो सकते हैं, आगे दिया गया शंकाओं का **महाअनुवाद, स्वसंवाद** और **पक्षवाक्य** दोहराने से।

शंका

लगता है मुझे बहुत डर।

महाअनुवाद

मेरा मन है ईश्वर का घर।

स्वसंवाद

✻ मैं निर्भय हूँ और काबिल बन रहा हूँ, जीवन पर मेरा पूर्ण विश्वास है।

✻ मैं सदा सुरक्षित हूँ। मेरा आहार, विहार और पाचन
आनंद की स्थिति में चल रहा है।

✻ मैं आराम की अवस्था में शांत हूँ... आय एम रिलॅक्सड्।

पक्षवाक्य

जब भी ज्ञात या अज्ञात चीज़ों का डर महसूस हो तब खुद से कहें और निडर होकर कहें- 'मैं डर के नहीं, साहस और आत्मनिर्भरता के पक्ष में हूँ।'

९. दिशाहीन और असंतुष्ट जीवन के रोगी

कुछ लोग हर चीज़ का अल्प ज्ञान होने और किसी चीज़ का विशेषज्ञ न होने की स्थिति में होते हैं। इन्हें अंग्रेजी में कहा जाता है–Jack of all trades, master of none। इनके सामने अनेक बड़े और महत्वपूर्ण सही विकल्प होते हैं। सिर्फ संतुष्टि न मिलने की वजह से वे अन्य नए-नए विकल्प चुनते रहते हैं।

एक लड़का अच्छे मार्कस् से बारहवीं पास होता है। बुद्धिमत्ता के कारण उसके लिए इंजीनियरिंग, मेडिकल और सूचना प्रौद्योगिकी (इनफरमेशन टेक्नोलॉजी) जैसे सारे बड़े-बड़े विकल्प मौजूद होते हैं मगर घरवाले उसे कुछ और सुझाव देते हैं। ऐसे में वह सभी महत्वपूर्ण विकल्पों में से एक का चुनाव करने में असमर्थ होता है। फिर जो भी विषय चुने, उसमें भी उसके लिए सही कॉलेज का चुनाव करना मुश्किल हो जाता है। अंततः उसकी कोशिशों को निश्चित दिशा नहीं मिलती। जिस वजह से बुद्धिमान, साहसी, योग्यता होने के बावजूद भी वह असंतुष्टि का शिकार हो जाता है।

महत्वपूर्ण निर्णयों में स्थिरता प्राप्त करवाकर आत्मसंतुष्टि, आनंद, विश्वास और निश्चितता देने में आगे दिया गया **महाअनुवाद, स्वसंवाद** और **पक्षवाक्य** आपकी मदद कर सकता है।

शंका
मुझे नहीं मिल रही है सही दिशा, मेरे साथ हो रहा सब वर्स्ट है।

महाअनुवाद
आगे केवल बेस्ट है क्योंकि आज बेस्टेस्ट है।

स्वसंवाद
* मेरी कल्पना खूबसूरत, व्यवहारिक और अव्यक्तिगत है, जिससे सभी को लाभ मिलनेवाला है इसलिए यह कल्पना जल्दी ही साकार रूप ले रही है।
* मेरे फैसले मेरे लिए हमेशा उपयोगी सिद्ध होते हैं।
* मैं गर्व और आज़ादी से खड़ा हो सकता हूँ।
* मैं अपनी भीतरी आवाज़ पर यकीन करता हूँ।

पक्षवाक्य
जब भी जीवन में कोई दिशा न मिले तब खुद से कहें और साफ-साफ कहें, 'मैं दिशाहीन विचारों के नहीं, हॅपी थॉट्स के पक्ष में हूँ।'

१०. भूतकाल में जीनेवाले रोगी

अकसर लोग अपने भूतकाल को भूल नहीं पाते। ये भूतकाल में इतने जकड़े होते हैं कि हमेशा अपनी पुरानी यादों में खोए रहते हैं। किसी प्रियजन अथवा मित्र की मृत्यु, उनकी पुरानी आशाएँ जो पूर्ण नहीं हुईं, अपने पुराने अच्छे अवसर जिन्हें वे खो चुके हैं आदि बातों को याद करते रहते हैं।

जब मनुष्य का मन भूतकाल की सुखद अथवा दुःखद यादों में सदा डूबा रहना चाहता है तब वर्तमान की परिस्थिति में उसकी रुचि समाप्त हो जाती है। ऐसे लोग वर्तमान की परिस्थितियों को सुलझाने की कोशिश भी नहीं करते। वे न तो वर्तमान में होते हैं, न अपने कामों में और न समाज में।

कुछ लोग अपने प्रियजन की मृत्यु होने के बाद उसे भूल नहीं पाते। प्रिय सदस्य की मृत्यु स्वीकार नहीं कर पाते और मानसिक रूप से भूतकाल में ही बने रहते हैं इसलिए वे वर्तमान से ताल-मेल नहीं बिठा पाते।

हमारे आस-पास कितने सारे लोग रहते हैं जो आज के, अभी के क्षणों को ठीक से जी नहीं पाते, बार-बार भूतकाल में जाते हैं। इन्हें ज़्यादातर भूतकाल के ही विचार

आते हैं, जिस कारण ये ज़्यादातर होमसिक महसूस करते हैं (घर की याद आती है)। पुराना घर, पुराना ऑफिस, पुराने मित्र, पुराना काम आदि।

अगर आपका यह स्वभावदोष है कि आप अकसर भूतकाल में ही रहते हैं। आपको हमेशा बीती हुई घटना, बातें, यादों में खोए रहना अच्छा लगता है। पुरानी घटनाओं से आप अपना नाता नहीं तोड़ पाते तो आपको नीचे दिया गया महाअनुवाद, स्वसंवाद और पक्षवाक्य बार-बार दोहराना होगा।

शंका

मैं भूतकाल के विचारों से परेशान और उदास हूँ।

महाअनुवाद

जा रहा हूँ मैं सत्य के पास, अपने मालिक (ईश्वर) का मैं दास हूँ।

स्वसंवाद

* *मैं समय को अपने घावों पर मरहम लगाने की इजाज़त देकर हर क्षण का स्वागत करने के लिए तैयार हूँ।*
* *मैं अपने आपको बदलने, आगे बढ़ने तथा नए भविष्य का निर्माण करने के लिए उत्सुक हूँ।*
* *Past is not bad, it is dead.*
* *मैं अपने दिमाग और शरीर को संतुलित रख, ऐसे विचारों को चुनता हूँ जो मुझे अच्छा महसूस करवाते हैं।*
* *अतीत की सभी समस्याओं को आसानी से भुलाकर उज्ज्वल भविष्य के लिए मैं अपनी चेतना को खोलता हूँ।*
* *मेरे हर विकास तथा बदलने के लिए कई अवसर मौजूद हैं।*

पक्षवाक्य

जब भी मन भूतकाल की कोई बात पकड़कर बैठ जाए तब खुद से कहें और खुलकर कहें, 'मैं बीते हुए कल के नहीं, संभावना के पक्ष में हूँ।'

११. 'ना' न बोल पानेवाले गुलामी वृत्ति के रोगी

इस श्रेणी के लोग अबोल, शांत और डरपोक होते हैं। इनमें किसी को कोई भी कार्य या बात के लिए कुछ कह पाने की क्षमता नहीं होती। इनकी अपनी खुद की कोई

शख्सियत नहीं होती। इन्हें स्वयं का कोई निश्चित विचार नहीं होता। ऐसे व्यक्तित्ववाला इंसान औरों के विचारों से तुरंत प्रभावित हो जाता है। ऐसे लोग खुद के शरीर, मन, बुद्धि का कुछ भी खयाल न रखते हुए अपनी क्षमता से बाहर जाकर और तनावग्रस्त होकर सारे कार्य करते रहते हैं। फिर इन्हें अत्यधिक तनाव के सारे शारीरिक दुष्परिणाम दिखाई देते हैं। जैसे वजन कम होना, रक्त कोशिकाओं में बाधा आना, रक्तस्राव होना, रक्तक्षय (हीमोग्लोबिन) कम होना, ऐसिडिटी, सिरदर्द या किसी और शारीरिक तनाव के लक्षण इत्यादि।

जो सरल कार्य वे दूसरों से करवा ही सकते हैं, उन्हें भी ये स्वयं करते रहते हैं। ये दूसरे के आदेश मानने के लिए बाध्य भी नहीं होते, फिर भी बहुत विनम्रता से दूसरों के लिए कार्य करते हैं। दूसरे उनकी कमज़ोर इच्छाशक्ति का दुरुपयोग करके उनका फायदा उठाते हैं।

दफ्तरों में बाकी लोग अपना काम भी इन्हीं से करवा लेते हैं। यहाँ तक कि कभी-कभी चपरासी भी इनसे अपना काम करवा लेता है। इससे इनका खुद का कार्य पूरा नहीं हो पाता और तब ये अपना काम घर ले जाकर करते हैं।

ऐसे लोग अत्यधिक कार्य करके खुद को थका देते हैं और स्वयं के प्रति अन्याय करते हैं। साथ ही अनजाने में समाज में एक बुराई बढ़ाने में योगदान भी देते हैं। क्योंकि वे दूसरों के कार्य करके उन्हें उनके कर्तव्य और ज़िम्मेदारी से विमुख कर देते हैं। जिससे बाकी लोग गैरज़िम्मेदार, आलसी, दूसरों का फायदा उठानेवाले बन जाते हैं।

यदि आप दूसरों को किसी भी बात के लिए ना नहीं कह सकते, न उन्हें टाल सकते हैं, दूसरों के हुक्म के और कमज़ोर इच्छाशक्ति के गुलाम हैं, आप हमेशा दूसरों के डर से अपनी ज़रूरतों या अपने विकास को महत्त्व नहीं देते या नज़रअंदाज़ करते हैं तो आपको इस वृत्ति से बाहर आने में आगे दिया गया **महाअनुवाद, स्वसंवाद** और **पक्षवाक्य** मदद करेगा।

शंका
देकर काम करते हैं मुझे सब तंग।

महाअनुवाद
करते हैं मेरा हौसला बुलंद रब तो है मेरे संग।

स्वसंवाद
❋ मैं जानता हूँ कि जीवन मेरे साथ है।

मुझे जिसकी भी ज़रूरत होती है, वह मुझे मिलता है।
* मैं अपनी भावनाओं को ज़ाहिर करता हूँ क्योंकि अपनी भावनाओं को व्यक्त करना सुरक्षित है।
* मैं जो चाहता हूँ उसे माँगने में मैं आज़ाद हूँ और जो नहीं चाहता उसे ज़ाहिर करने में सहज हूँ।
* स्वयं को प्रस्तुत करना मेरे लिए सुरक्षित है।
* मैं बड़ी सहजता से अपने हक में बोलता हूँ।
* मैं खुशी, शांति, खुले दिल से और साहस के साथ वार्तालाप (संप्रेषण) करता हूँ।
* 'मैं हर प्रकार के दोष से मुक्त हूँ,
* मैं दूसरों के नज़रिए पर गौर करता हूँ।
* मैं अपना हृदय खोलकर प्रेम के गीत गाता हूँ।
* मैं सहजता से अपने हक में बोल सकता हूँ।
* मैं पूर्णता करने में सहज हूँ।

पक्षवाक्य

जब भी किसी की बातों से सिकुड़न महसूस हो तब खुद से कहें और खुलकर कहें- 'मैं सिकुड़न के नहीं, खिलने-खुलने के पक्ष में हूँ।'

१२. नई बदलाहट को स्वीकार न कर पानेवाले रोगी

परिवर्तन जीवन का नियम है। इस परिवर्तन को बिना किसी शिकायत के स्वीकार कर, उसके अनुरूप ढलना सहज और सरल है। लेकिन मनुष्य का मन इस परिवर्तन को अस्वीकार करता है क्योंकि मन आदतों का गुलाम होता है। उसकी आदत होती है कि वह नए को जल्द स्वीकार नहीं कर पाता। जिस वजह से वह अपने जीवन की सहजता, सरलता और शांति खो बैठता है। प्रतिरोध की वजह से मन में अशांति, नकारात्मक भाव और शारीरिक समस्याएँ पैदा होने लगती हैं।

बड़े होकर नई नौकरी, नए लोग, वहाँ का वातावरण, जीवन में आगे बढ़ते रहना, कुशल बनते रहना, ट्रान्सफर, सफर, नया शहर, नए लोग, शादी, गर्भावस्था, बच्चे, उन्हें बड़ा करना, नए रिश्ते, नए मोड़, इतनी सारी घटनाएँ एक साथ। फिर ऋतुस्राव शुरू होना (मेनारकी), रजोनिवृत्ति (मेनोपॉज), वृद्धत्व, सेवानिवृत्ति, खालीपन, बीमारियाँ,

डॉक्टर्स, अस्पताल जाना, वहाँ भर्ती होना।

इस तरह गर्भ से लेकर मृत्यु तक इतने सारे परिवर्तनों के अनुसार ढलते रहना इंसान के लिए अनिवार्य हो जाता है। इन सभी परिवर्तनों के हिसाब से आसानी से, बिना शिकायत, बिना नकारात्मकता के सहजता से इंसान रह नहीं पाता। वह पुरानी स्थिति, पुराने संबंध, पुरानी आदतें, पुराने रीति-रिवाज, पुराने तथ्यों, तर्कों से आगे की ओर सहजता से बढ़ नहीं पाता। नए संबंध, नई आदतें, नया वातावरण व अपने भविष्य से सुंदरता और सहजता से नाता जोड़ नहीं पाता। जिस कारण अस्थिरता का शिकार हो जाता है।

अतः जब भी आप नए को सहजता से स्वीकार नहीं कर पा रहे हैं, जैसे नौकरी बदलना, नया घर, नए रिश्ते, गर्भधारण, शादी आदि तब हर संकट और परिवर्तन में आपको नीचे दिया गया महाअनुवाद, स्वसंवाद और पक्षवाक्य सहारा देगा। इससे आप बिना लड़खड़ाए भूतकाल को भूलकर, भविष्य के लिए वर्तमान में सजग हो जाएँगे।

शंका
सब कुछ बदल रहा है, कुछ नहीं हो रहा मेरे मन अनुसार।

महाअनुवाद
खुद को तू न भूल तो होगा बेड़ा पार।

स्वसंवाद
* मेरी समझ स्पष्ट है और मैं समय के साथ बदलने को तैयार हूँ।
* मैं सहजता और खुशी से पुराने का त्याग और नए का स्वागत करता हूँ।
* मैं अपने दिमाग का चालक हूँ, अपने दिमाग को नए ढाँचे में लाना मेरे लिए आसान है।
* मैं पुराने निर्धारित ढाँचे से मुक्त हो रहा हूँ।
* मैं हर समय ठीक हूँ।
* मैं अपने तथा औरों के लिए करुणाभाव रखता हूँ।
* सब बढ़िया है।
* मैं अपनी उस सोच को छोड़ रहा हूँ जो मेरी बेहतरी का विरोध करती है।
* जो मैं बनना चाहता हूँ, मुझे बनने से रोकती है, उसका मैं त्याग करता हूँ।
* मैं अब बदलने के लिए बिलकुल तैयार हूँ।

पक्षवाक्य

जब भी जीवन में कोई बदलाहट हो और मन व्याकुल होकर बोरियत महसूस करे तब खुद से कहें और उत्साह से कहें-

'मैं व्याकुलता के नहीं, नवीनता के पक्ष में हूँ।
मैं बोरडम के नहीं, रिदम के पक्ष में हूँ।
मैं बदले के नहीं, बदलाहट के पक्ष में हूँ।'

१३. पूर्ण नाउम्मीद और निराशा से घिरे रोगी

आँखों के नीचे कालापन, मुरझाया हुआ प्रभावहीन फीका चेहरा, जिनमें कोई ज़िंदादिली नहीं, ऐसे लोग खुद भी निराशावादी रहते हैं और बाकी लोगों को भी निराशाभरी बातें बोलते हैं।

ऐसे लोगों का न खुद पर और न दूसरों पर विश्वास होता है। ये लोग यदि बीमार हो जाएँ तो कहते हैं- 'देखो, मुझे तो विश्वास ही नहीं है कि मैं ठीक हो जाऊँगा पर फलाँ मुझे यहाँ अस्पताल ले आया है। इसलिए मैं यहाँ आया हूँ लेकिन मुझे नहीं लगता कि मेरी इस बीमारी का कोई इलाज है।'

इनका संदेह, निराशा, अनिश्चितता गहरी होती है। अगर कोई रिश्तेदार ऐसे इंसान को किसी मामले में धोखा दे तो सभी रिश्तेदारों पर से उनका विश्वास उठ जाता है। यदि इन्हें सरकारी कार्यालयों में बुरे अनुभव हुए हों तो उनका सारे सरकारी लोगों पर से विश्वास उठ जाता है। ऐसे निराश व्यक्ति के साथ कोई काम करना पसंद नहीं करता। ऐसे लोग अपने दुःख से अपने साथ-साथ आस-पास के वातावरण को भी उदास और दुःखी बना देते हैं। जबकि बिना आशा के कोई भी रोगी स्वस्थ नहीं हो सकता।

निराशावादी होने की वजह से इनका स्वास्थ्य कुछ सुधरने के बाद फिर से बिगड़ने लगता है तथा इनका अपने हर इलाज के प्रति विश्वास खत्म होने लगता है।

ऐसे लोगों को जीवन में कुछ अच्छा होगा, यह विश्वास नहीं आता। ये पूरी तरह निराशा और नाउम्मीदी (hopeless) के शिकार होते हैं। जीवन पर से इनका विश्वास खो चुका होता है।

जैसे बिना किसी पूर्वसूचना के आकाश में अचानक काले बादल छा जाते हैं, वैसे ही उदासी इन लोगों को चारों ओर से घेर लेती है। कुछ समय पश्चात् उदासी का यह बादल अपने आप गायब भी हो जाता है, वैसे ही जैसे अचानक छाया था। यह उदासी कितनी देर तक रहेगी, कितने समय में निकल जाएगी, कुछ कहा नहीं जा सकता। उस

मनुष्य के चेहरे पर उदासी और माथे पर चिंता की लकीरें साफ-साफ दिखाई देती हैं।

उनमें तीव्र मानसिक पीड़ा, निराशा और वेदना मौजूद होती है, वह पीड़ा जो बहुत अंदर तक पहुँच गई है, जो सब्र की सारी हदें पार कर चुकी है, जहाँ सारी आशाएँ पूर्ण रूप से खत्म हो चुकी होती हैं। ऐसे बहुत गहरी निराशा में घिरे लोग सोचते हैं-'मेरा सब कुछ नष्ट हो गया है, अब न जीने से कोई फायदा है, न मरने से। इसके आगे ईश्वर मुझे क्या देगा, जो मैं सह पाऊँ? मेरे लिए सब कुछ खत्म हो गया है। ऐसी मानसिक पीड़ा, जिससे न राहत है, न बचाव की आशा, आखिर जाएँ तो कहाँ जाएँ?'

ऐसे लोगों में से कुछ इतने हद तक निराश होते हैं कि उन्हें लकवा (पैरालिसीस) हो जाता है। निराशा की वजह से वे संवेदनशून्य हो जाते हैं। वर्तमान से उनकी रुचि खत्म हो जाती है और वे सारे प्रयत्न करना छोड़ देते हैं। उन्हें लगता है- 'बस अब बरदाश्त नहीं होगा, नाश और विध्वंस के अलावा अब कुछ बचा ही नहीं है। ये बिलकुल लाचार, असहाय, असुरक्षित महसूस करते हैं और इन्हें किसी प्रकार के मदद की आशा नहीं होती।

ऐसे घोर निराशा से घिरे इंसान का विश्वास टूटने से बच सकता है और उसे आशा की किरण दिख सकती है, आगे दिए **महाअनुवाद, स्वसंवाद** और **पक्षवाक्य** दोहराने से।

शंका

कोई नहीं है मददगार, मैं तो गया हार।

महाअनुवाद

तू बस रब को पुकार, हार-जीत के पार है जीवन का सार।

स्वसंवाद

* *मैं प्यार करने लायक हूँ, मैं खुद को प्यार और स्वीकार करता हूँ।*
* *जब तक मैं दुःखी न होना चाहूँ तब तक मुझे कोई दुःखी नहीं कर सकता।*

पक्षवाक्य

जब भी जीवन में बाधाएँ आएँ, रोना आए तब खुद से
कहें और विचारों को शांत करते हुए मुस्कराकर कहें,
'मैं बाधाओं के नहीं, फ्री फ्लो के पक्ष में हूँ...
मैं रोने के नहीं, खुशी के पक्ष में हूँ।'

१४. आत्मग्लानि के शिकार हुए, स्वनिंदा वृत्तिवाले रोगी

कुछ ऐसे व्यक्तित्ववाले लोग होते हैं, जो अपने आपको दोषी ठहराकर अपराधबोध में जीते हैं। साधारणतः हर मनुष्य गलतियाँ करता है, गलतियों के लिए माफी माँगकर आगे भी बढ़ जाता है या अपनी गलतियों से सीखता है और वह गलती दोबारा न हो, इसकी कोशिश करता है। मगर कुछ लोग बिलकुल इसके विपरीत होते हैं, जो गलतियाँ करके अपराधी भाव में तड़पते रहते हैं।

अचानक घर में किसी की मृत्यु हुई और घरवाले उस सदस्य से कोई ज़रूरी बात नहीं कह पाए या कोई छोटी बात को लेकर उस सदस्य से झगड़ा हुआ था या मनमुटाव था, उसे सुलझा नहीं पाए थे। ऐसे में जो गुजर गया उसके लिए बाकी घरवालों के मन में अपराधबोध की भावना आती है कि 'शायद हमसे कोई कर्तव्य या ज़िम्मेदारी पूरी नहीं हुई, हम ही कसूरवार हैं तभी इसकी मौत हुई।'

कोई इंसान ज़िम्मेदारीवाला कार्य करने के बाद भी अपराधबोध में जीता है कि 'मैं इस काम को ठीक से नहीं कर पाया, यह कार्य और बेहतर हो सकता था।'

कुछ लोग पिछली घटनाओं में खुद को दोषी मानकर भूतकाल में हुई गलतियों में मग्न रहते हैं। वे हमेशा उदास, आत्मनिंदा में दुःखी और खुद से असंतुष्ट रहते हैं।

हमेशा खुद को नाकाबिल और हीन समझना, कामयाबी मिलने पर भी और बेहतर होने की इच्छा में नाखुश रहना। इस तरह के अपराधबोध, स्वनिंदा की वृत्ति से बाहर आकर आत्मसंतुष्टिभरा जीवन जीया जा सकता है। इसके लिए आगे दिया गया **महाअनुवाद, स्वसंवाद** और **पक्षवाक्य** दोहराएँ।

शंका
मुझे आत्मग्लानि के विचारों के कारण आती नहीं है नींद।

महाअनुवाद
विचारों का ध्यान कर हर दिन, बंद हो जाएगी यह बीन।

स्वसंवाद
✽ *मैं खुद को माफ करता हूँ... मेरा इन-साफ करता हूँ।*
✽ *अब मैं शुद्ध हूँ... अपराधबोध से मुक्त हूँ।*
✽ *मैं दुःखद घटनाएँ सहजता से भूल रहा हूँ।*
मेरे अवचेतन मन में सिर्फ सुखद यादें ही बाकी हैं।

पक्षवाक्य

जब भी खुद की दुर्गति होती नज़र आए,
खुद को नाकाबिल समझने लगे तब खुद से कहें
और आत्मविश्वास से कहें,
'मैं दुर्गति के नहीं, तेजगति के पक्ष में हूँ।
मैं आत्मनिंदा के नहीं आत्मदर्शन के पक्ष में हूँ।

मनन प्रश्न :

१. आपकी कौन सी असंतुलित और नकारात्मक भावनाएँ हैं, जिसे आप ठीक करना चाहते हैं?

२. क्या आप वाकई अपनी नकारात्मक भावनाओं को बदलकर स्वसंवाद, महाअनुवाद और पक्षवाक्य का इस्तेमाल करके संपूर्ण स्वास्थ्य प्राप्त करना चाहते हैं?

कार्ययोजना :

१. हर दिन एक नकारात्मक या असंतुलित भावना को अपने मन के क्षेत्र में लाकर लिखित रूप में उस पर मनन करें।

२. स्वसंवाद, महाअनुवाद और पक्षवाक्य के उपयोग से हर मानसिक और शारीरिक रोग से मुक्त होने के लिए कार्ययोजना बनाकर, निरंतरता से उस पर कार्य करें।

अध्याय १९

एक शब्द से पाएँ स्वास्थ्य लाभ

हेल्प...हेल्प...हेल्प

कई लोग स्वास्थ्य प्राप्ति के लिए कर्मकाण्ड या पूजा-अर्चना भी करते हैं। मगर अब आठवाँ औजार हमें कौन सी प्रार्थना बार-बार दोहरानी चाहिए, यह समझाएगा।

अगर आप संपूर्ण स्वास्थ्य पाना चाहते हैं तो आपको करनी है, 'सरल प्रार्थना'। प्रार्थना में अद्‌भुत शक्ति होती है। प्रार्थना में हर परेशानी का हल छिपा होता है। प्रार्थना हर तनाव को विलीन कर सकती है। रोग से मुक्ति, स्वास्थ्य की प्राप्ति और सफलता से युक्ति करने का सबसे पहला तरीका है- 'सरल प्रार्थना'।

अकसर लोगों के मन में मान्यता होती है कि प्रार्थना बहुत लंबी होनी चाहिए, उसमें कठिन शब्द, संस्कृत के श्लोक, मंत्र, जाप आदि होने चाहिए। स्वास्थ्य प्राप्ति के लिए या किसी बीमारी से मुक्त होने के लिए कोई तंत्र-मंत्र या कर्मकाण्ड का इस्तेमाल करना चाहिए। मगर ध्यान रहे दिल से कहा गया एक शब्द भी प्रार्थना बन सकता है। जैसे- आपने एक शब्द कहा- 'हेल्प' या कहा- 'हे ईश्वर मेरी मदद करो... हे ईश्वर, मुझे स्वास्थ्य की दौलत दो', दोनों में आपके भाव महत्वपूर्ण हैं। यदि आप तहेदिल से 'हेल्प' कहते हैं तो आपके जीवन में स्वास्थ्य का निर्माण शुरू हो सकता है क्योंकि **दिल से की गई प्रार्थना आपके जीवन में 'टर्निंग पॉईंट' ला सकती है।**

'हेल्प' इस शब्द से 'हेल्थ' पाने के लिए नीचे दी गई दो बातों पर कार्य करें।

१) **पूर्व तैयारी –** सरल प्रार्थना करने का पहला कदम है- 'पूर्व तैयारी'। पूर्व तैयारी में आपको अपने अंतर्मन के साथ ताल-मेल बिठाना है ताकि

वह प्रार्थना को पूरी तरह से ग्रहण कर पाए। अंतर्मन के साथ ताल-मेल बिठाने के लिए अपनी आँखें बंद करके तीन-चार बार दीर्घ साँस लें।

बाह्यमन को शांत करने के लिए आप 'प्रेम, आनंद, मौन... प्रेम, आनंद, मौन... प्रेम, आनंद, मौन...' का जाप भी कर सकते हैं क्योंकि 'प्रेम, आनंद, मौन' ये दिव्य गुण हैं। इन शब्दों में मन को शांत करने की ताकत होती है।

इस तरह पहले कदम पर आपको अंतर्मन की भूमि को उपजाऊँ बनाना है ताकि स्वास्थ्य की फसल अच्छी मात्रा में तैयार हो सके।

२) **प्रार्थना करें –** दूसरे कदम पर रिलॅक्सड् होकर एक शब्द बार-बार दोहराएँ- 'हेल्प... हेल्प... हेल्प... '। यह शब्द लगातार दोहराएँ, आप चाहें तो इसे धुन में या संगीत के साथ भी दोहरा सकते हैं। आपका अंतर्मन संगीत और धुन से जल्दी ताल-मेल में आता है। धीरे-धीरे, प्यार से, लय-ताल में गुनगुनाते हुए प्रार्थना करते रहें, 'हेल्प... हेल्प... हेल्प...'।

अगर आप 'हेल्थ' यानी स्वास्थ्य पर और गहराई में कार्य करना चाहते हैं तो 'हेल्प' इस शब्द के बजाय कहें, **'हेल्थ... हेल्थ... हेल्थ...'**। जब तक यह शब्द अंतर्मन तक नहीं पहुँचता तब तक यह प्रार्थना दोहराते रहें। इस तरह 'सरल प्रार्थना' भी आपके स्वास्थ्य पर आश्चर्यजनक परिणाम ला सकती है।

पानी जब शून्य डिग्री तक पहुँचता है तब वह बर्फ बन जाता है। हालाँकि 'पानी' तो एक ही मूल चीज़ है। मगर तापमान कम-ज़्यादा करके उसका रूपांतरण किया जा सकता है। जो बात पानी के साथ है, वही स्वास्थ्य के साथ! **अगर विचारों को दिशा मिले, जीवन को दमदार लक्ष्य और उच्चतम मार्गदर्शन मिले तो हमारे स्वास्थ्य में भी सकारात्मक रूपांतरण हो सकता है।** विश्व में ऐसे कई लोग हैं, जो लाइलाज बीमारियों के बावजूद भी कठिन से कठिन कार्य कर पा रहे हैं क्योंकि उन्होंने किसी कर्मकाण्ड में दिलचस्पी नहीं दिखाई बल्कि सही तरीके से **'सरल प्रार्थना'** की। इसलिए सिर्फ स्वास्थ्य के लिए नहीं बल्कि जीवन के हर स्तर पर मार्गदर्शन पाने के लिए सही प्रार्थना करें।

सरल प्रार्थना से आपका जीवन 'तरल' और 'सरल' बनता है। 'तरल' यानी सहजता और स्वीकार भाव से जी गई ज़िंदगी। ऐसी प्रार्थना जो आपको हर घटना स्वीकार करना सिखाती है। नदी का प्रवाह कितना तरल होता है! गंगा के तरल बहाव में नहाकर लोगों को शुद्धता महसूस होती है। इसी तरह जब आपके मन में उभरनेवाले भाव तरल होते हैं तब आप 'फ्री फ्लो' यानी भरपूरता और शुद्धता के भाव में रहने लगते हैं।

जब आपके विचार 'तरल' बनते हैं तब आप 'नवरोध' अवस्था में आते हैं। 'नवरोध' यानी जहाँ पर कोई भी विरोध या अस्वीकार नहीं है। मानो, बारिश ज़्यादा पड़ हो रही है या कम हो रही है... मेहमान कम हैं या ज़्यादा... लाईट चालू है या बंद... दर्द कम है या ज़्यादा... इससे आपको कोई फर्क नहीं पड़ेगा। अब आप जान गए हैं- 'आज जितना दर्द हो रहा है, सही मात्रा में है क्योंकि यह मेरी ज़रूरत है।' इस तरह आपके जीवन में होनेवाली हर घटना में अगर आप 'नवरोध' अवस्था में रह पाए तो आपको स्वास्थ्य की दौलत जल्दी मिलेगी।

मनन प्रश्न :

१. हमें स्वास्थ्य प्राप्ति के लिए कौन सी प्रार्थना बार-बार दोहरानी चाहिए? और स्वास्थ्य प्राप्ति के रहस्य क्या हैं?

कार्ययोजना :

१. तहेदिल से सरल प्रार्थना करें- 'हे ईश्वर मेरी मदद करो, मुझे स्वास्थ्य की दौलत दो।' इसके लिए पूर्व तैयारी में अपने अंतर्मन के साथ ताल-मेल बिठाएँ और दीर्घ साँस लें। फिर बाहरी मन को शांत करने के लिए- प्रेम, आनंद, मौन का जाप करें। अब रिलॅक्स होकर- हेल्प, हेल्प या हेल्थ, हेल्थ... शब्द लगातार दोहराएँ।

२. रामबाण इलाज- तन के लिए व्यायाम, बुद्धि के लिए अभ्यास और मन के लिए ध्यान रामबाण इलाज है, इसे निरंतरता से करें।

३. 'थोड़ा मगर आज'- यह सूत्र अपने जीवन में ज़रूर अपनाएँ।

२० अध्याय

तनाव मुक्त जीवन का राज़

जाने दो... जाने दो... जाने दो

कई लोगों के लिए अपनी छोटी इच्छा को भी छोड़ना मुश्किल साबित होता है। इसी से शरीर में तनाव बढ़ने की आशंका होती है। चाहतें हावी हो जाने पर, उनसे मुक्ति पाने के लिए कुछ लोग सलाहकार (साइकिऍट्रिस्ट) की भी मदद लेते हैं। ऐसे में 'जाने दो' ध्यान द्वारा अपनी सभी चाहतों से मुक्ति पाई जा सकती है। यह ध्यान आपके ध्यान क्षेत्र को निर्मल बनाकर आपको स्वास्थ्य लाभ दे सकता है। जो लोग अपनी भावनाएँ या विचार प्रकट करने से कतराते हैं, वे इस ध्यान की मदद से अनचाहे विचार और वृत्तियों से मुक्ति पाकर स्वास्थ्यपूर्ण जीवन जी सकते हैं। तो आइए, तनाव से मुक्ति और स्वास्थ्य से युक्ति की विधि जानते हैं :

१. ध्यान में बैठने से पहले निश्चित समय का बजर सेट करें। उसके बाद आँखें बंद करते हुए अपनी चुनिंदा ध्यान अवस्था और मुद्रा में बैठें।

२. ध्यान की शुरुआत में स्वयं से कहें, 'इसके बाद मैं 'जाने दो' ध्यान करने जा रहा हूँ। इस ध्यान से मुझे उच्चतम लाभ मिलनेवाला है। मैं अपने अनचाहे विचार, भावनाएँ और तनाव मुक्त करना चाहता हूँ। ध्यान के दौरान और उसके बाद भी ईश्वर मेरी सतत सहायता कर रहा है ताकि मैं तनावरहित जीवन जी सकूँ। ईश्वर चाहता है कि मैं उसके नजदीक रहूँ इसलिए वह मुझसे यह ध्यान करवा रहा है। ईश्वर की सहायता के लिए उसे अनंत धन्यवाद!' इस तेजप्रार्थना के बाद ध्यान की शुरुआत करें।

३. ध्यान के दौरान यह समझ रखें कि जब आप अपनी हर बात को छोड़ने के लिए राजी हो जाएँगे तब जो आपका होगा, वह आपके पास बढ़कर आएगा। जो आपके लिए नहीं है, वह विलीन हो जाएगा। इस समझ के साथ किसी बात को छोड़ने में कंजूसी न करें

क्योंकि खोने के लिए कुछ नहीं है, पाने के लिए पूरा संसार है, ब्रह्माण्ड है।

४. अगले पड़ाव पर स्वयं से पूछें, 'मैं क्या-क्या देखना नहीं चाहता?...'मैं क्या सुनना नहीं चाहता?... ऐसे कौन से स्वाद हैं, जो मैं नहीं चखना चाहता और ऐसे कौन से स्वाद हैं, जो मैं हमेशा चखना चाहता हूँ?... ऐसे कौन से गंध मुझे पसंद नहीं हैं या कौन से गंध पसंद हैं?... कौन से स्पर्श मुझे नहीं चाहिए?' इन सभी सवालों पर अलग-अलग जवाब आएँगे।

५. अब स्वयं से पूछें- 'क्या इन सभी को मैं छोड़ सकता हूँ?' जवाब आएगा, 'हाँ, मैं इनसे मुक्त होकर आज़ाद जीवन जी सकता हूँ।' तब स्वयं से कहें, 'इन चाहतों को जाने दो।' ऐसा कहते वक्त अपनी मुट्ठी बाँधकर उसे 'जाने दो... जाने दो...' कहते हुए धीरे से खोलें। उसी वक्त मन-ही-मन दोहराएँ, 'अब मैंने इन चाहतों को छोड़ दिया है।'

६. आगे ध्यान के दौरान यह सोचें कि ऐसे कौनसे कार्य हैं, जिनके साथ आपकी चाहतें जुड़ी हुई हैं। कई बार आपको लगता है 'ऐसा हो जाए... वैसा हो जाए...', वे सभी चाहतें सामने लाएँ। कई बार आप यह भी चाहते हैं कि आपके द्वारा कई तरह के कार्य हों या न हों। कार्य करते वक्त होनेवाली गलतियाँ या आनेवाली परेशानियों से भी किसी को बहुत डर आता है। इस ध्यान के दौरान ऐसी सभी बातें सामने लाएँ।

७. आगे स्वयं से कहें- 'क्या मैं स्वयं को गलतियाँ करने की अनुमति दे सकता हूँ? मैंने जो तय किया है, वैसा नहीं हुआ तो क्या मैं उसका आसानी से स्वीकार कर सकता हूँ? क्या मैं अपनी सभी चाहतों से मुक्त हो सकता हूँ? क्या मैं मुक्त जीवन जी सकता हूँ? क्या मैं स्वयं को मुक्त होने की अनुमति दे सकता हूँ? क्या मैं अपनी हाथों से संबंधित सभी चाहतें छोड़ सकता हूँ?' इन सारे सवालों के जवाब अधिकतर 'हाँ' ही आएँगे। इसी जवाब के साथ अपनी मुट्ठी बाँधकर, उसे 'जाने दो... जाने दो...' कहते हुए धीरे से खोलें। ध्यान के दौरान अब ऐसी अवस्था प्रकट हो रही है, जहाँ कुछ हो या न हो, ऐसी कोई चाहत नहीं है। जीवन में कुछ मिले या न मिले, ऐसी कोई चाहत नहीं है।

८. ध्यान में आगे यह जाँचें कि आपने विचारों के साथ कौन सी चाहतें रखी हैं? विचारों के साथ जुड़ी चाहतें ज़्यादातर अदृश्य होती हैं मगर आज आपको सभी अदृश्य बातों को भी सामने लाना है। आपको जानना है कि कौन से विचार न आए, ऐसा आपको लगता है, जैसे निराशा, चिंता, बीमारी आदि के विचार।

ज़्यादातर हमें नकारात्मक विचारों से अवरोध होता है।

ध्यान के दौरान विचारों से संबंधित कई चाहतें आपके सामने आएँगी। जैसे कोई मेरे काम में टाँग न अड़ाए, मेरा कार्य सर्वोत्तम हो, मेरे कार्य का श्रेय मुझे ही मिले आदि सूक्ष्म से सूक्ष्म चाहत सामने लाने की पूरी कोशिश करें।

९. अब यह सोचें कि 'क्या मैं स्वयं को यह अनुमति दे सकता हूँ कि ये विचार आए?' जवाब आएगा, 'हाँ, ये विचार आएँ तो आएँ। इन चाहतों को मैं छोड़ सकता हूँ कि ऐसे ही विचार आने चाहिए क्योंकि जो मेरा है, वह लौटेगा; जो मेरा नहीं है, वह विलीन होगा।'

अब हाथ की मुट्ठी बाँधकर कहें– 'मैं सभी विचारों से संबंधित चाहतों को छोड़ रहा हूँ... मैं आज़ाद हूँ... आज़ादी हूँ...।' मुट्ठी खोलते हुए स्वयं से कहें, 'जाने दो... जाने दो... जाने दो... जाने दो...।' कुछ समय तक लगातार स्वयं से कहते रहें– 'जाने दो... जाने दो... जाने दो...।'

१०. ध्यान की समाप्ति से कुछ समय पहले आज़ादी की घोषणा करें और मुक्त होकर नए सिरे से जीवन शुरू करने का आनंद लें। **हमेशा विश्वास रखें कि जो आपका है वह लौटेगा और जो आपका नहीं है वह विलीन होगा।**

११. इसी समझ के साथ समय का बजर बजने पर ईश्वर को उसकी सहायता के लिए धन्यवाद देते हुए आँखें खोलें।

अगर इस ध्यान के दौरान आप अपनी सभी इंद्रियों की चाहतों पर एक साथ कार्य नहीं करना चाहते तो हर रोज़ एक इंद्रिय की चाहतों से मुक्त हो जाएँ। जैसे पहले दिन कान, दूसरे दिन ज़ुबान, तीसरे दिन आँखें और चौथे दिन अपने विचारों की चाहतों से आप मुक्त हो सकते हैं। इस ध्यान का लाभ लेना आपके लिए स्वस्थ और तनाव मुक्त जीवन जीने का सुनहरा अवसर बन सकता है। इस अवसर को बिलकुल न गँवाएँ और आज से ही इस ध्यान का प्रयोग करना शुरू करें।

मनन प्रश्न :

१. क्या आपको अपनी छोटी इच्छा को भी छोड़ना मुश्किल हो जाता है? या क्या आप अपने अनचाहे विचार, भावनाएँ और तनाव को मुक्त करना चाहते हैं?

२. विस्तार में लिखें :

a. मैं क्या-क्या देखना नहीं चाहता या क्या-क्या देखना चाहता हूँ।

b. मैं क्या-क्या सुनना नहीं चाहता या क्या-क्या सुनना चाहता हूँ।

c. ऐसे कौन से स्वाद हैं, जो मैं नहीं चखना चाहता या ऐसे कौन से स्वाद हैं, जो मैं हमेशा चखना चाहता हूँ।

d. ऐसे कौन से गंध हैं, जो मुझे पसंद नहीं हैं या कौन से गंध पसंद हैं।

e. कौन से स्पर्श मुझे नहीं चाहिए या कौन से स्पर्श मुझे चाहिए।

f. मैंने अपने विचारों के साथ कौन सी चाहते रखी हैं, जिन्हें मुझे छोड़ना है।

कार्ययोजना :

१. हर रोज़ एक इंद्रिय की चाहतों पर 'जाने दो' ध्यान करें

जैसे पहले दिन कान, दूसरे दिन जुबान, तीसरे दिन आँख, चौथे दिन अपने विचारों की चाहतें।

२. समय का बज़र लगाकर ध्यान करें ताकि आप इस ध्यान का पूरा लाभ ले सकें।

३. हाथ आए अवसर को बिलकुल न गँवाएँ और इस ध्यान का प्रयोग शुरू करें।

२१

अध्याय

क्या बीमारी आपकी ज़रूरत है?

अनचाही ज़रूरत से मुक्ति पाएँ

इंसान जीवन में अलग-अलग व्यसनों, समस्याओं या बीमारियों से होकर गुज़रता है मगर उसको एक पल के लिए भी यह नहीं लगता कि कहीं वह खुद उस समस्या की ज़रूरत को महसूस तो नहीं कर रहा है ! मानो, किसी से कहा जाए कि 'तुम इसीलिए फलाँ समस्या या बीमारी का सामना कर रहे हो क्योंकि तुम्हारे अंदर कुछ है, जो चाह रहा है कि यह बीमारी बनी रहे' तो वह बिलकुल भी नहीं मानेगा, साफ मुकर जाएगा। मगर असलियत यह है कि कोई समस्या अगर लंबे समय तक टिकी है, सुलझ नहीं रही, बाहर कोई कारण भी दिखाई नहीं दे रहा तो समझिए इंसान के अंदर ही बीमार रहने की कोई चाहत है, जो उसे पकड़े हुए है। यह चाहत ही उस समस्या की ज़रूरत का निर्माण करती है।

जब इंसान उस ज़रूरत को रिलीज करेगा तो वह समस्या विलीन होना शुरू हो जाएगी। चाहतों को छोड़ते ही कई बार चमत्कारिक परिणाम दिखाई देते हैं। कहने का तात्पर्य यदि आप इस वक्त कोई ऐसी तकलीफ भुगत रहे हैं, जिसका समाधान नहीं मिल रहा तो कहीं न कहीं आपके अंदर उसकी ज़रूरत महसूस की जा रही है। आपके अंदर का बच्चा जो अब बड़ा तो हो चुका है मगर पुरानी मान्यताओं की वजह से वह समस्या में ही सुरक्षा देख रहा है। यह झूठी सुरक्षा की भावना ही समस्या को टिकाए रखने की ज़रूरत बन गई है।

जैसे पूरी कोशिशों के बावजूद भी एक इंसान का मोटापा कम नहीं होता अर्थात कहीं न कहीं उसके अंदर यह ज़रूरत है, जो चाहती है कि यह मोटापा बना रहे। वह सोचता है कि ज़्यादा चरबी जमा करके मैं सुरक्षित रहूँगा। मैं गिर गया तो मुझे ज़्यादा चोट नहीं लगेगी लेकिन पतला इंसान गिर जाए तो मांस न होने के कारण जल्द ही उसकी हड्डी टूट जाएगी। कहीं

न कहीं वह मोटापे को सुरक्षा का कवच मान रहा है इसलिए उसने मोटापे को अपनी ज़रूरत बना ली है। ऐसा वह शब्दों में बोलकर नहीं दिखाता मगर उसके दिमाग में बैठ चुका है कि यह मेरी ज़रूरत है।

कोई इंसान इसलिए मोटापे को बनाए रखना चाहता है क्योंकि मोटापे की वजह से उसे ज़्यादा खाना (ध्यान) मिलता है। माँ सोचती है कि उसे अधिक भोजन की आवश्यकता है इसलिए उसके हिस्से में ज़्यादा खाना आता है। इस तरह अधिक ध्यान और प्रेम पाने की इच्छा में भी इंसान कहीं तो अंतर्मन में मोटा ही बना रहना चाहता है। हालाँकि पतला होने के लिए वह हर संभव कोशिश करता है, जिम में जाता है, डायटीशियन की सलाह लेता है लेकिन अंदर ही अंदर मोटापे के फायदे गिन रहा होता है। कहीं तो मोटापे की ज़रूरत उसे पतला होने से रोकती है। अगर आपका लक्ष्य वजन घटाना है तो इस ज़रूरत को छोड़ना पड़ेगा।

एक आध्यात्मिक इंसान गरीबी से बेजार (दुःखी) है। किसी भी तरह उसकी आर्थिक हालातों में सुधार नहीं होता क्योंकि असल में वह गरीब रहने की ज़रूरत महसूस कर रहा है। बचपन से उसने सुन रखा है कि आध्यात्मिक लोग धन की बढ़ोतरी पर ध्यान नहीं देते। अध्यात्म में पैसे की कोई कीमत नहीं है। अतः यह विचार उसे धन संपन्न होने से रोकता है। यदि आपमें ऐसी कोई मान्यता है तो इसे रिलीज करें वरना आप संपूर्ण स्वास्थ्य का स्वाद नहीं चख पाएँगे।

एक इंसान को किसी बीमारी ने घेर रखा है। तंदुरुस्त होने के लिए वह तरस रहा है। दरअसल बीमारी के ज़रिए वह घरवालों का ध्यान खींचना चाहता है। कभी-कभी इंसान कुछ ज़िम्मेदारियों से बचना चाहता है इसलिए वह बीमार रहना ही पसंद करता है। ज़िम्मेदारियों से बचने की ज़रूरत उसकी बीमारी को जाने नहीं देती। अब उसे स्वयं को बताना है कि **ज़िम्मेदारी उठाना ईश्वर का गुण है, यह विकास और तेजविकास की सीढ़ी है।** खुद से कपटमुक्त बातचीत करके खुद को ही आश्वस्त करना है कि ज़िम्मेदारी उठाना सुरक्षित है।

इसी तरह इंसान अपने भीतर कुछ दुर्गुण पाल लेता है। ये भी इंसान की ज़रूरत के कारण टिके होते हैं। जैसे एक लड़के को भुलक्कड़पन का रोग लग जाता है। वह लोगों के नाम, वस्तुओं के नाम, वे कहाँ रखी हैं आदि भूल जाता है। कहीं न कहीं वह भूलने के पीछे, कुछ ज़रूरत महसूस कर रहा है। उसके भुलक्कड़पन की वजह से लोग उसे काम नहीं देते, कोई ज़िम्मेदारी नहीं सौंपते। इससे वह राहत महसूस करता है। ज़िम्मेदारी से भागने की इच्छा, भुलक्कड़पन की ज़रूरत बन जाती है। इस वजह से इंसान के अंदर

कई दुर्गुण टिके रहते हैं और वह संपूर्ण स्वास्थ्य से वंचित रहता है।

एक इंसान भूतकाल के विचारों से बेहद परेशान है। उसकी परेशानी इतनी बढ़ चुकी है कि रातभर उसे नींद नहीं आती। सो वह उन्हें भूलना चाहता है। वह सोचता है- 'मैं अपना अतीत भूल जाऊँ तो कितना अच्छा होगा?' विचारों की यह परेशानी उसके अंदर भुलक्कडपन की ज़रूरत तैयार करती है। धीरे-धीरे वह देखता है कि वाकई में वह चीज़ें भूलने लगा। लेकिन वह नहीं जानता कि एक चीज़ से बचने के लिए वह दूसरी मुसीबत आमंत्रित कर बैठा है। चींटी से बचने के लिए उसने चीते को आमंत्रित कर दिया है। अब याद न रह पाने की वजह से वह कई महत्वपूर्ण बातें भी भूल जाता है। ऐसे में उसे खुद से कहना होगा- 'याद रखना अच्छा है, सुरक्षित है... सत्यम्, शिवम्, सुंदरम्...। जो सकारात्मक बातें हैं, जो हमारा लक्ष्य है, उनका याद रहना अच्छा है।' जब वह भूलने की इच्छा रिलीज करेगा तो संपूर्ण स्वास्थ्य करीब आने लगेगा।

इसी तरह कोई ज़्यादा क्रोध करते रहता है या ऊँचा सुनता है तो उसने अपने भीतर ऐसी ज़रूरत तैयार कर ली है। जैसे सामनेवाले से आपने कुछ पूछा और वह कहे- 'मुझे सुनाई नहीं दिया' यानी उसे जल्दी जवाब देने की ज़रूरत नहीं है। तुरंत जवाब देने से वह बच गया। क्रोध का प्रदर्शन करके वह लोगों से सहज अपनी बात मनवा लेता है। कई बार वह यह कहकर पलायन कर सकता है कि 'मुझे पता ही नहीं कि आपने ऐसा बोला।' यहाँ बात साफ है कि कहीं तो वह ज़रूरत महसूस कर रहा है ऊँचा सुनने की या क्रोध से वर्चस्व दिखाने की। ऐसा कहकर या क्रोध दिखाकर वह अपनी कमज़ोरी छिपा रहा है या ज़िम्मेदारी से बचना चाहता है या बचपनवाला बच्चा ध्यान पाना चाहता है। इससे उसको कुछ मिल रहा है, जो वह छोड़ना नहीं चाहता।

यहाँ आपको कुछ उदाहरण बताए गए, जिनसे स्पष्ट होता है कि कैसे इंसान खुद ही अनचाही ज़रूरतों का निर्माण कर लेता है। अब आपको अपने बारे में सोचना है कि ऐसी कौन सी समस्याएँ या आदतें आपने पाल रखी हैं, जिनसे आप मुक्त तो होना चाहते हैं मगर कहीं न कहीं यह भी चाहते हैं कि वे बनी रहें। अब स्वयं को नए तरीके से जाने दो ध्यान के अभ्यास (देखें अध्याय २०) द्वारा विचार देना है ताकि संपूर्ण स्वास्थ्य आपके अंदर प्रवेश कर सके।

मनन प्रश्न :

१. क्या आपने इस बात पर मनन किया है कि 'मेरी बीमारी लंबे समय तक क्यों टिकी है, सुलझ नहीं रही है, जबकि बाहर कोई भी कारण दिखाई नहीं दे रहा है?'

२. क्या आपकी यह सूक्ष्म चाहत तो नहीं है कि फलाँ बीमारी बनी रहे?

३. इस बात पर गहराई से मनन करें कि कहीं न कहीं आपके अंदर उस समस्या की ज़रूरत महसूस की जा रही है, जिस वजह से आपका अंतर्मन सुरक्षा देख रहा है।

कार्ययोजना :

१. स्वयं को नए तरीके से विचार दें ताकि आपको संपूर्ण स्वास्थ्य प्राप्त हो।

२. अगर आपने असली कारण लिखित मनन के द्वारा जान लिया कि आपकी पलायन की वृत्ति की वजह से ही फलाँ बीमारी टिकी है तो 'जाने दो' ध्यान करके उस समस्या को विलीन करें।

३. ऐसे शब्दों के साथ 'जाने दो' ध्यान दोहरा सकते हैं– 'यह बीमारी जो टिकी है, मेरी सूक्ष्म चाहत और ज़रूरत की वजह से, जिसकी अब मुझे कोई आवश्यकता नहीं है, उसे मैं रिलीज कर रहा हूँ। रिलीज करना मेरे लिए सुरक्षित है...।'

२२

अध्याय

मौन से स्वस्थ कैसे हों

तीन चरण

7

अब तक हमने विचार नियम के ज़रिए स्वास्थ्य कैसे पाएँ, यह जाना। मगर स्वास्थ्य मौन* द्वारा भी पाया जा सकता है। शुरुआत सभी विचार नियम से करें और अपनी आध्यात्मिक उन्नति के मार्ग पर मौन को समझते हुए अंत में मौन से स्वास्थ्य इस प्रकार पाएँ।

पहला चरण : मौन से जुड़ें

मौन से स्वस्थ होने का पहला चरण है मौन से जुड़ना। अपनी आँखें बंद करें और अ-मन की स्थिति में ले जाने में सक्षम ध्यान** के ज़रिए मौन के साथ गहराई से जुड़ जाएँ। मन को विलीन और सेल्फ को रोशन होने दें। कुछ मिनटों तक यह ध्यान करने के बाद दूसरे चरण में जाएँ।

दूसरा चरण : उपचार शुरू करने के लिए स्रोत (सोर्स) का आवाहन करें

अपना ध्यान रोग पर या रोगग्रस्त अंग पर केंद्रित करें। उसके बाद आपको उसे मौन पर उपस्थित रहते हुए सिर्फ़ देखना (जानना) है। रोगग्रस्त अंग को साक्षी भाव से देखना या उस पर ध्यान लगाना ही अपने आपमें उपचार की शुरुआत है। इस चरण में ज़रूरी है कि आप मौन में स्थापित हो जाएँ। रोग या रोगग्रस्त अंग से जुड़े विचारों और भावनाओं को अपने आप पर हावी न होने दें। ध्यान जारी रखें और शरीर के जिस हिस्से को मौन से उपचार की ज़रूरत है, उस पर ध्यान लगाए रखें। साँस को रोकें नहीं, उसे अपनी लय में चलने दें।

तीसरा चरण : भावनाओं पर आधारित उपचार बंद करें

मौन से ध्यान केंद्रित करने के कुछ मिनटों बाद ही आपके अंदर यह भावना उठने लगेगी कि उपचार होने लगा है, भले ही आप उस पर ध्यान

दें या न दें। फिर आप आँखें खोलकर अपनी दैनिक दिनचर्या में लग सकते हैं। उपचार की यह भावना आपके सहज ज्ञान पर आधारित होती है। यह एक तरह से इस बात का विश्वास दिलाती है कि उपचार शुरू हो चुका है या पूरा होनेवाला है। यदि आपके अंदर ऐसी कोई भावना नहीं उठती है तो पहले से तय किए गए समय पर या पाँच मिनट बाद अपनी आँखें खोल लें। इसके लिए आप किसी टाइमर का उपयोग भी कर सकते हैं। हो सकता है कि आपको तीसरा चरण समझने में थोड़ी कठिनाई हो। यदि आप पहले से ध्यान कर रहे हैं तो आपको निश्चित ही यह समझ होगी कि ध्यान करने से सहज ज्ञान संबंधी भावनाएँ कैसे उठती हैं।

जो लोग मौन या ध्यान के साथ लयबद्ध नहीं हैं, उनके लिए इसी पुस्तक में वर्णित ए.एम.एस.वाय.✲✲✲ उपचार की तकनीक अधिक उपयोगी साबित हो सकती है।

• • •

✲ मौन नियम को समझने के लिए आप महाआसमानी शिविर में भाग ले सकते हैं। इसकी जानकारी पृष्ठ संख्या २१९ पर दी गई है।

✲✲सक्षम ध्यान को विस्तार से जानने के लिए फ्री ऍप डाउनलोड करें search 'U R Meditation, Sirshree' app on your app store (Android Play Store and Apple Apps Store) https://play.google.com/store/apps details?id=com.wowppl.urmeditation

या पढ़ें पुस्तक 'ध्यान नियम–ध्यान योग नाइन्टी'।

✲✲✲ ए.एम.एस.वाय. को विस्तार से जानने के लिए पढ़ें अध्याय १४

| स्वास्थ्य के लिए विचार नियम |

परिशिष्ट

२३

अध्याय

कुदरत के स्वास्थ्य टिप्स

फोकस 'जो मिला है' पर रख

जैसा अन्न हम खाते हैं, वैसा ही हमारा मन बन जाता है। यदि हमारा शरीर मसालेदार, तीखे, जड़, ठंढे अन्न से भरा हुआ हो तो इस शरीर के अंदर का मन, विचार भी स्थूल, सुस्त व अशांत हो जाते हैं। अगर हमारा शरीर सात्विक, हलके-फुलके अन्न से भरा हो तो इस शरीर के अंदर का मन और विचार चुस्त, तीक्ष्ण, एकाग्रत व शांत हो जाते हैं।

शरीर और मन का आपस में गहरा संबंध है इसलिए इन्हें दो न समझते हुए एक समझें। आज से ही अपने शरीर के अंदर डाले जानेवाले अन्न का विश्लेषण कर, अपने मन और बुद्धि को निर्मल बनाएँ।

खाने को यदि ठीक ढंग से पचाना हो तो उसे चिंता के साथ कभी न खाएँ। अपनी इच्छाओं, चिंताओं को भोजन के वक्त दूर रखें। महत्वाकांक्षी (बेचैन) लोग बहुत भागदौड़ करनेवाले होते हैं। ऐसे लोग खाना भी खा रहे होते हैं तो मन में कई विचार चल रहे होते हैं। जैसे 'अभी क्या करना है', 'बाद में क्या करना है', यह चिंता उन्हें लगी रहती है। ऐसे लोग बैठे भी रहें तो पाँव हिलाते रहते हैं। ये लोग मसालेदार, तीखा व गरम खाना पसंद करते हैं ताकि वे ज़्यादा भागदौड़ कर पाएँ। सुस्त को नींद से उठाने की दिक्कत होती है और महत्वाकांक्षी को नींद न आने की दिक्कत होती है।

कुदरत के वरदान- एक जवाब

the Answer

*१) A (Air) **हवा** :* पहले इंसान आदतों को बनाता है, फिर आदतें इंसान को बनाती हैं। इसलिए हर दिन, हर घंटे में एक लंबी साँस लेने की आदत डालें। यह आदत हमारे फेफड़ों की शक्ति बढ़ाती है और नव ऊर्जा का निर्माण करती है।

प्राणायाम में ओम्, सोहम, वॉवल ब्रिदींग (A, E, I, O, U) जैसे प्रयोग का योग्य मार्गदर्शन लेकर अभ्यास करें। प्राणायाम यानी साँस को किसी विशेष समय तक रोकना, लेना, लंबा करना, तीव्र गति से छोड़ना। प्राणायाम द्वारा शरीर की ऊर्जा को गति मिलती है। शरीर की सारी नाड़ियाँ साफ और शुद्ध हो जाती हैं।

आपने कई बार देखा होगा कि जब आप कोई वजन उठाते हो तो पहले साँस अंदर भरते हो, फिर साँस को रोकते हुए वजन उठाते हो। इस तरह वजनदार चीज़ भी कम वजनदार लगती है। लंबी सीढ़ी चढ़ना भी आसान लगता है। जो लोग प्राणशक्ति को सही ढंग से समझ पाते हैं, वे अपने शरीर से ज़्यादा काम करवा सकते हैं। इसलिए उथली साँस न लें, मध्यम साँस लें और बीच-बीच में गहरी साँस लें। अपने फेफड़ों का ज़्यादा इस्तेमाल करें। नाक से साँस लेने की आदत डालें, मुँह से साँस लेना टालें। स्वच्छ व हवादार वातावरण में ज़्यादा रहने का प्रयास करें।

२) n (Nasta) ***भोजन*** *:* अन्न का मन पर गहरा प्रभाव पड़ता है इसलिए तामसिक (सुस्ती लानेवाले) और राजसिक आहार का त्याग करें। हमेशा सात्विक आहार ग्रहण करें। कम मसालेदार व कम तीखा खाना खाएँ। कच्ची सब्जियाँ, सलाद व फल खाएँ। अंकुरित व जीवित आहार लें। उदा. मटकी, मूँग, मेथी हरी सब्जियाँ इत्यादि जो आदर्श आहार हैं। भोजन के पहले फल खाएँ, खाने के बाद यदि आप फल खाते हैं तो फलों जितना भोजन कम करें तो ही फल लाभ देंगे। भोजन के बीच में पानी पीना हो तो कम पीएँ।

३) s (Sunlight) ***सूर्य प्रकाश*** *:* सूर्य से मिलनेवाली किरणें हमारे शरीर व उसकी हड्डियों के लिए आवश्यक हैं इसलिए चेहरे व सिर के कुछ नाजुक भागों को ढककर, शरीर के बाकी हिस्सों को सूर्य स्नान कराएँ। यह स्नान सुबह की कच्ची धूप में घर के आँगन या छत पर लें। अपने सिर व आँखों को ठंढे तौलिए (टॉवेल) से ढककर रखें (आँखों को गीला रखें)। सूर्य से मिलनेवाली कच्ची धूप शरीर के लिए अति उत्तम है। तीखी धूप से बचें। जब दोपहर में घर से बाहर निकलें तब एक गिलास पानी पीकर निकलें। धूप से वापस लौटकर तुरंत पानी न पीएँ। कुछ देर रुककर पानी पीएँ।

४) w (Water) ***पानी*** *:* जैसे शरीर को बाहर से साफ व निर्मल करने के लिए जल आवश्यक है, वैसे ही अंदर की सफाई करने के लिए पानी पीना आवश्यक है। अतः रोज़ भरपूर, जितना ज़्यादा पी सकें, शुद्ध जल पीएँ। हर रोज़ सुबह खाली पेट थोड़ा जल अवश्य लें, यह पेट व पेट की बीमारियों के लिए आसान इलाज है। अपनी आँखों को साफ पानी से (आय ग्लास द्वारा) रोज़ धोएँ, विद्यार्थियों के लिए यह उत्तम है। पानी पीने

के अलावा बहता पानी देखना मन को प्रसन्न करता है। नदी के किनारे बैठकर प्राणायाम करना ज़्यादा लाभकारी होता है।

५) e (Exercise) ***व्यायाम :*** शरीर के हर अंग को व्यायाम (खिंचाव और दवाब) मिलना चाहिए। जहाँ-जहाँ शरीर में तनाव हो, उस अंग को खींचकर ढीला छोड़ें। इस तरीके से शरीर फिर से काम करने के लिए तैयार हो जाता है।

योगासन व्यायाम का सबसे उत्तम तरीका है। हर अंग के लिए अलग-अलग आसन बनाए गए हैं, जिनका लाभ अपने शरीर के अनुसार लें। ठंढियों में ज़्यादा व्यायाम करें। हलकी-फुलकी कसरतें, ऐरोबिक तथा नृत्य द्वारा अपने शरीर को व्यायाम दें। तेज़ व पैदल चलना सभी के लिए आदर्श व्यायाम है। मालिश द्वारा भी शरीर के अंगों को व्यायाम जैसा लाभ मिलता है।

६) r (Relaxation) ***विश्राम :*** जैसे शरीर के हर अंग को व्यायाम मिलना आवश्यक है, उसी तरह शरीर के हर अंग को आराम मिलना भी आवश्यक है। ७० प्रतिशत तनाव व थकावट हमारी आँखों के चारों तरफ होती है। इसलिए रोज़ अपनी आँखों को यह सूचना दें कि 'तुम्हारे अंदर जो तनाव है उसे निकाल दो।' जब हम थकावट महसूस करते हैं और आराम करना चाहते हैं तो अपनी आँखों को सूचना दें कि 'तनाव को जाने दो*।' आँख हमारा कहना मानती है। इस प्रयोग से कुछ देर बाद आप ताज़ा महसूस करेंगे। हमने कभी ऐसा करके देखा नहीं है इसलिए आपको आश्चर्य होगा, जब आप यह करके देखेंगे।

शरीर के हर अंग को प्यार से धीरे-धीरे व लय में सूचनाएँ दें। अगर आपने इस तरह की सूचनाएँ दी कि 'रिलॅक्स हो जाओ' 'तनाव को जाने दो' तो शरीर हमारा कहना मानकर तनावमुक्त हो जाएगा।

यही प्रयोग शरीर के हर अंग के साथ करके आप शरीर के हर अंग को तनावमुक्त बनाकर, शरीर में ज़्यादा क्षमता, ऊर्जा प्राप्त कर सकते हैं। जिससे आप पूरा दिन पहले से अधिक काम कर सकेंगे। शरीर के साथ जब सभी डॉक्टर्स मिलकर काम करते हैं तब शरीर अपनी उच्चतम क्षमता को प्राप्त करता है।

शरीर और मंदिर

हमारा शरीर हमें मिला है, न कि हम शरीर को मिले हैं। हम अपने शरीर को एक

**जाने दो ध्यान को विस्तार से पढ़ें अध्याय २० में।*

मंदिर समझकर भोजन करें। मंदिर की मूर्ति जितनी पवित्र और महत्वपूर्ण है, उतना ही महत्वपूर्ण वह पवित्र मंदिर है, जिसमें सत्य मूर्ति सहजता से रह सकती है। हमारा शरीर ही वह मंदिर है, जिसमें ईश्वर रहता है। यदि यह मंदिर (शरीर) खंडहर (रोगी) बन जाता है तो ईश्वर इसमें अपनी अभिव्यक्ति नहीं कर सकता। इसलिए इस मंदिर में वही खाना डालें, जो इसे मंदिर बनाए रखे। सात्विक भोजन इस मंदिर की ज़रूरत है।

इस मंदिर की सफाई हर रोज़ होनी चाहिए तथा इसकी मरम्मत हर मौसम में होनी चाहिए।

भोजन और विचार

भोजन का हर निवाला, हमारे व्यसन का हर क्षण और हमारा हर विचार, हर भाव हमारे शरीर की हर कोशिकाओं (५० अरब) से गुजरता है और हमारे शरीर का हिस्सा बनता है। इसलिए हम क्या खा रहे हैं और क्या भाव व विचार कर रहे हैं, इस पर ज़रूर सजग रहें।

हमारे भोजन व विचारों का असर सिर्फ हमारे शरीर के स्वास्थ्य पर ही नहीं बल्कि हमारी कार्य-कुशलता, सृजनशीलता और उत्पादकता पर भी पड़ता है।

प्रेम या साहस, डर या नफरत, करुणा या दया, क्रोध या घृणा निर्णय लेते हैं कि हम आगे भी स्वस्थ रहेंगे या रोग के नर्क में गोते लगाएँगे।

कुदरत का संकेत पहचानें

हमारा शरीर एक मशीन की तरह काम करता है लेकिन यह साधारण मशीन से बिलकुल भिन्न है। शरीर के हर अणु में प्रज्ञा समाई हुई है।

हमारा शरीर भावों (फीलिंग्स) के द्वारा अपनी अवस्था व चाहत बताता है। शरीर की ये बातें समझदारी के साथ सुनें, जिससे शरीर आपका अच्छा दोस्त बन जाएगा।

१) पेट भर जाने पर शरीर तुरंत संकेत (डकार) देता है।

२) कौन सा खाना नहीं खाना चाहिए, यह बताता है।

३) कौन से मौसम में कौन सा फल खाएँ, यह बताता है।

४) कब काम और कब आराम करना चाहिए, इसका संकेत है।

आपकी प्रार्थना पूरी करने के लिए कुदरत अलग-अलग तरीकों से आपको संकेत (signal) देती है। जैसे- आपको ऐसी पुस्तक मिल सकती है, जिसमें आपकी स्वास्थ्य

से संबंधित समस्या का समाधान उपलब्ध हो। आपके जीवन में ऐसे लोग आएँगे, जो स्वास्थ्य के बारे में हर बात सूक्ष्मता से जानते हों या फिर आपको किसी सपने या गीत के द्वारा मार्गदर्शन मिल सकता है। आपने कभी यह भी अनुभव किया होगा कि दो लोग बातें कर रहे हैं और उनकी बातों में आपको अपने सवाल का जवाब मिल जाता है। कहने का अर्थ है- कुदरत आपको किसी भी तरीके से मार्गदर्शन दे सकती है। अगर आप व्यायाम में टालमटोल कर रहे हैं तो कुदरत आपको बीमारी, दर्द या थकान के रूप में संकेत देती है। आपको मिलनेवाले संकेत 'भरपूरता' का ही हिस्सा है। क्योंकि दर्द का संकेत देकर कुदरत आपको स्वास्थ्य की तरफ ले जाना चाहती है ताकि आप स्वास्थ्य लाभ का भरपूर आनंद ले सकें।

कुदरत आपको स्वास्थ्य के बारे में भरपूर मात्रा में संकेत तब देती है, जब आप 'अभाव' की भावना महसूस करते हैं। वैसे देखा जाए तो आपके अंदर 'अभाव की भावना' निर्माण होना भी एक संकेत है। जैसे ही आप अपने हृदय स्थान (सोर्स) से हट जाते हैं, आप दिव्य योजना से प्राप्त होनेवाले स्वास्थ्य के लिए अनट्यूंड हो जाते हैं क्योंकि हृदय स्थान पर है, 'प्रेम, आनंद, मौन, शांति, समृद्धि, संतुष्टि, चुस्ती और संपूर्ण स्वास्थ्य'। आप पहले से ही स्वस्थ हो क्योंकि आपका असली अस्तित्त्व शरीर, मन, बुद्धि के पार है... जहाँ न कोई नकारात्मक विचार है और न ही कोई अभाव की भावना। मगर अभाव की भावना आपको हृदय स्थान से हटा देती है। परिणामस्वरूप आप 'भरपूरता' इस तत्त्व के साथ ताल-मेल नहीं बिठा पाते। इसलिए पहले कदम पर आपको हृदय स्थान से ताल-मेल बिठाना है ताकि आप भरपूरता की भावना महसूस करें।

खाना खाने के पहले 'जो मिला है' के लिए धन्यवाद दें

आपकी थाली में आनेवाला खाना आप तक पहुँचाने के लिए कई लोग निमित्त बनते हैं। जब खाना खाने बैठें तब दो मिनट आँखें बंद करके उन सभी लोगों को अपनी आँखों के सामने लाएँ और उन्हें धन्यवाद दें। भरपूर स्वास्थ्य प्रदान करने के लिए कुदरत को भी धन्यवाद दें।

१) उस किसान को धन्यवाद दें, जिसने भरपूर फसल उगाने के लिए ज़मीन में बीज डाले।

२) उस प्रकृति को धन्यवाद दें, जिसने भरपूर मात्रा में बारिश व धूप दी।

३) उस इंसान को धन्यवाद दें, जिसने उस अन्न को बेचा।

४) उस नौकर अथवा रिश्तेदार को धन्यवाद दें, जिसने वह अन्न आपके घर तक पहुँचाया।

५) उस इंसान को धन्यवाद दें, जिसने भरपूर प्रेम से वह अन्न पकाया।

६) अंत में ईश्वर को धन्यवाद दें, जिसने आपके लिए भरपूर मात्रा में फसल, फल, पानी और शुद्ध हवा का निर्माण किया।

खाना खाने के पहले धन्यवाद का यह भाव आपमें शारीरिक बल के साथ-साथ मानसिक बल भी बढ़ाएगा।

औरों के स्वास्थ्य के लिए प्रार्थना करें

कुदरत का एक नियम है, **'जो चीज़ आप चाहते हैं, उसे पाने में दूसरों की मदद करें।'** Whatever you would like to attain in your life (e.g. health), help others attain the same (become healthy). आपको जो चीज़ चाहिए, वह दूसरों को प्राप्त हो इसलिए निमित्त बनें। समझो, आपको किसी बीमारी से मुक्त होना है तो आप दूसरों को भी रोगमुक्त होने में मदद करें। यह मदद कई प्रकार की हो सकती है। जैसे- आपको मालूम होनेवाली जानकारी दूसरों के साथ शेयर करना, किसी को अपना वक्त देना, दूसरों के स्वास्थ्य के लिए प्रार्थना करना, किसी गरीब रोगी को आर्थिक सहायता देकर उसे आधार देना। कुछ लोगों को लगता है ऐसा करके वे अपना समय, पैसा या ऊर्जा बरबाद कर रहे हैं। मगर उन्हें यह मालूम नहीं कि **'कुछ चीज़ें लेने से नहीं, देने से बढ़ती है।'** ज्ञान, प्रेम, आनंद, खुश ी इत्यादि ऐसी चीज़ें हैं, जो देने से कभी भी कम नहीं होती बल्कि कई गुना बढ़कर मिलती है। जब आप कोई चीज़ देने लगते हैं तब आप उस चीज़ के सोर्स बनते हैं यानी आपके अवचेतन मन में 'यह चीज़ मेरे पास भरपूर मात्रा में उपलब्ध है' ऐसी प्रोग्रॅमिंग हो जाती है। कुदरत इसी फीलिंग पर काम करती है। जब आप दूसरों को कोई चीज़ प्राप्त कराने में मदद करते हैं तब कुदरत भी आपके सपनों को पूरा करने के लिए आपकी सहायता करती है। अतः कुदरत की शक्ति पर भरोसा रखें और सदा आशावादी विचारों के बीज बोएँ। **देनेवाले बनें ताकि देनेवाला (ईश्वर) आपको सब कुछ भरपूर दे।**

सदा अपना फोकस 'जो मिला है' पर रखें

हम अकसर लोगों को इस तरह कहते सुनते हैं कि 'आज इतना खर्च हुआ... आज १०० रुपए खर्च करके आए... आज २०० रुपए खर्च हो गए... आज १००० रुपए गए...।' लोग जब भी डॉक्टर के पास जाते हैं तब ऊपर लिखी हुई बातें कहते हैं।

यह हुई नकारात्मक सोच। यह इस तरह है कि आप १०० रुपए देकर आए मगर कभी आपने यह नहीं कहा कि 'क्या लेकर आए? सौ रुपए में आपने दवाइयाँ लाईं जो आपको स्वास्थ्य प्रदान करेंगी। १००० रुपए में आप व्यायाम करने के लिए कोई मशीन लेकर आए, जो आपकी ताकत बढ़ाएगी। इसके विपरीत अज्ञानवश इंसान 'क्या मिला' की जगह 'क्या गया' इस पर ही फोकस करता है। जो दाँत टूट गया हो, ज़ुबान बार-बार वहीं जाती है। अकसर इंसान जो गया है उसी का ज़िक्र करता है, उसी की फिक्र ज़्यादा करता है, इसके विपरीत जो है उसका ज़िक्र ही नहीं होता। परिणामस्वरूप अभाव के प्रभाव से स्वास्थ्य कम होता जाता है।

इसलिए स्वास्थ्य के बारे में अपने आपको आधा सत्य बताना बंद करें, पूरा सत्य बताएँ। हालाँकि आधा-अधूरा बताना मन को अच्छा लगता है। मन तो अपना ही आधा चेहरा छिपाता है।

हम अपने आंतरिक (अर्धचेतन) मन को जो जानकारी देते हैं, वह उस आधार पर काम करता है। जब भी आप यह कहते रहते हैं कि 'ये गया... वो गया...' तो आपके अर्धचेतन (सबकॉन्शियस) मन को आप यह जानकारी दे रहे हैं कि मेरा तो सब जाता ही रहता है, जिसके परिणाम भी आपको वैसे ही मिलते हैं। जो इंसान यह कह रहा है कि 'स्वास्थ्य आया... व्यायाम की अच्छी मशीन मिली... डॉक्टर्स से योग्य सलाह मिली... आज मैं फलाँ-फलाँ बीमारी से मुक्त हो गया...' तब मन वे चीज़ें आपकी तरफ आकर्षित करता है। वहीं दूसरी ओर चीज़ों के अभाव में या चीज़ों के जाने पर ध्यान देंगे तो कुदरती नियम अनुसार आपके जीवन में स्वास्थ्य का अभाव तथा चीज़ों के जाने का भाव सदा बना रहेगा। अतः आज से ही अपना ध्यान 'जो मिला है' उस पर लगाएँ।

२४

अध्याय

स्वास्थ्य के तीन कुदरती साथी

यू.एफ.टी., बी.एफ.टी., ई.एफ.टी.

स्वास्थ्य हमारे भीतर ही है लेकिन कुदरत द्वारा मिले इस वरदान को इंसान बाहर ढूँढ़ने की कोशिश करता है। बिलकुल वैसे ही जैसे कस्तूरी मृग की नाभि में ही होती है और वह उसे बाहर ढूँढ़ता है। इंसान क्यों अपने भीतर उसकी सुगंध महसूस नहीं कर पाता? इसका मुख्य कारण है- आज का इंसान धीरे-धीरे प्रकृति से दूर होता जा रहा है।

नई संस्कृति, व्यापार और वैज्ञानिक युग के चलते वह सभी चीज़ें कम समय में बिना किसी कष्ट के पाना चाहता है। उसे स्वास्थ्य भी बिना परहेज और व्यायाम के चाहिए। जब चाहे मनचाहा खाना खाकर भी वह अच्छा स्वास्थ्य चाहता है और इसके लिए वह अंग्रेजी दवाइयों की शरण में जाता है। आज प्राकृतिक जीवन प्रणाली में उसकी रुचि कम होती जा रही है और उसका जीवन बनावटी होता जा रहा है।

आज इंसान को योग, प्राकृतिक चिकित्सा जैसी उपचार पद्धतियाँ कष्टकारक लगती हैं, जिन्हें वह अंत में ही अपनाना चाहता है। नए युग की नई हवा के कारण इंसान अपने शरीर का सुनना बंद कर चुका है या कम कर चुका है।

लोग सोचते हैं कि चिकित्सा शास्त्र में विकास होने के कारण ही आज इंसान स्वस्थ रह पाता है। हालाँकि यह बात संसर्गजन्य रोगों के मामले में कुछ हद तक सही भी है लेकिन इसके बाद भी दमा, मधुमेह, उच्च रक्तचाप, हृदयविकार, पाचन विकार, गठिया, किडनी विकार, कैन्सर, एड्स जैसे रोग तो दिन-ब-दिन बढ़ते ही जा रहे हैं। असल में आज इंसान स्वास्थ्य की दृष्टि से अपनी स्वतंत्रता खोकर महँगी दवाओं की कंपनियों पर निर्भर होते जा रहा है।

पुराने जमाने में लोग प्रकृति के निकट थे इसलिए उस समय ये तीन चिकित्सा पद्धतियाँ (चाहे अलग नामों से) प्रचलित थीं। उस समय लोगों के मन में इन चिकित्सा पद्धतियों को लेकर भ्रम नहीं बल्कि गहरा विश्वास था। हालाँकि आज भी कई लोग इन चिकित्सा पद्धतियों की उपयोगिता समझते हैं। लेकिन अन्य दवाइयों के विकल्प उन्हें ज़्यादा आसान और कष्टरहित लगते हैं क्योंकि उनमें संकल्प और संयम की आवश्यकता नहीं होती। फिर भी आज यह उम्मीद की जा सकती है कि बहुत जल्द फिर से लोगों को इनकी उपयोगिता और आवश्यकता समझ में आ जाएगी क्योंकि ये चिकित्सा पद्धतियाँ स्वस्थ जीवन के लिए तीन अमूल्य वरदान हैं।

जिस प्रकार हवा, पानी और सूरज की किरणें हर जगह भरपूर मात्रा में उपलब्ध होती हैं इसलिए उनकी कोई कीमत नहीं होती, वे अमूल्य होती हैं। बिलकुल इसी प्रकार ये चिकित्सा पद्धतियाँ भी सहजता से उपलब्ध होने के कारण अति महत्वपूर्ण हैं।

तो आइए, स्वास्थ्य संबंधित हम ऐसी ही सरल और सुलभ पद्धतियों का काम जानेंगे, जिनके उपयोग के लिए दूसरे पर निर्भर रहने की ज़रूरत नहीं है। ये प्राकृतिक चिकित्सा प्रणाली हैं- यू.एफ.टी., बॅच फ्लॉवर थेरेपी (बी.एफ.टी.) और ई.एफ.टी. ।

यू.एफ.टी.

यू.एफ.टी. यानी यूरिन फास्ट थेरेपी। इसे 'शिवाम्बु' के नाम से शुरू से ही जाना जाता है, जिसका अर्थ है पवित्र जल या शुद्ध पानी।

यह ब्रह्माण्ड पृथ्वी, जल, अग्नि, वायु और आकाश नामक पंच महाभूतों से बना है और इन्हीं पंच तत्त्वों से इंसान का शरीर बनता है। शास्त्रों में मनुष्य देह का पानी पवित्र माना गया है। देह का पानी यानी शरीर से ही बहनेवाला पानी इसे ही शिवाम्बु या यूरिन कहा जाता है। यह हमारी कल्पना के विपरीत शुद्ध और पवित्र है।

कुदरत ने इंसान की शारीरिक रचना को संपूर्ण तथा संतुलित बनाया है, साथ ही साथ उसे रोगों से मुक्ति पाने और स्वास्थ्य की रक्षा के लिए स्वमूत्र के रूप में अमूल्य साधन भी प्रदान किया है। प्राचीन भारत के सांस्कृतिक इतिहास से पता चलता है कि पुरातन समय में लोग किस तरह स्वमूत्र पान करके, अपने स्वास्थ्य की रक्षा करते थे। अयोग्य आहार, अधीरता, बेचैनी, दुर्व्यसन, अनियमित रहन-सहन, ज़्यादा श्रम या आलस्य से भरा जीवन अथवा किसी अन्य कारण से रोग ग्रस्त होने आदि कारणों को दूर करने के लिए यूरिन का प्रयोग किया जाता था। प्राचीन काल में यूरिन फास्ट थेरेपी (यू.एफ.टी.) से शारीरिक रोगों को दूर करना एक घरेलू उपचार था। चाहे उस वक्त लोग इस नाम से यूरिन फास्ट थेरेपी को नहीं जानते थे।

यह पद्धति सदियों पुरानी है। अपने शारीरिक स्वास्थ्य के प्रति सजग होने के बाद से इंसान ने जिन अलग-अलग उपचारों की खोज की, उनमें से एक शिवाम्बु उपचार पद्धति भी है। धर्म ग्रंथों में भी इस संबंध में मिलनेवाले उल्लेखों के आधार पर इस पद्धति की प्राचीनता का अनुमान लगाया जा सकता है।

महानुभावों की भाषा में स्वमूत्र पान को 'अमरी' या 'आमरोली' कहा जाता है। जिस प्रकार अपने गुणधर्मों के अनुसार पानी भाप बनकर फिर से बारिश के रूप में मिलता है और हमें बिजली की प्राप्ति होती है, ठीक उसी प्रकार यूरिन (स्वमूत्र) फास्ट (उपवास) थेरेपी (उपचार विधि) से शरीर शुद्धि और पूर्ण स्वास्थ्य की प्राप्ति होती है।

यह चिकित्सा महिलाओं को स्वस्थ जीवन प्रदान कर, शिशु का सर्वांगीण विकास करती है। साथ ही रेबिस और पोलियो, पेप्टिक अल्सर, दाँत-मसूड़े और मुँह की समस्याएँ, पाचन संस्था और एसिडिटी, गैसेस से संबंधित रोग, बुखार, अर्धशीशी, मधुमेह, कोलेस्ट्रॉल, कैन्सर, एच.आय.वी., त्वचाविकार, पैरालिसिस, व्यसन एवं स्नायु दुर्बलता, आदि रोगों से छुटकारा पाने के लिए अति लाभदायक है।

बी.एफ.टी.

जैसे अच्छे कर्मों का फल आनंद देता है, वैसे ही ३८ फूलों का फल, बॅच फ्लॉवर थेरेपी इंसान को मानसिक स्वास्थ्य देता है। बी.एफ.टी. होमियोपैथिक दवाइयाँ नहीं हैं लेकिन वे होमियोपैथिक दवाइयों की तरह तरल अथवा गोलियों के रूप में मिलती हैं। मानवीय स्वभाव के सारे दोषों के लिए तथा उनसे प्रकट होनेवाली तकलीफों के लिए यह बी.एफ.टी. की दवाई उपचार का काम कर सकती है। इसे सभी उम्र के लोग ले सकते हैं। छोटे बच्चे, नवजात शिशु और गर्भवती स्त्रियाँ भी इसे ले सकती हैं। सभी के लिए सेवन की इसकी मात्रा भी एक ही होती है।

ये दवाइयाँ ज़्यादा महँगी नहीं हैं। इन्हें विश्वसनीय होमियोपैथी की दुकानों से लेना लाभप्रद है। यह बिलकुल सुरक्षित दवा होने का दावा करती है। इन दवाओं की आदत नहीं पड़ती, न ही इनके कोई साइड इफेक्टस् हैं। किसी भी अन्य उपचार पद्धति के साथ इन्हें लिया जा सकता है। दूसरी उपचार पद्धति और इसका कोई टकराव नहीं है। ये दवाइयाँ संपूर्ण रूप से हानिरहित हैं। इस विधान के लिए कोई परमिट या लाइसेन्स ज़रूरी नहीं है। बी.एफ.टी. की दवा मानसिक विकार- जैसे डर, तनाव, परेशानी, दुःख, दुविधा, बेकाबू, शकी, निराशा, सुस्ती, थकावट, झगड़ालू वृत्ति आदि के लिए बी.एफ. टी. बहुत ही उपयोगी दवाई सिद्ध हुई है।

ई.एफ.टी.

ई.एफ.टी. यानी इमोशनल फ्रीडम तकनीक, एक ऐसी प्रभावशाली और असरदार तकनीक है, जो हमारी नकारात्मक भावनाओं एवं लंबे समय से चली आ रही पीड़ाओं से हमें तुरंत मुक्ति दिलाती है।

ई.एफ.टी. को एक साधारण, आम, अनपढ़ इंसान भी समझकर अपने आप पर इस्तेमाल कर सकता है। यह तकनीक बहुत ही सीधी, सहज, सरल और शक्तिशाली है। इसे केवल एक बार समझ लिया तो यह आसानी से पूरे जीवनभर आपके साथ रहेगी। फिर आप जब चाहें तब अपने आप पर तथा ज़रूरतमंदों पर इसका इस्तेमाल कर तुरंत असरदार परिणाम का लाभ ले सकते हैं।

रोज़ के जीवनक्रम में एक इंसान को अनेक घटनाओं, समस्याओं और तरह-तरह के लोगों का सामना करना पड़ता है। दिनभर में उसे कई लोगों से संवाद साधने की ज़रूरत पड़ती है, जो कभी मधुर होता है तो कभी मनमुटाव से भरा होता है। इस तरह रोज़ की शारीरिक भागदौड़ और मानसिक कसरत करके मन तथा शरीर दोनों ही थक जाते हैं, साथ ही तनावग्रस्त भी हो जाते हैं। इन सभी प्रक्रियाओं में इंसान के भीतर नकारात्मक भावनाओं का जन्म होता है। जिसके परिणामस्वरूप इंसान अपना मानसिक और शारीरिक स्वास्थ खो बैठता है।

इंसान को परेशान करनेवाली सारी नकारात्मक भावनाओं को ई.एफ.टी. एक चमत्कारिक रूप से तुरंत ही शरीर से बाहर निकाल देती है। इसके जनक 'गेरी क्रेग' हैं। यह पद्धति इतनी महत्वपूर्ण होकर भी ज़्यादा प्रचलित नहीं है क्योंकि इससे लोग आत्मनिर्भर बनते हैं और मुफ्त में खुद ही अपने स्वास्थ्य के डॉक्टर बन जाते हैं। अतः सिखानेवाले को इससे ज़्यादा आर्थिक लाभ नहीं मिलता, मरीज स्वयं ही अपना इलाज कर लेता है। जबकि विश्व के हर इंसान को यह पद्धति ज्ञात होनी चाहिए ताकि वह अपने स्वास्थ्य का खुद ही मालिक बन सके। बीमारियों का निर्माण होने से पहले ही उन्हें पहचानकर जड़ से निकालने की क्षमता विकसित कर सके। अतः रोज़ इ.एफ.टी. का इस्तेमाल करके बीमार होने से पहले ही तंदुरुस्ती के प्रति जागरूक हो जाएँ और हमेशा स्वस्थ रहें।

जब भी इंसान के मन में चिड़चिड़ापन, बोरियत, थकान, डर, क्रोध, चिंता, अपराधबोध, असहायता, नफरत, द्वेष, अपमान, दुःख, बदले की भावना, अकेलापन, निराशा, मोह, कमज़ोर आत्मविश्वास, तनाव, बैचेनी, शोक, विश्वासघात, लज्जा आदि भावनाएँ घर कर लें तो वह तुरंत अपने आप पर ई.एफ.टी. करके, इन सभी

भावनाओं से मुक्त हो सकता है। शीघ्र ही उसे हलका, फ्री, मुक्त, तरोताजा और शांत महसूस होता है ; फिर चाहे घटना कोई भी हो, सामने कोई भी रिश्ता हो या समय कोई भी हो।

रोज़ के जीवन में या पुरानी दुःखद यादों से बाहर निकलने के लिए भी ई.एफ. टी. आसानी से मदद करती है। इसकी खूबसूरती यह है कि यह इंसान को आत्मनिर्भर बनाती है। फिर वह अपने शरीर, मन को स्वस्थ रखने के लिए किसी दूसरे पर निर्भर नहीं रहता। अपने भीतर उठनेवाली नकारात्मक भावनाएँ, नकारात्मक विचार, अवरोधों को तुरंत पहचानकर वह खुद ई.एफ.टी. का प्रयोग करके वर्तमान में तो स्वस्थ रहता ही है, साथ ही साथ आगे आनेवाली बहुत सारी मानसिक एवं शारीरिक बीमारियों/रोगों से बचा रहता है।

बार-बार अपने आप पर प्रयोग करके जब इंसान को इसकी आदत हो जाती है तो वह सिरदर्द, कमरदर्द, थकान, बोरडम, डर, तनाव के लिए तुरंत एलोपैथी लेने की बजाय ई.एफ.टी. का प्रयोग करता है। इस तरह वह एलोपैथी के साइड इफेक्ट से भी बच जाता है और एक नैसर्गिक कार्य प्रणाली द्वारा अपने शरीर को संचालित करता है। हर इंसान को ई.एफ.टी. को जानना, समझना ज़रूरी है ताकि वह उसके दैनिक जीवन का अंग हो जाए। जैसे आप रोज़ खाना खाते हैं, वैसे ही रोज़ ५ से १० मिनिट के लिए ई.एफ.टी. का अभ्यास करें। अगर आपको कोई बीमारी नहीं है तो अपनी सकारात्मक शक्ति/जीवनशक्ति को बढ़ाने के लिए इंसान को हर रोज इसकी प्रैक्टिस करनी चाहिए। इंसान के व्यसनों/लतों से भी ई.एफ.टी. छुटकारा दिलवाती है।

ई.एफ.टी. बहुत ही सीधी, सरल, सहज, शक्तिशाली, पेनलेस, कम समय में असरदार, परिणाम देनेवाली विधि है, जिसके लिए डायग्नोसिस (बीमारी का निदान) की भी आवश्यकता नहीं, न किसी डॉक्टर की ज़रूरत है, न ही इसके कोई साइड इफेक्टस् हैं। कोई भी कहीं पर भी इस विधि का अपने आप पर प्रयोग कर, तुरंत ही मानसिक और शारीरिक स्वास्थ्य का आनंद प्राप्त कर सकता है।

अब तक बताए गए कुदरत के तीन साथियों से परिचित होने के बाद, इनकी उपयोगिता संबंधित आपके मन में अनेकों सवाल उत्पन्न होंगे। जैसे कब, कहाँ, कैसे उपयोग करें? तो घबराइए नहीं, इस भाग में केवल इनका परिचय दिया गया है, इनकी विस्तृत जानकारी आप इंटरनेट, पुस्तकों के ज़रिए हासिल कर सकते हैं।

यू.एफ.टी., बी.एफ.टी. और ई.एफ.टी. से संबंधित अधिक जानकारी पाने के लिए क्लिक करें :

यू.एफ.टी. :www.urinecure.org, www.anandkunj.org

बी.एफ.टी. : www.bachcentre.com

              Email : centre@bachcentre.com

ई.एफ.टी. : http://eft.mercola.com

यू.एफ.टी., बी.एफ.टी. और ई.एफ.टी. से संबंधित विस्तारित जानकारी पाने हेतु पढ़ें तेजज्ञान ग्लोबल फाउण्डेशन द्वारा प्रकाशित पुस्तक *'3 स्वास्थ्य वरदान'* ।

२५

अध्याय

विचार नियम और क्षमा से उपचार

बीमारी से मुक्त हुए स्वस्थ लोगों का बयान

सरश्री द्वारा लिखित 'विचार नियम' ग्रंथ में स्वास्थ्य संबंधित कई उपयुक्त बातें मुझे पढ़ने को मिली। मैंने इन ग्रंथों में समाया हुआ ज्ञान कई पेशेंट्स पर अप्लाय किया, जिसके परिणाम बहुत ही सकारात्मक और आश्चर्यजनक हैं।

केस १) : डायबेटिक (डायबिटीज) पेशेंट को मिला 'धन्यवाद' से स्वास्थ्य

एक पेशेंट डायबिटीज से बहुत परेशान था। बीमारी के कारण उसका ध्यान हमेशा दर्द, तकलीफ और अस्वास्थ्य पर ही था। हर बार वह अपने शरीर के उन हिस्सों को कोसता था, जो ठीक तरह से काम नहीं कर रहे थे। जैसे ही वह पेशेंट मेरे पास आया, मैंने उसकी समस्या समझी। हालाँकि वह पेशेंट दवाइयाँ तो निरंतरता से लेता था मगर फिर भी स्वास्थ्य पाना उसके लिए सहज नहीं था। मैंने जब उससे बातचीत की तब मुझे इसका कारण पता चला। उस पेशेंट को सिर्फ दवा की नहीं बल्कि सही समझ की ज़रूरत थी। मैंने उसकी काउंसिलिंग करते हुए कहा- 'आपको अपना ध्यान शरीर के उन अंगों पर देना चाहिए जो निरंतरता से आपके लिए कार्य कर रहे हैं। आपका हृदय निरंतरता से आपके लिए कार्य कर रहा है, आपकी ब्लड सरक्युलेशन सिस्टम आपकी सेवा में सदा हाज़िर है। आपकी दोनों किडनी मूत्र विसर्जन का कार्य बखूबी कर रही है। ऐसे सभी अंगों को धन्यवाद दें। स्वास्थ्य प्राप्ति का एक सूत्र याद रखें, 'जो है, उसे धन्यवाद दें'।

मेरे कहने पर उस पेशेंट ने शरीर के उन सभी हिस्सों को धन्यवाद देना शुरू किया। हर रोज़ सुबह और रात ९ बजकर ९ मिनट पर विश्वशांति प्रार्थना करते हुए, उसने हर अंग को धन्यवाद देने का संकल्प किया और कुछ दिनों के बाद उसका यह संकल्प पूर्ण भी हुआ। परिणामस्वरूप

उस इंसान की डायबिटीज की समस्या धीरे-धीरे विलीन होने लगी है। आज उसके सकारात्मक विचारों का और स्वयं सूचनाओं का असर उसके स्वास्थ्य पर बहुत तेजी से हो रहा है। शरीर के जो अंग स्वस्थ हैं, उनकी कार्यक्षमता बढ़ चुकी है और जो हिस्से दर्द, वेदनाओं से गुज़र रहे थे, वे स्वस्थ, शांत हो रहे हैं।

केस २) : क्षमा से पाई सशक्त 'दृष्टि'

६० साल का एक पेशेंट मेरे क्लीनिक में पहुँचा। 'क्या बताऊँ मैडम, आज तक मैं अपने जीवन में न कभी अस्पताल गया और न ही कभी आँखों पर चष्मा लगाया। मगर आज मुझे चष्मा लगाना ही पड़ता है। कुछ दिनों से चष्मा लगाकर भी मैं न्यूज़ पेपर नहीं पढ़ सकता। मुझे आज-कल ठीक से दिखना लगभग बंद हो चुका है।'

उस पेशेंट की बातें सुनकर मैंने उनके सभी मेडिकल रिपोर्टस चेक किए। उन्हें न आँखों से संबंधित कोई बड़ी बीमारी थी और न ही उम्र के अनुसार होनेवाली कैटरेक्ट की समस्या। मैंने अंदाजा लगाया कि शायद इनकी समस्या की जड़ नकारात्मक विचारों में होगी। उनसे बातचीत करते वक्त मेरा अंदाजा सही निकला। वे बुजुर्ग कई महिनों से खुद को गलत आदेश दे रहे थे। उनकी बातचीत से मुझे साफ पता चला कि वे खुद को बार-बार 'मैं यह बात नहीं देखना चाहता... मैं इस इंसान का चेहरा नहीं देखना चाहता... मुझे अपने घर में झगड़े नहीं देखने हैं...' ऐसे नकारात्मक आत्मसुझाव दे रहे थे। इसी कारण उनके अंतर्मन में गलत प्रोग्रामिंग हो चुकी थी। अंतर्मन बस इतना जानता है कि अगर यह इंसान फलाँ-फलाँ बात नहीं देखना चाहता है तो इसकी दृष्टि कमज़ोर होनी चाहिए। परिणामस्वरूप उस इंसान की दृष्टि कमज़ोर होती गई।

मैंने जब उस पेशेंट को कुदरत के काम करने का तरीका बताया तब उसे बड़ा आश्चर्य लगा। उसने निरंतरता से क्षमा माँगना शुरू किया और सिर्फ उन्हीं बातों का इज़हार किया, जो वह अपने जीवन में देखना चाहता है। उसने नकारात्मक स्वसंवादों की जगह, 'मैं अपने जीवन में सकारात्मकता देखना चाहता हूँ... मैं ईश्वर की रचनात्मकता देखना चाहता हूँ... मैं सभी रिश्तों में प्रेम, विश्वास और आनंद देखना चाहता हूँ... ' ऐसे सकारात्मक आत्मसुझाव बार-बार दोहराए।

कुछ दिनों बाद उसी पेशेंट ने आकर कहा- 'मैडम, किसी दवाई का कोई असर नहीं हुआ मगर कुदरत से क्षमा माँगकर और सकारात्मक स्वसंवाद दोहराकर मेरी दृष्टि बिलकुल साफ हो चुकी है। अब मैं हर चीज़ स्पष्टता से देख सकता हूँ। आपका बहुत-बहुत धन्यवाद!'

केस ३) : अतिरिक्त वजन घटाने में 'क्षमा प्रार्थना' की सहायता

एक डायटिशियन होने के कारण आज तक मेरे क्लीनिक में ऐसे कई पेशेंट्स आए हैं, जो उनके अतिरिक्त वजन की समस्या से परेशान हैं। मगर वजन बढ़ने के पीछे अनियमित जीवनशैली, फास्ट फूड, व्यायाम का अभाव, मेदयुक्त (चरबीयुक्त) आहार का अति मात्रा में सेवन सिर्फ यही कारण नहीं हैं बल्कि स्वयं को या औरों को क्षमा न कर पाना भी एक मुख्य कारण है क्योंकि क्षमा माँगने और करने में टालमटोल करने की वजह से शरीर में तनाव पैदा होता है। यही अतिरिक्त तनाव अतिरिक्त शारीरिक वजन के रूप में अभिव्यक्त होता है। इसीलिए मैंने कई पेशेंट्स को क्षमा करने और माँगने के लिए कहा और वाकई उनके स्वास्थ्य में आश्चर्यजनक परिवर्तन होने लगे।

'निरंतरता से व्यायाम न करने के लिए, अपने शरीर को ज़रूरत से ज़्यादा खाना खिलाने के लिए मैं आँतों से क्षमा माँगता/माँगती हूँ... ज़्यादा मात्रा में फास्ट फूड खाकर मैंने डायजेस्टिव सिस्टम में तनाव उत्पन्न किया है इसीलिए मैं क्षमा चाहता/चाहती हूँ... जिन लोगों को मैंने अपने भाव, विचार, वाणी और क्रिया से दु:ख पहुँचाया है, उनसे मैं क्षमा माँगता/माँगती हूँ... कृपा करके मुझे माफ करें... जिस गलत विचारधारा की वजह से मुझे अतिरिक्त चरबी (वजन) की समस्या का सामना करना पड़ रहा है, उस नकारात्मक विचारधारा के लिए मैं क्षमा चाहता/चाहती हूँ।'

जिनका वजन ज़रूरत से ज़्यादा है, उन सभी पेशेंट्स को मैं हर खाने से पहले ऊपर दी गई क्षमा प्रार्थना करने के लिए कहती हूँ। आज तक मेरे पास ऐसे कई लोगों के उदाहरण हैं, जो अतिरिक्त वजन की समस्या से मुक्त हो चुके हैं और वह भी सिर्फ निरंतरता से क्षमा प्रार्थना करके!

Yogya-Arogya Research Team.

सरश्री अल्प परिचय

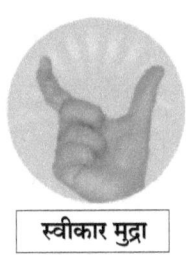

स्वीकार मुद्रा

सरश्री की आध्यात्मिक खोज का सफर उनके बचपन से प्रारंभ हो गया था। इस खोज के दौरान उन्होंने अनेक प्रकार की पुस्तकों का अध्ययन किया। अपने आध्यात्मिक अनुसंधान के दौरान उन्होंने लगभग सभी ध्यान पद्धतियों का भी अभ्यास किया। उनकी इसी खोज ने उन्हें कई वैचारिक और शैक्षणिक संस्थानों की ओर बढ़ाया। जीवन का रहस्य समझने के लिए उन्होंने **एक लंबी अवधि तक मनन करते हुए अपनी खोज जारी रखी, जिसके अंत में उन्हें आत्मबोध प्राप्त हुआ।** आत्मसाक्षात्कार के बाद उन्होंने जाना कि **अध्यात्म का हर मार्ग जिस कड़ी से जुड़ा है वह है– समझ (अंडरस्टैण्डिंग)।** उसके बाद उन्होंने अपने तत्कालीन अध्यापन कार्य को विराम लगाते हुए, लगभग दो दशकों से भी अधिक समय अपना समस्त जीवन मानवजाति के कल्याण और उसके आध्यात्मिक विकास हेतु अर्पण किया है।

सरश्री कहते हैं, 'सत्य के सभी मार्गों की शुरुआत अलग-अलग प्रकार से होती है लेकिन सभी के अंत में एक ही समझ प्राप्त होती है। **'समझ' ही सब कुछ है और यह 'समझ' अपने आपमें पूर्ण है।** आध्यात्मिक ज्ञान प्राप्ति के लिए इस 'समझ' का श्रवण ही पर्याप्त है।' इसी समझ को उजागर करने के लिए उन्होंने आज तक **तीन हज़ार से अधिक आध्यात्मिक विषयों पर प्रवचन दिए हैं,** जिनके द्वारा वे अध्यात्म की गहरी संकल्पनाएँ सीधे और व्यावहारिक रूप में समझाते हैं। समाज के हर स्तर का इंसान सरश्री द्वारा बताई जा रही समझ का लाभ ले सकता है।

यह समझ हरेक को अपने अनुभव से प्राप्त हो इसलिए सरश्री ने **'महाआसमानी परम ज्ञान शिविर'** और उसके लिए आवश्यक कार्यप्रणाली (सिस्टम) की रचना

की है, **जिसका लाभ लाखों खोजी ले रहे हैं।** यह व्यवस्था आय.एस.ओ. (ISO 9001:2015) प्रमाणित है, जिसने अनेक लोगों को सत्य की राह पर चलने की प्रेरणा दी है। इसी समझ के प्रचार और प्रसार के लिए उन्होंने 'तेजज्ञान फाउण्डेशन' नामक आध्यात्मिक संस्था की नींव रखी है। इस संस्था का मुख्य उद्‌देश्य है- **'हॅपी थॉट्स द्वारा उच्चतम विकसित समाज का निर्माण'**।

विश्व का हर इंसान आज सरश्री के मार्गदर्शन का लाभ ले सकता है, जिसके लिए किसी भी धर्म, जाति, उपजाति, वर्ण, पंथ, रंग या लिंग का बंधन नहीं है। विश्व के हर कोने में बसे लोग आज तेजज्ञान की इस अनूठी ज्ञान प्रणाली (System for Wisdom) का लाभ ले रहे हैं। इस व्यवस्था के एक हिस्से के रूप में **लाखों लोग रोज़ सुबह और रात को ९ बजकर ९ मिनट पर विश्व शांति के लिए प्रार्थना करते हैं।**

सरश्री को **बेस्टसेलर पुस्तक 'विचार नियम' श्रृंखला के रचनाकार** के रूप में भी जाना जाता है, जिसकी **१ करोड़ से ज़्यादा प्रतियाँ केवल ५ सालों** में वितरित हो चुकी हैं। इसके अलावा उन्होंने विविध विषयों पर **१०० से अधिक पुस्तकों का लेखन** किया है, जिनमें से 'विचार नियम', 'स्वसंवाद का जादू', 'स्वयं का सामना', 'स्वीकार का जादू', 'निःशब्द संवाद का जादू', 'संपूर्ण ध्यान' आदि पुस्तकें बेस्टसेलर बन चुकी हैं। ये पुस्तकें दस से अधिक भाषाओं में अनुवादित की जा चुकी हैं और प्रमुख प्रकाशकों द्वारा प्रकाशित की गई हैं, जैसे पेंगुइन बुक्स, जैको बुक्स, मंजुल पब्लिशिंग हाऊस, प्रभात प्रकाशन, राजपाल ऍण्ड सन्स, पेंटागॉन प्रेस, सकाळ प्रकाशन इत्यादि।

तेजज्ञान फाउण्डेशन– परिचय

तेजज्ञान फाउण्डेशन आत्मविकास से आत्मसाक्षात्कार प्राप्त करने का एक रास्ता है। इसके लिए सरश्री द्वारा एक अनूठी बोध पद्धति (System for Wisdom) का सृजन हुआ है। इस पद्धति को अन्तर्राष्ट्रीय मानक ISO 9001:2015 के आवश्यकताओं एवं निर्देशों के अनुरूप ढालकर सरल, व्यावहारिक एवं प्रभावी बनाया गया है।

इस संस्था की बोध पद्धति के विभिन्न पहलुओं (शिक्षण, निरीक्षण व गुणवत्ता) को स्वतंत्र गुणवत्ता परीक्षकों (Quality Auditors) द्वारा क्रमबद्ध तरीके से जाँचा गया। जिसके बाद इन पहलुओं को ISO 9001:2015 के अनुरूप पाकर, इस बोध पद्धति को प्रमाणित किया गया है।

फाउण्डेशन का लक्ष्य आपको नकारात्मक विचार से सकारात्मक विचार की ओर बढ़ाना है। सकारात्मक विचार से शुभ विचार यानी हॅपी थॉट्स (विधायक आनंदपूर्ण विचार) और शुभ विचार से निर्विचार की ओर बढ़ा जा सकता है। निर्विचार से ही आत्मसाक्षात्कार संभव है। शुभ विचार (Happy Thoughts) यानी यह विचार कि 'मैं हर विचार से मुक्त हो जाऊँ'। शुभ इच्छा यानी यह इच्छा कि 'मैं हर इच्छा से मुक्त हो जाऊँ'।

ज्ञान का अर्थ है सामान्य ज्ञान लेकिन तेजज्ञान यानी वह ज्ञान जो ज्ञान व अज्ञान के परे है। कई लोग सामान्य ज्ञान की जानकारी को ही ज्ञान समझ लेते हैं लेकिन असली ज्ञान और जानकारी में बहुत अंतर है। आज लोग सामान्य ज्ञान के जवाबों को ज़्यादा महत्त्व देते हैं। उदाहरण के तौर पर कर्म और भाग्य, योग और प्राणायाम, स्वर्ग और नर्क इत्यादि। आज के युग में सामान्य ज्ञान प्रदान करनेवाले लोग और शिक्षक कई मिल जाएँगे मगर इस ज्ञान को पाकर जीवन में कोई बड़ा परिवर्तन नहीं होता। यह ज्ञान या तो केवल बुद्धि विलास है या फिर अध्यात्म के नाम पर बुद्धि का व्यायाम है।

सभी समस्याओं का समाधान है– तेजज्ञान। भय से मुक्ति, चिंतारहित व क्रोध से आज़ाद जीवन है– तेजज्ञान। शारीरिक, मानसिक, सामाजिक, आर्थिक और आध्यात्मिक

उन्नति के लिए है- तेजज्ञान। तेजज्ञान आपके अंदर है, आएँ और इसे पाएँ।

यदि आप ऐसा ज्ञान चाहते हैं, जो सामान्य ज्ञान के परे हो, जो हर समस्या का समाधान हो, जो सभी मान्यताओं से आपको मुक्त करे, जो आपको ईश्वर का साक्षात्कार कराए, जो आपको सत्य पर स्थापित करे तो समय आ गया है तेजज्ञान को जानने और शब्दोंवाले सामान्य ज्ञान से उठकर तेजज्ञान का अनुभव करने का।

अब तक अध्यात्म के अनेक मार्ग बताए गए हैं। जैसे जप, तप, मंत्र, तंत्र, कर्म, भाग्य, ध्यान, ज्ञान, योग और भक्ति आदि। इन मार्गों के अंत में जो समझ, जो बोध प्राप्त होता है, वह एक ही है। सत्य के हर खोजी को अंत में एक ही समझ मिलती है और इस समझ को सुनकर भी प्राप्त किया जा सकता है। उसी समझ को सुनना यानी तेजज्ञान प्राप्त करना है। तेजज्ञान के श्रवण से सत्य का साक्षात्कार होता है, ईश्वर का अनुभव होता है। यही तेजज्ञान सरश्री महाआसमानी परम ज्ञान शिविर में प्रदान करते हैं।

महाआसमानी परम ज्ञान शिविर परिचय और लाभ (निवासी)

क्या आपको उच्चतम आनंद पाने की इच्छा है? ऐसा आनंद, जो किसी कारण पर निर्भर नहीं है, जिसमें समय के साथ केवल बढ़ोतरी ही होती है। क्या आप इसी जीवन में प्रेम, विश्वास, शांति, समृद्धि और परमसंतुष्टि पाना चाहते हैं? क्या आप शारीरिक, मानसिक, सामाजिक, आर्थिक और आध्यात्मिक इन सभी स्तरों पर सफलता हासिल करना चाहते हैं? क्या आप 'मैं कौन हूँ' इस सवाल का जवाब अनुभव से जानना चाहते हैं।

यदि आपके अंदर इन सवालों के जवाब जानने की और 'अंतिम सत्य' प्राप्त करने की प्यास जगी है तो तेजज्ञान फाउण्डेशन द्वारा आयोजित 'महाआसमानी परम ज्ञान शिविर' में आपका स्वागत है। यह शिविर पूर्णतः सरश्री की शिक्षाओं पर आधारित है। सरश्री आज के युग के आध्यात्मिक गुरु और 'तेजज्ञान फाउण्डेशन' के संस्थापक हैं, जो अत्यंत सरलता से आज की लोकभाषा में आध्यात्मिक समझ प्रदान करते हैं।

महाआसमानी परम ज्ञान शिविर का उद्देश्य :

इस शिविर का उद्देश्य है, 'विश्व का हर इंसान 'मैं कौन हूँ' इस सवाल का जवाब जानकर सर्वोच्च आनंद में स्थापित हो जाए।' उसे ऐसा ज्ञान मिले, जिससे वह

हर पल वर्तमान में जीने की कला प्राप्त करे। भूतकाल का बोझ और भविष्य की चिंता इन दोनों से वह मुक्त हो जाए। हर इंसान के जीवन में स्थायी खुशी, सही समझ और समस्याओं को विलीन करने की कला आ जाए। मनुष्य जीवन का उद्देश्य पूर्ण हो।

'मैं कौन हूँ? मैं यहाँ क्यों हूँ? मोक्ष का अर्थ क्या है? क्या इसी जन्म में मोक्ष प्राप्ति संभव है?' यदि ये सवाल आपके अंदर हैं तो महाआसमानी परम ज्ञान शिविर इसका जवाब है।

महाआसमानी परम ज्ञान शिविर के मुख्य लाभ :

इस शिविर के लाभ तो अनगिनत हैं मगर कुछ मुख्य लाभ इस प्रकार हैं-

* जीवन में दमदार लक्ष्य प्राप्त होता है।
* 'मैं कौन हूँ' यह अनुभव से जानना (सेल्फ रियलाइजेशन) होता है।
* मन के सभी विकार विलीन होते हैं।
* भय, चिंता, क्रोध, बोरडम, मोह, तनाव जैसी कई नकारात्मक बातों से मुक्ति मिलती है।
* प्रेम, आनंद, मौन, समृद्धि, संतुष्टि, विश्वास जैसे कई दिव्य गुणों से युक्ति होती है।
* सीधा, सरल और शक्तिशाली जीवन प्राप्त होता है।
* हर समस्या का समाधान प्राप्त करने की कला मिलती है।
* 'हर पल वर्तमान में जीना' यह आपका स्वभाव बन जाता है।
* आपके अंदर छिपी सभी संभावनाएँ खुल जाती हैं।
* इसी जीवन में मोक्ष (मुक्ति) प्राप्त होता है।

महाआसमानी परम ज्ञान शिविर में भाग कैसे लें?

इस शिविर में भाग लेने के लिए आपको कुछ खास माँगें पूरी करनी होती हैं। जैसे-

१) आपकी उम्र कम से कम अठारह साल या उससे ऊपर होनी चाहिए।

२) आपको सत्य स्थापना शिविर (फाउण्डेशन ट्रुथ रिट्रीट) में भाग लेना होगा, जहाँ आप सीखेंगे- वर्तमान के हर पल को कैसे जीया जाए और निर्विचार दशा में कैसे प्रवेश पाएँ।

३) आपको कुछ प्राथमिक प्रवचनों में उपस्थित होना है, जहाँ आप बुनियादी समझ आत्मसात कर, महाआसमानी परम ज्ञान शिविर के लिए तैयार होते हैं।

यह शिविर एक या दो महीने के अंतराल में आयोजित किया जाता है, जिसका लाभ हज़ारों खोजी उठाते हैं। इस शिविर की तैयारी आप दो तरीके से कर सकते हैं। पहला तरीका- मनन आश्रम (पूना) में पाँच दिवसीय निवासी शिविर में भाग लेकर, दूसरा तरीका- तेजज्ञान फाउण्डेशन के नजदीकी सेंटर पर सत्य श्रवण द्वारा। जैसे- पुणे, मुंबई, दिल्ली, सांगली, सातारा, जलगाँव, अहमदाबाद, कोल्हापुर, नासिक, अहमदनगर, औरंगाबाद, सूरत, बरोडा, नागपुर, भोपाल, रायपुर, चेन्नई, वर्धा, अमरावती, चंद्रपुर, यवतमाल, रत्नागिरी, लातूर, बीड, नांदेड, परभणी, पनवेल, ठाणे, सोलापुर, पंढरपुर, अकोला, बुलढाणा, धुले, भुसावल, बैंगलोर, बेलगाम, धारवाड, भुवनेश्वर, कोलकत्ता, राँची, लखनऊ, कानपुर, चंदीगढ़, जयपुर, पणजी, म्हापसा, इंदौर, इटारसी, हरदा, विदिशा, बुरहानपुर।

इनके अतिरिक्त आप महाआसमानी की तैयारी फाउण्डेशन में उपलब्ध सरश्री द्वारा रचित पुस्तकें, या यू ट्यूब के संदेश सुनकर भी कर सकते हैं। मगर याद रहे ये पुस्तकें, यू ट्यूब के प्रवचन शिविर का परिचय मात्र है, तेजज्ञान नहीं। आप महाआसमानी परम ज्ञान शिविर में भाग लेकर ही तेजज्ञान का आनंद ले सकते हैं। आगामी महाआसमानी परम ज्ञान शिविर में अपना स्थान आरक्षित करने के लिए संपर्क करें : 09921008060/75, 9011013208

महाआसमानी परम ज्ञान शिविर स्थान :

यह शिविर पुणे में स्थित मनन आश्रम पर आयोजित किया जाता है। इस शिविर के लिए भोजन और रहने की व्यवस्था की जाती है। यदि आपको कोई शारीरिक बीमारी है और आप नियमित रूप से दवाई ले रहे हैं तो कृपया अपनी दवाइयाँ साथ में लेकर आएँ। वातावरण अनुसार गरम कपड़े, स्वेटर, ब्लैंकेट आदि भी लाएँ।

'मनन आश्रम' पुणे शहर के बाहरी क्षेत्र में पहाड़ों और निसर्ग के असीम सौंदर्य के बीच बसा हुआ है। इस आश्रम में पुरुषों और महिलाओं के लिए अलग-अलग, कुल मिलाकर 700 से 800 लोगों के रहने की व्यवस्था है। यह आश्रम पुणे शहर से 17 किलो मीटर की दूरी पर है। हवाई अड्डा, हाइवे और रेल्वे से पुणे आसानी से आ-जा सकते हैं।

मनन आश्रम : मनन आश्रम, पुणे, सर्वे नं. ४३, सनस नगर, नांदोशी गाँव, किरकट वाडी फाटा, तहसील - हवेली, जिला : पुणे - ४११०२४.

फोन : 09921008060

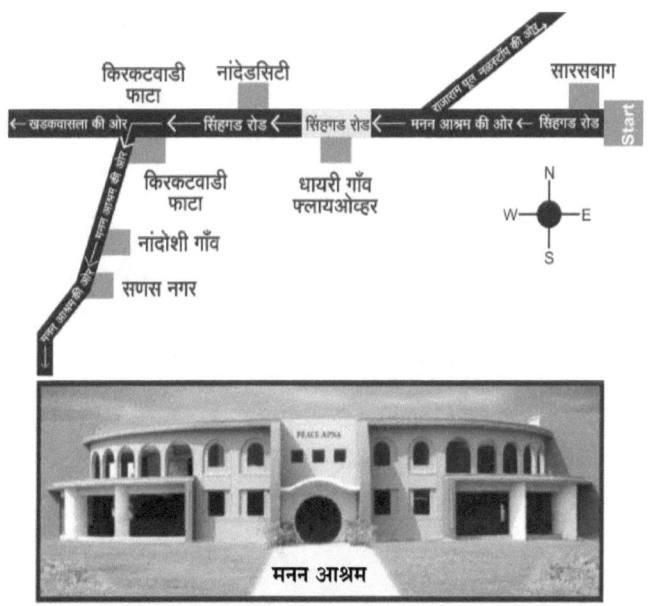

मनन आश्रम की ओर

मनन आश्रम

अब एक क्लिक पर ही शिविर का रजिस्ट्रेशन !

तेजज्ञान फाउण्डेशन की इन शिविरों के लिए
अब आप ऑनलाईन रजिस्ट्रेशन भी कर सकते हैं-

* महाआसमानी परम ज्ञान शिविर परिचय और लाभ (पाँच दिवसीय निवासी शिविर)
* मैजिक ऑफ अवेकनिंग (केवल अंग्रेजी भाषा जाननेवालों के लिए तीन दिवसीय निवासी शिविर)
* मिनी महाआसमानी (निवासी) शिविर, युवाओं के लिए

रजिस्ट्रेशन के लिए आज ही लॉग इन करें

www.tejgyan.org

शारीरिक स्वास्थ्यवर्धक पुस्तकें

स्वास्थ्य त्रिकोण
Perfect Health Discovery

P   H   D

Pages - 248   ○   Price - 170/-

स्वास्थ्य पर तो अनेकों पुस्तकें उपलब्ध हैं लेकिन इस पुस्तक की यह विशेषता है कि इसमें हर एक के शरीर के स्वभाव अनुसार हर बात लिखी गई है। इसमें शरीर के मुख्यतः तीन प्रकार बताए गए हैं– वात, कफ और पित्त। इन तीन प्रकारों में से आपका शरीर किस स्वभाव का है? आपके शरीर के स्वभाव अनुसार क्या खाएँ, क्या न खाएँ? इत्यादि बातें बताई गई हैं।

इस पुस्तक की दूसरी मुख्य बात यह है कि इसमें सिर्फ शारीरिक स्वास्थ्य ही नहीं बल्कि मानसिक, आर्थिक, सामाजिक और आध्यात्मिक स्वास्थ्य पर भी बहुत महत्वपूर्ण बातें बताई गई हैं, जिन पर अमल करने से हम 'संपूर्ण स्वास्थ्य' प्राप्त कर सकते हैं।

३ स्वास्थ्य वरदान
रोगमुक्ति की दवा

Pages - 216   ○   Price - 150/-

प्रस्तुत पुस्तक में स्वस्थ जीवन के तीन वरदानों को 'एफ. टी. त्रिकोण' के रूप में प्रस्तुत किया गया है। ये तीन वरदान हैं – यू.एफ.टी. (यूरिन फास्ट थेरेपी), बी.एफ.टी.(बॅच फ्लॉवर थेरेपी) और ई.एफ.टी.(इमोशनल फ्रीडम टेकनीक)।

जिस प्रकार हवा, पानी और सूरज की किरणें हर जगह भरपूर मात्रा में उपलब्ध होती हैं इसलिए उनकी कोई कीमत नहीं होती, वे अमूल्य होती हैं। बिलकुल इसी प्रकार स्वमूत्र (यूरिन) या फूलों से मिलनेवाली औषधि या ई.एफ.टी. टेकनीक भी सहजता से उपलब्ध होने के कारण अति महत्वपूर्ण हैं। प्रस्तुत पुस्तक द्वारा बहुत जल्द फिर से लोगों को इनकी उपयोगिता और आवश्यकता समझ में आ जाएगी क्योंकि ये चिकित्सा पद्धतियाँ स्वस्थ जीवन के लिए तीन अमूल्य वरदान हैं।

मानसिक स्वास्थ्यवर्धक पुस्तकें

अवचेतन मन की शक्ति के पीछे आत्मबल
मन का प्रशिक्षण और पाँच शक्तियाँ

Pages - 160   ○   Price - 100/-

अवचेतन मन किसी अजूबे से कम नहीं। उसे सही प्रशिक्षण दिया जाए तो वह आपके जीवन में अनोखे चमत्कार कर सकता है। पर क्या आप जानते हैं कि मानव जन्म का लक्ष्य क्या है? यदि नहीं तो आपको इस पुस्तक की जरूरत है। यह पुस्तक अवचेतन मन की शक्तियों के साथ-साथ आपकी आगे की संभावनाओं पर भी रोशनी डालती है।

विकास नियम
आत्मविकास द्वारा संतुष्टि पाने का राज़

Pages - 176   ○   Price - 100/-

विकास नियम हमारे चारों ओर काम कर रहा है। फिर चाहे वह शरीर का विकास हो, बुद्धि का विकास हो, शहर या देश का विकास हो। यह नियम तो एक बुनियादी नियम है; यह पूर्णता की चाहत है। आइए, इस पुस्तक के जरिए जान लें जो अब आपके सामने है। ✱ विकास नियम का महामंत्र क्या है? ✱ विकास की शुरुआत कैसे और कहाँ से करें? ✱ विकास का विकल्प कैसे चुनें? ✱ विकास पर सदा अपनी नज़र कैसे टिकाए रखें? ✱ आत्म विकास के स्वामी कैसे बनें? ✱ इंसान की अंतिम विकास अवस्था क्या है? ✱ स्वयं को और अपने मन की जमाई सोच को कैसे जानें?

विकास नियम के पन्नों में छिपे हैं ऐसे कई सवालों के सरल जवाब, जिन्हें पढ़ना शुरू करें आज से, याद से...।

आर्थिक स्वास्थ्यवर्धक पुस्तकें

पैसा
रास्ता है मंज़िल नहीं

Pages - 136 ○ Price - 125/-

❈ पैसा कमाना कठिन है या आसान है। ❈ ज़्यादा कमानेवाले अमीर होते हैं या पैसा बचानेवाले अमीर होते हैं। ❈ हाथ में खुजली होने से पैसा मिलता है या हाथों के कर्म से पैसा आता है। ❈ जिसे ज़्यादा पैसा होगा, वह कम आध्यात्मिक होगा या जिसे कम पैसा होगा वह अधिक आध्यात्मिक होगा। ❈ पैसा शैतान है या भगवान है। ❈ पैसा हाथ का मैल है या हाथ की शोभा है। ❈ पैसा लेकर लोग वापस नहीं करते हैं या जितना देते हैं उतना बढ़ता है। ❈ पैसा, आनंद, समय इत्यादि कम है, बाँट नहीं सकते या सब कुछ भरपूर है। ❈ पैसा आते ही दोस्त दुश्मन बन जाते हैं या दोस्त बढ़ जाते हैं। ❈ ज़्यादा पैसा ज़्यादा समस्या या ज़्यादा पैसा ज़्यादा सुविधा। ❈ पैसे से हम सब कुछ खरीद सकते हैं या पैसे से प्रेम और खुशी नहीं खरीदी जा सकती। पैसे की मान्यताओं को अपने अंदर टटोलने के बाद यह समझें कि जितनी गलत मान्यताएँ आपके भीतर होंगी, समृद्धि आपसे उतनी ही दूर होगी। जो लोग समृद्धि पाना चाहते हैं, वे कभी पैसों के मामले में लापरवाही नहीं बरतते। पैसे की संपूर्ण समझ प्रदान करनेवाली इस पुस्तक का अवश्य लाभ लें।

विचार नियम का मूल **प्रार्थना बीज**
विश्वास बीज एक अद्भुत शक्ति

Pages - 184 ○ Price - 140/-

प्रार्थना और विश्वास में अद्भुत शक्ति होती है। इसके बीज बोकर संसार की सारी खुशियों की फसल काटी जा सकती है। लेकिन कैसे? सच्ची प्रार्थना और निष्कपट विश्वास के रहस्य जानने के लिए पुस्तक प्रार्थना बीज अवश्य पढ़ें। इसके द्वारा प्रार्थना और विश्वास के मूलभूत तत्वों, रहस्यों और प्रभावों आदि के विषय में विशद ज्ञान प्राप्त किया जा सकता है। इससे जीवन में गुण, ज्ञान, ध्यान, धन और आरोग्य के आनंद का पूर्ण अनुभव प्राप्त किया जा सकता है। विश्वास का बीज बोकर मनुष्य भक्ति, शक्ति और कृपा का फल प्राप्त कर सकता है। अज्ञानता के अंधकार से घिरा मनुष्य प्रस्तुत पुस्तक द्वारा विश्वास बीज की दिखाई राह पर चलकर मुक्ति पा सकता है।

सामाजिक स्वास्थ्यवर्धक पुस्तकें

रिश्तों में नई रोशनी

Pages - 216 ○ Price - 140/-

रिश्तों को सहज बनाकर हम किस प्रकार अपना जीवन आनंदित और सुखद बना सकते हैं– इसी विषय पर यह पुस्तक नई रोशनी डालती है। छह खण्डों में विभक्त यह पुस्तक रिश्तों के महत्त्व पर प्रकाश डालते हुए रिश्तों में छाए अंधकार को दूर करती है। घर-परिवार में अच्छे रिश्ते कैसे बनाए जाएँ, रिश्तों में नई रोशनी लाने के उपाय क्या है? मधुरतापूर्ण वार्तालाप से रिश्तों में पूर्णता कैसे लाएँ आदि सवालों के जवाबों सहित रिश्तों को सफल बनाने की संपूर्ण कलाओं का परिचय भी इसके ज़रिए प्राप्त होता है।

पुस्तक रिश्तों पर मार्गदर्शन की एक सफल कुंजी है। पुस्तक में कहानियों के समावेश से रोचकता काफी बढ़ गई है। इसमें कौशलपूर्ण भाषाशैली का प्रयोग कर इसे अधिक आकर्षक बनाया गया है। सरल भाषा में प्रस्तुत की गई यह कृति पाठकों को प्रभावित कर उन्हें रिश्तों की नई परिभाषा से परिचित कराती है।

प्रेम नियम
प्लास्टिक प्रेम से मुक्ति

Pages - 196 ○ Price - 100/-

आज के युग में जहाँ, जितनी रफ्तार से प्रेम आता है, उससे भी अधिक तेजी से चला भी जाता है इसलिए ज़रूरत है सच्चे प्रेम को पहचानने की और प्रेम नियम के ज्ञान की।

सच्चा प्रेम वही होता है, जो केवल रिश्तों का रिश्तों से नहीं बल्कि मानव का मानव से, मानवता से होता है, प्रकृति से होता है, जीवन से जीवन बनकर होता है और विकारों से खाली होकर होता है।

इस पुस्तक को पढ़कर आप स्वयं में सच्चे प्रेम को महसूस करेंगे। फिर आपको किसी से प्रेम माँगने के लिए मिन्नतें करने की ज़रूरत नहीं पड़ेगी क्योंकि प्रेम नियम आपको आत्मनिर्भर बनाएगा।

आध्यात्मिक स्वास्थ्यवर्धक पुस्तकें

स्वयं का सामना

हरक्युलिस की आंतरिक खोज

Pages - 272 ○ Price - 150/-

न्याय, स्वास्थ्य, खुशी और रिश्तों पर अनोखी समझ देनेवाली अद्‌भुत खोज प्रस्तुत करती पुस्तक 'स्वयं का सामना' व्यक्तित्व विकास के लिए एक महत्वपूर्ण रचना है। इस पुस्तक में एक अनोखे ढंग से आत्मपरीक्षण तथा आत्मदर्शन करवाया गया है। हँसते-खेलते छोटे-छोटे कथानकों के माध्यम से इस सत्य को प्रकाश में लाया गया है कि किस तरह से दूसरों के प्रति की गई शिकायत की जड़ हमारे अंदर ही छिपी होती है। पुस्तक में भिन्न-भिन्न किरदारों द्वारा जीवन में होनेवाली उन सामान्य घटनाओं पर खोज करवाई गई है, जो आए दिन उन्हें दुःख देती रहती हैं।

विश्व में पहली बार ४५ शहरों में, ९ भाषाओं में, एक ही दिन प्रकाशित पुस्तक

निःशब्द संवाद का जादू

जीवन की १११ जिज्ञासाओं का समाधान

Pages - 192 ○ Price - 150/-

इंसान के जिज्ञासु मन में जीवन के विभिन्न आयामों के अतिरिक्त अपने अस्तित्त्व, सृष्टि के रहस्य, अध्यात्म, भक्ति, कर्म, मोक्ष आदि के बारे में जब-तब सवाल उठते रहते हैं। सही और गलत के चयन के समय भी वह अनेक शंकाओं और प्रश्नों से घिरा रहता है मगर उसे सही जवाब नहीं मिलते। इसी समस्या के निवारण हेतु सरश्री ने इस पुस्तक की रचना की है, जिसमें एक जिज्ञासु मन की लगभग सभी शंकाओं का सवाल-जवाब के रूप में निवारण किया गया है। सात खण्डों में विभाजित इस पुस्तक का उद्‌देश्य सिर्फ बौधिक ज्ञान बढ़ाना नहीं है बल्कि धीरे-धीरे समस्त शंकाएँ समाप्त करके अपने होने के अनुभव (स्वअनुभव, मोक्ष) पर स्थापित होना है।

संपूर्ण स्वास्थ्यवर्धक पुस्तकें

संपूर्ण लक्ष्य
संपूर्ण विकास कैसे करें

Pages - 216   ○   Price - 175/-

अपने जीवन के हर पहलू का संपूर्ण विकास करना ही मानव जीवन का संपूर्ण लक्ष्य है। सरश्री द्वारा रचित यह पुस्तक इसी लक्ष्य को पूरा करने में आपकी मदद करेगी। इससे आप अपने शारीरिक, मानसिक, आर्थिक, सामाजिक और आध्यात्मिक पहलुओं के संपूर्ण विकास का मार्गदर्शन प्राप्त करेंगे। पुस्तक मुख्यत: ६ खण्डों में विभक्त है। प्रथम खण्ड विद्यार्थियों तथा सफलता चाहनेवाले लोगों के लिए प्रेरणा स्रोत है। अगले चार खण्डों में शारीरिक, मानसिक, आर्थिक, सामाजिक पहलुओं के विकास के बारे में विस्तार से प्रकाश डाला गया है। छठे खण्ड में संपूर्ण आध्यात्मिक विकास करने की कला को बहुत ही रोचक और सरल तरीके से समझाया गया है।

स्वसंवाद का जादू
अपना रिमोट कंट्रोल कैसे प्राप्त करें

Pages - 176   ○   Price - 150/-

यह पुस्तक आपको स्वसंवाद का आश्चर्य दिखाती है। उत्तम स्वसंवाद कैसे करें? स्वसंवाद से विचारों को दिशा कैसे दें? हर दिन नए स्वसंवाद का लाभ अपने जीवन में कैसे लें? इन सवालों के जवाब इस पुस्तक में विस्तार से बताए गए हैं। जीवन के विविध क्षेत्रों में और हर घटना में स्वसंवाद का जादू कैसे काम करता है, इसका रहस्य इस पुस्तक द्वारा उद्घाटित किया गया है। यह पुस्तक इंसान को मौन में कुदरत से उत्तम स्वसंवाद कराना सिखाती है। यदि आपको अपने विचार शुभ व सकारात्मक रखने हैं और अपने स्वसंवाद बदलने हैं तो यह पुस्तक आपकी मार्गदर्शक बनेगी। 'स्वसंवाद' बदलने से आप अंदर से बदल जाते हैं, यही स्वसंवाद का जादू है। स्वसंवाद का रहस्य जानते ही आप दु:खों के चक्र से मुक्त हो जाएँगे।

– तेज़ज्ञान इंटरनेट रेडियो –

२४ घंटे और ३६५ दिन सरश्री के प्रवचन और भजनों का लाभ लें,
तेज़ज्ञान इंटरनेट रेडियो द्वारा। देखें लिंक
http://www.tejgyan.org/internetradio.aspx

हर रविवार सुबह १०.०५ से १०.१५ तक रेडियो विविध भारती, एफ. एम. पुणे पर 'हॅपी थॉट्स कार्यक्रम'

www.youtube.com/tejgyan
पर भी सरश्री के प्रवचनों का लाभ ले सकते हैं।
For online shoping visit us - www.tejgyan.org,
www.gethappythoughts.org

पुस्तकें प्राप्त करने के लिए नीचे दिए गए पते पर मनीऑर्डर द्वारा पुस्तक का मूल्य भेज सकते हैं। पुस्तकें रजिस्टर्ड, कुरियर अथवा वी.पी.पी. द्वारा भेजी जाती हैं। पुस्तकों के लिए नीचे दिए गए पते पर संपर्क करें।

✳ WOW Publishings Pvt. Ltd. रजिस्टर्ड ऑफिस-E-4, वैभव नगर, तपोवन मंदिर के नज़दीक, पिंपरी, पुणे- 411017

✳ पोस्ट बॉक्स नं. 36, पिंपरी कॉलोनी पोस्ट ऑफिस, पिंपरी, पुणे - 411017
फोन नं.: 09011013210 / 9146285129

आप ऑन-लाइन शॉपिंग द्वारा भी पुस्तकों का ऑर्डर दे सकते हैं।
लॉग इन करें - www.gethappythoughts.org
500 रुपयों से अधिक पुस्तकें मँगवाने पर 10% की छूट और फ्री शिपिंग।

e-mail
mail@tejgyan.com

website
www.tejgyan.org, www.gethappythoughts.org

- विश्व शांति प्रार्थना -

'पृथ्वी पर सफेद रोशनी (दिव्य शक्ति) आ रही है।
पृथ्वी से सुनहरी रोशनी (चेतना) उभर रही है।
विश्व से सारी नकारात्मकता दूर हो रही है।
सभी प्रेम, आनंद और शांति के लिए
खुल रहे हैं, खिल रहे हैं।'

यह 'सामूहिक अव्यक्तिगत प्रार्थना' तेजज्ञान फाउण्डेशन के सदस्य पिछले कई सालों से निरंतरता से कर रहे हैं। खुश लोग यह प्रार्थना कर सकते हैं और बीमार, दुःखी लोग उस वक्त एक जगह बैठकर इस प्रार्थना को ग्रहण कर स्वास्थ्य लाभ पा सकते हैं।

यदि इस वक्त आप परेशान या बीमार हैं तो रोज़ सुबह या रात 9:09 को केवल ग्रहणशील होकर इस भाव से बैठें कि 'स्वास्थ्य और शांति की सफेद रोशनी जो इस वक्त प्रार्थना में बैठे कई लोगों द्वारा नीचे पृथ्वी पर उतर रही है, वह मुझमें भी अपना कार्य कर रही है। मैं स्वस्थ और शांत हो रहा हूँ।' कुछ देर इस भाव में रहकर आप सबको धन्यवाद देकर उठें।

तेजज्ञान फाउण्डेशन – मुख्य शाखाएँ

पुणे (रजिस्टर्ड ऑफिस)
विक्रांत कॉम्प्लेक्स, तपोवन मंदिर के नज़दीक,
पिंपरी, पुणे-४११ ०१७. फोन : 020-27411240, 27412576

मनन आश्रम
सर्वे नं. ४३, सनस नगर, नांदोशी गाँव, किरकटवाडी फाटा,
तहसील- हवेली, जिला- पुणे - ४११ ०२४.
फोन : 09921008060

e-books

•The Source •Celebrating Relationships

•Everything is a Game of Beliefs

•The Miracle Mind •Who am I now

•Beyond Life •The Power of Present

•Freedom from Fear Worry Anger

•Light of Grace •The Source of Health

Also available in Hindi at www. gethappythoughts.org

e-magazines

'Yogya Aarogya' & 'Drushtilakshya'
emagazines available on www.magzter.com

यह पुस्तक पढ़ने के बाद आप अपना अभिप्राय (विचार सेवा) इस पते पर भेज सकते हैं...
Tejgyan Global Foundation, Pimpri Colony Post office, P.O. Box 25,
Pune - 411 017. Maharashtra (India).

www.ingramcontent.com/pod-product-compliance
Lightning Source LLC
LaVergne TN
LVHW040143080526
838202LV00042B/3001
* 9 7 8 8 1 8 4 1 5 4 6 4 1 *